聊聊聊斋

张国风 著

陕西新华出版传媒集团
陕西人民出版社

图书在版编目（CIP）数据

聊聊聊斋 / 张国风著. —西安：陕西人民出版社，2023.3
ISBN 978-7-224-14620-2

Ⅰ.①聊… Ⅱ.①张… Ⅲ.①《聊斋志异》—古典小说评论 Ⅳ.①I207.419

中国版本图书馆 CIP 数据核字（2022）第 131270 号

著作权合同登记号　　图字：25-2022-099

《聊聊聊斋》由中华书局（香港）有限公司在香港首次出版，所有权利保留。由中华书局（香港）有限公司授权陕西人民出版社出版中文简体版。

出 品 人：赵小峰
总 策 划：关　宁
策划编辑：王颖华
责任编辑：王颖华
整体设计：白明娟

聊聊聊斋

作　　者	张国风
出版发行	陕西新华出版传媒集团　陕西人民出版社 （西安北大街 147 号　邮编：710003）
印　　刷	陕西龙山海天艺术印务有限公司
开　　本	787 毫米×1092 毫米　1/32
印　　张	11.125
字　　数	179 千字
版　　次	2023 年 3 月第 1 版
印　　次	2023 年 3 月第 1 次印刷
书　　号	ISBN 978-7-224-14620-2
定　　价	59.00 元

如有印装质量问题，请与本社联系调换。电话：029-87205094

对狐魔鬼妖而言,
要紧的还是人间的恩怨。

清朝康熙年间,文言小说集《聊斋志异》异军突起,在唐人小说的崇山峻岭之后再现层峦叠嶂之美。充分体现了作者蒲松龄的创作天分,无奇不有。

前言

在现实和虚构交织的世界里,使狐魅鬼怪,多具人情;借悲欢离合,写尽人生百态。本书以点评的形式来鉴赏分析其中的人物和故事,体味作者的艺术匠心,希望在随意而就的笔墨中给一点启迪和感悟。

蒲松龄小传

蒲松龄（1640—1715），字留仙，一字剑臣，号柳泉，山东淄川人。蒲松龄一生不得志。19岁时考取秀才，得到学道施愚山的赏识。此后多次参加乡试，始终未能中举。

蒲松龄25岁的时候，兄弟分家，只分得几亩薄地，三间老屋。他也不怎么管家，一心攻读八股，希望不鸣则已，一鸣惊人。子女愈来愈多，生活也日趋困难。31岁时，他去江苏当过一年的幕宾。41岁时，到本县的缙绅毕际有家教蒙馆，设帐授徒30年。毕际有曾任南通州知府，罢职归田，是当地的一大乡绅。幕宾是"宾"，合则留，不合则去。毕氏有一种名士的风度，蒲松龄和毕氏相处颇为融洽，所以一待30年。他一面教毕家的几个孙子读书，一面代东家写写应酬的文字，同时研习举业，到时候就去参加科考。

71岁时,蒲松龄才援例补为岁贡生。又五年,去世。竟以乡村塾师而终。

除了《聊斋志异》以外,蒲松龄还留下了诗词、赋、俚曲,还有方便民众识字、治病、耕桑、婚姻之用的文化普及读物。这些著作都收入了近人编辑的《蒲松龄集》。

关于《聊斋志异》

《聊斋志异》是蒲松龄的孤愤之作，也是他一生心血的寄托。蒲松龄青年时期便热衷于收集奇闻逸事，写作狐鬼的故事。在康熙十八年（1679），蒲松龄40岁的那年，他把已经完成的篇章收集在一起，起名为《聊斋志异》，并且写了一篇很动感情的序《聊斋自志》，希望人们能够理解和欣赏这部书。这以后，他继续埋头写作，直到年逾花甲，方才搁笔。可以说，《聊斋志异》凝结了蒲松龄一生的心血。

蒲松龄曾在毕际有家设帐授徒30年。毕家藏书丰富，这对蒲松龄撰写《聊斋志异》也是有帮助的。家庭的贫穷使蒲松龄深知平民的痛苦，幕宾的生涯又使他与上流社会有一定的接触。他一生处在雅俗之间，在雅人和俗人之间，在雅文化和俗文化之间，这对他创作亦雅亦俗的作品是极其重要的。

蒲松龄在民间传说的基础上进行艰苦的再创造,融进自己对生活的体验,融进切身的悲欢爱憎。《聊斋志异》大约490篇作品,共12卷,广泛地吸收志怪、传奇和话本小说的营养。《聊斋志异》包括三种体裁:短篇小说、杂记寓言、散文特写。材料的来源有自身的经历、亲友的经历、他收集的当代故事、前代小说戏曲中的故事,经过蒲松龄的艺术加工,取得了点铁成金的艺术效果。

《聊斋志异》是一部文言小说集,是继唐人小说以后文言小说的第二个高峰。

目录

侠义忠信 篇

聂小倩	〇〇四
侠女	〇一八
考城隍	〇二八
王六郎	〇三四
庚娘	〇四二
大力将军	〇五四
商三官	〇六〇
于江	〇六六
蛇人	〇七〇
张诚	〇七六

惊悚鬼怪篇

尸变	〇八八
画皮	〇九四
三生	一〇四
妖术	一一〇
九山王	一一六
咬鬼	一二二
汤公	一二六
夜叉国	一三二
罗刹海市	一四四
公孙九娘	一六〇

爱恋姻缘篇

画壁	一七四
娇娜	一八二
青凤	一九六
婴宁	二〇八
阿宝	二二二

公案诉讼 篇

胭脂	二三四
促织	二四六
冤狱	二五八
折狱	二六四
梦狼	二七二
席方平	二八〇

世间百态篇

崂山道士	二九四
司文郎	三〇二
小翠	三一四
石清虚	三三〇

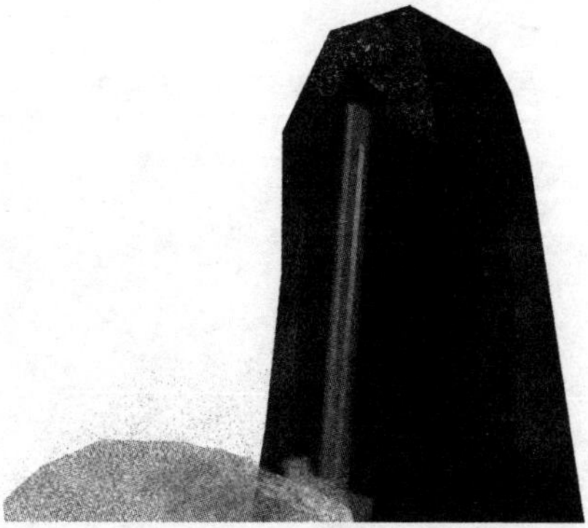

侠义忠信

篇

窃钩者诛，窃国者侯。
在这乱世末流，甘愿杀身成仁的，
又有几人？

聂小倩

出自 卷二 第七篇

宁采臣,浙江人,性格豪爽正直,行为有度。他常常对人说:"除了自己的妻子外,不喜欢别的女子。"

有一次,他到金华去,路过一座古庙。古庙很荒僻,院子里的蓬蒿长得比人还高,好像很久没人住了。东西两侧的僧舍,一个个房门虚掩着。只有南面的一间小屋,门锁是新换的。再看大殿的东南,长着修长的翠竹,竿很粗。台阶下有一个大水池,池里的野莲开着花。宁采臣非常喜欢这里幽静的环境。再说,正赶上金华测试秀才,城里的客房租金很贵,所以宁采臣就打算在庙里过夜。

他进去时没见到人,傍晚的时候,有个壮士走了进来。原来他是先来的,叫燕赤霞,陕西人。他住在南屋。燕赤霞告诉宁采臣,这里没有房主,他也是路过。

如果宁采臣不嫌这里荒凉，尽管住下，早晚请教也方便。燕生的为人，朴实坦率。两人谈了一会儿，没什么可说的了，便各自回屋休息。

刚到一个陌生的地方，宁采臣好久没有睡着，忽然，他听到北面屋里有人小声说话，他就到北屋窗下往里看了一看。只见一个妇女和一个老太太正在闲聊：

"这么久了，小倩为何还没回来？"

"大概快来了。"

"是不是向姥姥您发过什么怨言？"

"没说什么，不过看她有点闷闷不乐的样子。"

"这丫头，不必好好待她。"

正说着，一个十七八岁的姑娘进屋来了。这姑娘长得非常漂亮，光艳照人。老太太说："背地里不能议论人。我们正念叨你呢，你这小妖精悄没声儿地就来了。小娘子真是画中的美人。假如我是个男人，也会被你把魂勾了去。"小倩说："姥姥您不夸我几句，还有谁说我好呢！"后来又说了几句什么，也听不清。宁采臣猜测三人都是邻居的家眷，也就不再听什么，回屋去了。

刚要睡，觉得好像有人进屋来了。起来一看，正是刚才看见的那位美女来了。宁采臣吃了一惊，问她有什么事。小倩说："月亮这么好，我睡不着，想与你亲密一会儿。"宁采臣警告她:"姑娘请自重!你不讲廉耻,我还怕人说闲话呢!"小倩说:"晚上没人知道。"宁采臣大声斥责她:"快走!否则我就喊南屋的人了!"小倩害怕,就退了出去。刚出门,又返回来,拿出一锭金子,放在褥子上。宁采臣捡起来扔出门外,说:"不义之财,别脏了我的褥子!"小倩满面羞愧,走了出去,她捡起地上的金子,嘴里嘀咕:"这汉子真是铁石心肠。"

第二天,从兰溪来了一个书生,还带了一个仆人。他是来金华参加考试的,住进了东厢房。没想到,那书生当天夜里就死了。只见他脚心有一个小洞,好像锥子刺的一样,里面渗出一丝丝的血。谁也不知道是什么原因。又过了一天,他的仆人也死了。情况与他的主人一模一样。傍晚的时候,燕赤霞回来了。宁采臣过去询问他,这是怎么回事。燕生告诉他:"是闹鬼吧。"宁采臣历来刚直,一点儿也没在意,还在原屋住着。

半夜的时候,那美女又来了。她对宁采臣说:"我见的人多了,从没见过像你这么光明磊落的人。你实在是个圣贤,我不敢欺骗你。跟你说实话吧,我小倩姓聂,十八岁的时候死了,就埋在寺庙的旁边。后来受到妖精的胁迫,做这些卑鄙而不顾廉耻的事情,实在是被迫无奈。现在寺庙里已经没有可杀的人了。夜叉[1]自己

---

1 夜叉

夜叉怪模怪样,凶恶狰狞,喜好食人肉、吸人血。种类很多,可男可女,有些飞天,有些嘴里会吐火喷血。在佛经中,夜叉也有善恶之分,护持佛法的便是善夜叉。

要来。"宁采臣问小倩:"你怎么迷惑人呢?"小倩说:"谁喜欢我,与我亲密,我就暗中用锥子扎他的脚心,使他昏迷。我借此抽他的血供妖精喝。或者用金子引诱他,其实那不是金子,而是罗刹鬼[1]的骨头。谁要留下金子,谁的心肝就会被摘走。这两种方法,其实都是投其所好。"宁采臣感谢小倩说出了真相,并问她,妖精什么时候来,怎么对付。小倩说:"明天晚上来。你与燕生住在一起,就安全了。"宁采臣问她:"你为什么不去迷惑燕生呢?"小倩回答说:"他是一个奇人,我不敢靠近。"临走时,小倩哭着对宁采臣说:"我现在落入地狱之海,苦海无边。郎君这样义气冲云的人,必定能够救人于水火。如果郎君肯把我的朽骨包起来,送回家安葬,那你就是我的再生父母!"宁采臣非常同情她,一口答应了她的请求。他又问小倩:"你的尸骨埋在哪里?"小倩说:"就在那棵有乌鸦筑巢的白杨树下。"说完,她出了门,转眼之间就消失了。

第二天,宁采臣怕燕生外出,早早地就约燕生一起来喝酒。七八点钟的时候,宁采臣准备好酒菜,与燕生一起喝酒,同时观察燕生的动静。他请求与燕生同住一屋。燕生说自己从来都是独来独往,喜欢安静,不同意住在一起。但禁不住宁采臣的一再请求,又把行李搬了

---

[1] 罗刹鬼

罗刹源自印度神话,通常与夜叉并称。罗刹是性情暴戾、食人血肉的恶鬼。男罗刹外貌丑陋,女罗刹称为罗刹女,外貌如绝色美女。罗刹也是佛教地狱中最恶的狱卒。

过来，燕生这才勉强同意。不久，各自睡觉。燕生将一个小箱子放在窗台上，就躺下睡了。不一会儿，鼾声如雷。宁采臣心里有事，睡不着。

　　半夜的时候，只见窗外隐隐约约有个人影，走近窗户边，好像在往屋里偷看。那目光一闪一闪的。宁采臣心里害怕，想要把燕生叫起来。忽然，有一个东西从小箱子里冲了出来，白光一闪，像一条白色的绸子，把窗户的石棂都撞折了。只听得"嗖"的一声，马上又收了回来。燕生听见有动静，从床上起来。宁采臣假装睡觉，暗中观察燕生，看他干什么。只见燕生捧起小箱子查看，他从小箱子里取出一件东西，对着月光又是看又是闻。那东西，白亮白亮的，有两寸长，宽如韭叶。查看以后，又把它包了起来，足足裹了好几层，仍然放回已经破了的小箱子。只听见燕生嘀咕道："哪儿来的老鬼，如此大胆，居然把我的箱子都弄坏了。"接着，又躺下睡觉。

　　宁采臣很好奇，便起来问燕生怎么回事，还把自己看到的情况告诉了燕生。燕生说："我们既然已经成了朋友，我还瞒你干什么呢！我是一个剑客[1]。如果不是石格子挡着，那妖精早就没命了。不过，他也一定是受伤了。"宁采臣问他："你刚才包的是什么东西？"燕生

---

1 剑客

　　剑客通常是指精通剑术的侠客。传说春秋时期，有一位剑客"越女"，生卒年不详，剑法天成，居于山林。越王勾践为了向吴王夫差报复，便请越女传授士兵剑法。越王赞她"当世莫胜越女之剑"。

说:"是剑[1]。刚才闻了闻,有妖气。"宁采臣想看看,燕生很痛快地取出来让他看。原来那是一把晶莹发光的小剑。于是,宁采臣对燕生更加地敬仰。

第二天,宁采臣发现窗外有点点的血迹,便顺着血迹走去。出了寺庙向北走,只见一堆堆的荒坟。有一座坟堆中果然长着一棵白杨树,树上有个乌鸦窝。宁采臣想到自己对小倩的承诺,便收拾行李,准备回家。

燕生设酒,为宁采臣饯行。两人依依惜别,燕生拿出一个破旧的皮袋送给宁采臣,说这是一个囊,可以驱魔辟邪。宁采臣收下礼物,向燕生表示,他想跟燕生学习剑术,燕生拒绝他说:"像你这样讲信义的人,性格又豪爽刚直,按说可以当一个剑客。可是,你属于富贵场中的人,不是这条道上的人。"第二天,宁采臣在坟地的那棵有乌鸦窝的白杨树下,挖出小倩的尸骨,小心地用衣服包好,便租了一只小船回家了。

宁采臣家住在郊外,于是,他把坟墓安置在房宅的外面,埋好小倩的尸骨以后,宁采臣祭奠小倩的幽魂:"可怜你孤魂野鬼,把你埋葬在我的斗室之旁。你的歌声和哭泣,我都会听到。大概能够免于雄鬼的欺凌。请你把这碗清水喝了吧!虽然这碗水并不醇美,但这是我的一点心意。"祷告以后,宁采臣正要往家走,忽然听

---

[1] 剑

剑在古时既是常见的武器,也是驱鬼辟邪的工具。不过,剑在不同国家文化里却有不同的含义,例如日本剑客所使用的"剑",其实是指单刃的"刀"。在中国文化里,剑和刀有明显的区分,是两种不同的武器。中国的剑是双刃、直身、尖头,直刺可穿透甲衣,舞动时两边刃都可伤人。

见后面有人叫他:"慢点儿,你等等我。"回头一看,原来是小倩跟来了。小倩对宁采臣安葬她的尸骨非常感激,并请求允许她去拜见宁采臣的父母,愿意当婢妾,报答宁生的大恩大德。宁采臣细看小倩,只见她的皮肤白里透红,犹如霞光;小脚跷起,好似竹笋。白天端详她的容貌,比晚上更加娇艳无比。

　　于是,宁采臣就带着小倩一起回家。到了家门,宁采臣让小倩先在门外坐着,等他进门先向母亲禀报此事。母亲听说以后,非常惊讶。宁采臣的妻子正长久卧病在床,宁母告诫儿子先不要说出这件事,以免吓着儿媳妇。正说着,小倩已经翩翩地进来,跪在地上。宁采臣对母亲说:"这就是小倩。"宁母吃惊地看着小倩,不知如何是好。小倩对宁母说:"小倩孤苦伶仃一个人,远离父母兄弟,承蒙宁公子安葬了我的尸骨,情愿服侍公子,报答他的大恩大德。"宁母见她长得苗条可爱,言语乖巧,这才敢和她说话:"小娘子愿意照顾我的儿子,老身当然非常高兴。可是,我这一辈子就这么一个儿子,靠他继承祖宗香火,不敢叫他娶一个鬼妻。"小倩说:"孩儿确实没有什么恶意。既然已经死去的人得不到老母的信任,那就让我以兄妹相称,跟着老母过,早晚服侍您老人家,这样可以吗?"宁母可怜她一片诚

意，就答应下来。小倩当时就想去拜见嫂子，宁母说她有病不宜相见，这才算了。小倩立即就进厨房，为宁母做饭。她在房间里穿来穿去，好像久住的人一样熟悉。

晚上，宁母有点怕小倩，让小倩回去睡觉，不给她设置床铺。小倩猜知宁母的心思，立即退了出去。她走到书斋的门口，想进去，又退了回去，好像怕什么东西。宁采臣招呼她，她说："屋里的气使我害怕。前些时候在路上见到你没有行礼，也是这个原因。"宁采臣知道是那个皮袋子的缘故，就把皮袋取下来，挂在别的屋子里。小倩这才进来，靠着烛光坐下来。过了好久，小倩也没说话。又过了一会儿，小倩问："你夜里读书吗？我小时候读过《楞严经》[1]，现在大多忘了。请你借我一卷。我夜里没事时可以读读佛经，也可以向兄长请教。"宁采臣答应了她。小倩还是坐着，默默地，不说话。二更都过去了，还不说走。宁采臣催她走，她悲伤地说："流落他乡的孤魂，真怕那荒凉的墓穴啊！"宁采臣说："这里没有多余的床铺。再说，兄妹之间也应该避嫌啊。"小倩起身，双眉紧锁，好像要哭的样子，举足不前，走走停停，最后到了门口，一下台阶就消失了。

早先的时候，宁采臣的妻子病倒以后，宁母非常劳

---

[1]《楞严经》

佛教经典，据说在唐朝时传入中国。

累，难以承受。自从小倩来了以后，有小倩帮助操劳，宁母轻松了许多，所以非常感激小倩。小倩白天操劳家务，晚上诵读佛经，百依百顺，任劳任怨，渐渐地取得了宁母的信任。日子长了，宁母甚至把小倩当作自己亲生的女儿一样疼爱，竟然忘记了她是一个鬼。到了晚上，母亲不忍心让她离开，就留她一起住。

不久，宁采臣的妻子因病去世。宁采臣的母亲想让儿子娶小倩为妻，却又有所顾虑，怕儿子娶了一个鬼妻，将来会影响生育，绝了后代。小倩觉察到宁母的心思，便对宁母说："我在这里一年多了，母亲应该知道孩儿的心眼好坏。我不想再祸害行人。所以才跟郎君来到这里。公子光明磊落，连天人都钦佩他。我没有别的意思，只想服侍公子三年五载，借此博个封诰，我在泉壤[1]中也会感到非常荣耀。子女都是上天给的，郎君命中有福报，将来会生三个儿子，不会因为娶了鬼妻而受影响。"宁母这才放下心来，去和儿子商量。宁采臣很高兴，于是，在家里大摆婚宴，请来亲戚朋友。有人提出，要看一看新娘子。小倩爽快地穿着华丽的衣服出来了，满屋的人都看呆了，不但不起疑心是鬼，反以为是仙女下凡。于是，远近的亲戚都争先恐后地来拜会。小倩擅长绘画，特别是画兰花、梅花。常常把画的条幅赠

---

[1] 泉壤

指墓穴，也指黄泉阴间。

送给亲戚。得到条幅的人都珍藏起来，以此为荣。

有一天，小倩低头坐在窗前，心神不定，若有所思。忽然，她问道："皮袋子在哪里？"宁采臣说："因为你怕它，我将它封起来放到别的地方去了。"小倩说："我接受人间的阳气很久了，应该不怕皮袋了。最好把它取来放在床头。"宁采臣问她："为什么这么做？"小倩说："这几天，我心里一直不安，想必是那金华的妖精恨我远走高飞，恐怕早晚会寻到这里来。"宁采臣便把皮袋子取来。小倩反复地察看皮袋子，说道："这是仙人盛放妖精头颅的袋子啊！都破旧到这个样子了，不知杀了多少妖精！我现在看到它，还浑身起鸡皮疙瘩呢。"说着，小倩把皮袋子挂在了床头。

第二天，小倩又让宁采臣把皮袋子挂在门上。当天晚上，宁采臣和小倩对着蜡烛，端坐着。小倩提醒宁采臣不要睡觉。忽然，有一个东西，像飞鸟一样坠落下来。小倩吓得躲到帐子后面。宁采臣一看，这妖精像一个夜叉，非常凶狠，两眼像闪电一样，舌头血红，张牙舞爪的，到了门口又后退几步，好像有所惧怕。犹豫好久，妖精伸出爪子，想摘取皮袋子，把它撕碎。忽然，皮袋子"咯噔"一下，变得像土筐那么大。恍惚之中，好像有个鬼东西，从袋里探出半个身子，把夜叉一把

抓了进去。皮袋子立即又缩了回去,恢复原样。宁采臣非常吃惊,小倩走出来,高兴地说:"好了,这下没事了!"两人打开口袋一看,里面只有几斗清水而已。

　　后来,又过了几年,宁采臣考中了进士,小倩生下一个男孩。宁采臣又娶了一个妾,小倩和妾又各生了一个儿子。这三个儿子后来都做了官。

这篇小说主要写了三个人物：宁采臣、燕赤霞和聂小倩。宁采臣是正人君子，燕赤霞是剑客。他们站在一起，和妖精为代表的恶势力做斗争。而聂小倩这个人物比较复杂，她一出场，是一个妖精的帮凶。可是，她的害人是被迫的，是在胁迫之下不得已的行为。宁采臣的光明磊落感动了小倩，使她恢复了做人的希望和勇气。剑客燕赤霞帮助宁采臣战胜了凶恶的妖精，聂小倩终于恢复了一个少女的善良和纯真。其中，宁采臣的光明磊落、燕赤霞的剑客风貌、聂小倩的美丽和无辜，都给我们留下了深刻的印象。

故事主要发生在一个破庙里，场面非常集中，情节极尽曲折，一波三折。先是宁采臣进了古庙，接着是遇见了剑客燕赤霞，然后是聂小倩的出现。先是通过宁采臣的眼睛，写出她的美丽，接着，聂小倩来勾引宁采臣。通过勾引被拒绝的故事，我们知道了宁采臣的为人，看到他经受住了美色和金钱的考验。可是，这美女是一个什么人，她为什么要勾引宁采臣，这个谜团没有解开。接着，就是兰溪书生主仆

聊聊

的相继死去。读者自然会联想到，他们是不是死于小倩之手。再下来，小倩自己上门，解开了这个谜团。至此，兰溪书生主仆之死，真相大白，早先的为什么勾引宁采臣也有了答案。聂小倩的诉说，使我们明白了她的身世，知道了她的不得已，聂小倩的形象开始从害人者向受害者转变。而妖精的存在，使故事又充满了新的悬念。剑客与妖精的战斗刻画出燕赤霞的从容镇定，也写出了剑术的神秘。围绕着宁采臣与妖精的生死搏斗，写出那个不起眼的皮袋的作用，使我们对剑客的神秘有了更深的印象。

最后的尾声是好人得好报，宁采臣中了进士，聂小倩嫁给了宁采臣，还为他生了两个儿子。古人特别重视有没有后代的问题，所以作者设计了这样的结局。

侠女

出自　卷二　第二十五篇

　　金陵人顾生，多才多艺，但家里很穷。母亲年纪大了，需要他的照顾，顾生不忍远离。他天天给人画画写字，借此谋生。顾生25岁了，还没有成家。对门本来是一座空房子，后来住进一个老太太，带着一个少女。因为都是女眷，顾生也没打听人家是什么人。

　　有一天，顾生偶然从外面回来，看见对门的少女出来，秀丽文雅，世上少有，见了顾生也不怎么回避，但态度非常严肃。顾生进屋以后，向母亲打听对门少女的情况。母亲对顾生说："对门的女郎常到我这里借个剪刀、尺子什么的，她不像是穷人家的孩子，现在跟母亲一起住。问她为什么还不嫁人，她说是为了侍候老母。明天可以去拜访一下，顺便探探她家的口气，若是没有过分的要求，你可以代替她赡养她的母亲。"

第二天，顾母前往对门家，看到那家比较穷，连第二天的粮食都没有。老太太耳朵又聋，问她们靠什么生活，说是靠女孩做点针线活。顾母渐渐流露出求婚的意思，老太太好像没什么意见，但跟女孩一说，女孩沉默不语，好像是不乐意的样子。顾母回家，跟儿子说起当时的情况："这女孩是不是嫌我们家穷？对人不说不笑，艳如桃李，却又冷若冰霜，真是奇人啊！"母子二人猜测着，叹息了一会儿，也就算了。

一天，有一个少年来买画。这少年相貌英俊，举止显得很轻浮。说是邻村的，隔三岔五的就来。时间长了，两人的关系也愈来愈亲密。一次，正赶上对门的女孩从门前经过，少年问顾生这是谁，顾生说是邻家的女孩。少年盯着她看，说："这么漂亮的女孩，神情却那么严峻，令人害怕！"

不一会儿，顾生进屋，母亲对他说："刚才对门的女孩来讨点米，说是一天多没有烧火做饭。这女孩非常孝顺，穷得可怜，应该多多帮助她们。"顾生听从母亲的意思，背了一斗米送到对门，女孩收了米，也没有说感谢的话。平日里，女孩一到顾家，只要看见顾母做针线活，就主动地拿过去，帮着缝纫，屋里屋外的各种杂活，也都抢着干，就像顾家的媳妇一样。顾生更加地尊重她，每当家里有什么好吃的，肯定要分一些给少女的母亲，少女也不说什么。

顾母下身长疮，疼痛难忍，日夜不停地叫唤。女孩一天三四趟过来探望，给顾母洗创口上药，一点儿也不嫌脏。顾母心里非常过意不去，说："哪里去找这样的好儿媳妇，侍候老身到死啊！"女孩说："您的儿子是一个大孝子，比我们孤儿寡母强百倍。"顾母说："床头这些琐碎的活，哪是孝子能干的呢！况且我已经衰老，死是早晚的事。这传宗接代的事情，真叫人担忧啊！"正说着，顾生进来，顾母哭着说："我家亏欠大姑娘太多，你千万不要忘了报答人家的恩德。"顾生伏地向少女拜谢。女孩说："你敬重我的母亲，我没有谢你，你又何必感谢我呢！"从此顾生更加敬重女孩，不过女孩一向态度严肃，顾生一点儿也不敢冒犯她。

一天，少女出门，顾生目不转睛地看着她。少女忽然回头，嫣然一笑。顾生喜出望外，连忙跟着少女到了她家，跟她打情骂俏，少女也不怎么拒绝，彼此亲密了一阵。少女告诫顾生说："这种事情可一不可再！"顾生没说什么就回家了。

第二天，顾生再次约少女幽会，谁知少女却一脸严肃，理也不理地就走了。少女常过来，有时遇到，也没什么好言语好脸色。顾生开个小小玩笑,她就冷言冷语地顶他。一天,少女在没人的地方问顾生:"那个经常来串门的少年是谁?"顾生告诉了她。少女说:"他的行为举止,多次地触犯我。因为他与你的关系很亲密,所以我没理他。请你转告他,若是他还像以前那样,那就是不想活了!"晚上,顾生就把少女的话转告少年。少年不以为然地说:"既然不可触犯,你为什么可以触犯她?"顾生回答说:"我没有触犯她。"少年说:"既然没有触犯,那些亲密的话如何会传到你的耳朵里?"顾生一时回答不上。少年又说:"也请你转告她,别假惺惺地装正经,不然的话,我就把她的事情到处传扬。"顾生听了,非常生气,脸色都变了。少年这才离去。

一天晚上,顾生正一个人待着,女孩突然来到,笑着说:"我与你情缘未断,这莫非是天数!"顾生狂喜,把女孩搂入怀中。忽然,听到门外一阵脚步声,两人吃惊地站了起来,只见那少年闯了进来。顾生问:"你来干什么?"少年笑着讽刺说:"我来看那个贞洁的姑娘。"又转身对女孩说:"今天你不怪人了吧?"女孩气得眉毛倒竖,脸颊泛红,一句话没说。她迅速翻开上衣,露出一个皮袋,从中抽出一把锃亮的匕首。少年见了,吓得扭头就跑。少女追出门外,四处望去,没有一点儿动静。少女将匕首往空中抛去，只听得一声响亮，出现一道长虹般的亮光，顿时有个东西坠落在地。顾生用灯光一照，却是一只白色的狐狸[1]，已经身首异处。顾生害怕，少女说："这就是你那个相好的美少年。我本来饶恕了他，谁知他不知死活，我也没办法。那个妖精败坏了我们的兴致，明天我们再约会吧。"说完就走了。

第二天晚上，少女果然来了。两人亲密了一会儿。顾生问起少女昨天的事，女孩说："这不是你应该知道的。你必须保守秘密，一旦泄露，恐怕对你不利。"顾生又提出婚娶的事情，少女说："我与你已经同床共枕，提水烧饭的家务事也干了，这不都是媳妇做的事情吗？已经是夫妇了，何必再谈婚嫁的事情？"临别的时候，少女说："这种苟合的事情，不能多次发生。该来的时候，我自然会来；不该来的时候，勉强我也不会来。"以后，每当顾生要与她在一起说什么悄悄话，她就避开。但是，她经常帮顾家干些家务，补补衣服，做饭什么的，与媳妇一样。

几个月以后，少女的母亲去世，顾生尽力为她料理了丧事。女孩从此一人独自生活。顾生以为少女独自在家，约会就更容易了，于是便翻墙进去，隔着窗户

---

1 狐狸

传说中，狐狸在修炼过后不但可以成为妖精，更可以化为人形，道行比较高的狐妖甚至会化身妖娆女子以迷惑人。传说狐妖之中以九尾狐道行最高，最恶名昭著的九尾狐是曾迷惑商朝帝辛（纣王）的妲己。在日本，九尾狐的传说也很盛行，例如阴阳师安倍晴明逼使九尾狐变化成一块古怪石头"杀生石"的故事。此外，狐仙也是民间百姓供奉的"五大仙"之一。"五大仙"又叫"五大家"或"五显财神"，分别指：狐仙（狐狸）、黄仙（黄鼠狼）、白仙（刺猬）、柳仙（蛇）和灰仙（老鼠）。

招呼她。可始终没有回音。看她家的门上了锁。顾生怀疑她有别的约会，不在家。夜里再去，还是没人。于是顾生就把佩玉放在窗台上走了。一天后，顾生和少女在顾母的屋里碰到了。顾生出来时，少女跟在后面说："你怀疑我了吗？人各有自己的心事，不能告诉别人。如今想让你不怀疑我，怎么可能呢？不过有件急事需要与你商量。"顾生问："什么事？"少女说："我已经怀孕八个月了，早晚就要生孩子。我的身份不清楚，只能替你生孩子，没法替你养孩子。你悄悄告诉你母亲，寻个奶妈，假装是讨个婴儿抱回家养育，不要提起我。"顾生答应了，回来告诉母亲。母亲很高兴，但又感到奇怪："这姑娘真怪，明媒正娶不干，却愿意和我儿子生孩子。"顾母很高兴地按照少女嘱咐的办法去做了。

一个多月以后，少女有好几天没过来，顾母担心有事，便过去看望。只见大门关得紧紧的，里面没有一点儿动静。顾母敲门敲了好久，少女这才蓬头垢面地出来开门，请顾母进去，随后又立即把门关上。顾母走进内室，只见一个婴儿在床上呱呱哭呢。顾母吃惊地问："生下几天了？"少女回答说："三天。"解开襁褓一看，是一个男孩。顾母很高兴，对少女说："你已经替老身

养了一个孙子,可你一个人孤孤单单的,靠什么生活呢?"少女说:"我的心事不敢明告诉您。等夜深人静的时候,把孩子抱过去吧。"顾母把事情告诉儿子,到夜里,便把孩子抱回来了。

又过了几天,一天深夜,少女突然敲门进来,手里提着一个皮袋子,笑着说:"我大事已了,就此告辞。"顾生问怎么回事。少女说:"你供养我母亲的恩德,我时时地记在心里。如今我已经替你家传宗接代,报答了你的恩德,我自己的心愿也已经实现,没有什么遗憾了。"顾生问:"袋子里装的是什么?"少女说:"仇人的头。"顾生打开袋子一看,差一点儿吓死。顾生问究竟是怎么一回事。少女说:"过去没给你说明白,是因为害怕泄露秘密。如今大事已经办完,不妨把实话告诉你。我本是浙江人。父亲官居司马[1],被仇人陷害,全家被抄。我带着老母逃了出来,隐姓埋名,已经三年。不能马上报仇的原因,只是因为老母还在。母亲去世以后,又因为怀孕在身,所以拖延至今。那一天晚上外出,不是为了别的事情,只是因为道路门户不熟悉,怕报仇的时候出现差错。"说完就要走。她又嘱咐顾生:"我生的儿子,你要好好待他。你的福分薄,寿命不长。这个孩子必能光大门户。夜深了,不要再惊动老母

---

1 司马

司马是一个官职名称,最早出现于西周,在不同朝代有不同的职权。

了。我走了。"顾生非常难受，正要问她打算去哪儿，少女一转眼就不见了踪影。顾生叹息着，惋惜着，呆呆地站着，丧魂落魄一般。第二天，顾生把情况告诉了母亲。母子二人只有互相叹息而已。

三年后，顾生果然就去世了。他儿子十八岁中了进士，奉养祖母，养老送终。

《聊斋志异》塑造的人物，千姿百态。《侠女》这篇小说，塑造出一位艳似桃李、冷若冰霜的女侠的形象。既然是侠客，必然有她的神秘之处。作者蒲松龄对侠女的描写非常有耐心，一点一点地去揭开她的庐山真面目。一直到故事的结尾，读者才知道侠女的来龙去脉，才知道前面的神秘，都是为了复仇。复仇是这个故事的主题和中心。复仇的目的一旦揭开，前面的一切都得到了合理的解释。整个故事都是通过顾生的角度去写，我们是跟着顾生的经历去认识侠女，通过顾生的眼睛去观察侠女。

侠女的美貌只是外在的，她的心中，只有复仇，对男女之情并不在意，没有兴趣。顾生从男女之情去看她，所以觉得她很高冷。从顾生母子的角度去看，顾生和侠女似乎是门当户对的一对，是穷人找穷人的婚姻，应该没有问题。可是，没想到侠女对婚姻问题很冷淡。事情似乎没有办法向前发展。可是，顾家照顾侠女的母亲，并帮助侠女安葬了母亲，侠女觉得应该报答

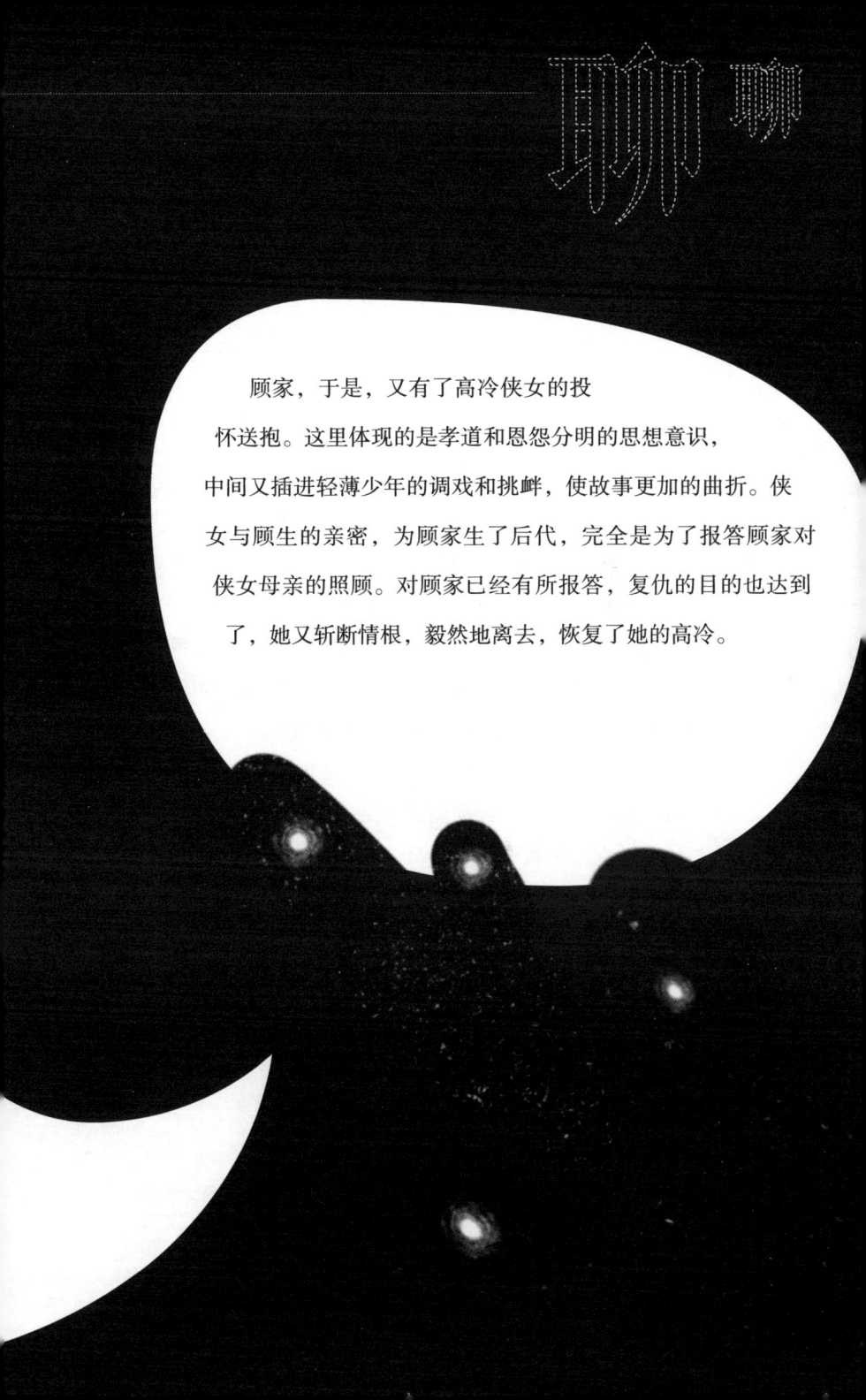

顾家，于是，又有了高冷侠女的投怀送抱。这里体现的是孝道和恩怨分明的思想意识，中间又插进轻薄少年的调戏和挑衅，使故事更加的曲折。侠女与顾生的亲密，为顾家生了后代，完全是为了报答顾家对侠女母亲的照顾。对顾家已经有所报答，复仇的目的也达到了，她又斩断情根，毅然地离去，恢复了她的高冷。

考城隍

出自 卷一 第一篇

我姐夫的祖父宋焘先生，是县里的秀才。一天，他有病躺在床上，忽然看见一个吏人，手持官府的文书，牵着一匹额上有点儿白毛的马，说是请他去县里参加考试。宋先生感到很奇怪，便问来人："负责考试的学台[1]还没有来，怎么能突然举行考试呢？"来人不做解释，只是一个劲儿地催促他起程。宋先生只好忍着病痛骑上马跟来人去了，只是觉得走的路非常陌生。

不一会儿，他们便来到一个城市，像是帝王的都城。又过了一会儿，他们进了一座官府，但见宫殿非常壮丽。堂上坐着十几个官员，都不认识，只知道其中有一个是关公，就是死后封为壮缪侯的关羽[2]。堂下房檐

---

[1] 学台

学台是古代的官职，掌管学校文风之政令及贡举之事。

[2] 关羽

关羽是三国时代蜀汉名将。由于关羽忠义勇武的形象备受各朝代的推崇，逐渐被神化，地位变得显赫，民间尊称为"关公""关二爷"等，更被后代帝王多次褒封，直至"武圣"，与"文圣"孔子齐名。关羽在佛教被奉为护法神之一，称为"伽蓝菩萨"，在道教被尊为"协天大帝""伏魔大帝""翊汉天尊"等。

下放着两张案桌、两个坐墩。已经有一个秀才坐在那里。宋先生就挨着他坐了下来。每张桌子上都放着纸和笔。一会儿，堂上飞下一张写有题目的卷纸。宋先生一看，题目是八个字："一人二人，有心无心。"两人写完文章，就交了上去。宋先生的文章里有这样几句话："有人故意去做好事，虽然是做了好事，也不必去奖赏他；有人无意中做了坏事，虽然做了坏事，也可以不处罚他。"堂上的各位神灵，互相传阅，称赞不已。于是，他们就把宋先生召上殿堂，对他说："河南有个地方，缺一位城隍[1]，你去担任比较合适。"宋先生这才恍然大悟，自己已到了阴间。他连忙跪下去，哭着叩头请求："我才疏学浅，蒙诸位错爱，让我担任如此重任，我怎么敢推辞呢？可是，我的老母亲年已七十，身边无人赡养照顾。请允许我为老母养老送终以后，再来听从调遣。"堂上一位帝王模样的人，立即吩咐查看一下宋母的寿数是多少。一个长胡须的吏人，捧着一本记载人寿的册子查阅了一会儿，说："宋母还有九年阳寿。"各位官员正在犹豫，关公说："不妨让那个姓张的秀才先代理九年，以后再让宋生接任。"于是，帝王模样的人对宋先生说："本来应该让你立即上任，念你有这

---

[1] 城隍

城隍，又称城隍爷、城隍爷公、城隍老爷或城隍尊神。城隍原来是"城墙"与"护城河"的意思，后来演变为城池的守护神。在明清以后，城隍成为阴间的一种官职，负责死者亡灵的审判、管理孤魂野鬼和移送亡灵等职务，也兼管阳间百姓一生善恶的记录以及保护本城百姓。各地的城隍可由不同的人出任，甚至可以由当地老百姓自行选出，殉国而死的忠烈之士，或正直聪明的历史人物，也都可以担任城隍。

份仁孝之心,给你九年的假期。到时候再召你来。"接着,又对张秀才勉励一番。两位秀才谢恩告辞。张秀才握着宋先生的手,一直把他送到郊外,他对宋先生说:"我是长山人,姓张。后会有期。"又送给宋先生一首诗。诗里写的什么,宋先生基本忘了,只记得里面有这么两句:"有花有酒春常在,无烛无灯夜自明。"

宋先生骑上马,告别而去。回到家,好像是一场大梦突然醒来一样。这时候,他已经死去三天了。宋母听见棺材里有动静,就急忙把他扶起来。过了半天,宋先生才能说出话来。他又派人去长山打听,那儿果然有一位姓张的秀才,三天前死了。九年后,宋母去世,宋先生安葬母亲以后,洗了澡,进屋以后,安然去世。他的岳父住在城中西门里,那天他忽然看见女婿骑着服饰华丽的骏马,身后跟着许多车马仆人,进了屋里,向他长长地一拜就离去了。全家人都非常吃惊疑惑,不知道宋先生已经成了神。宋先生的岳父急忙派人去女婿家打听,这才知道宋先生已经死了。

《考城隍》宣扬的是孝道。在传统的道德里，不忠还可以寻找借口，不孝是最不能原谅的恶行劣迹。百善孝为先，这样的观念深入人心，牢不可破。孝可感天，宋公的孝把阎王都感动了。考虑到宋先生有孝心，阎王放他一马，多给了他九年阳寿。孝可以感天动地，这就是《考城隍》的主题。它之所以成为《聊斋志异》的第一卷第一篇作品，原因就在这里。

《考城隍》的题材并不新鲜，传说孔子的弟子颜渊和子夏，死后成为地下的修文郎。唐朝的诗人李贺，因为诗写得好，死后被天帝请去撰写《白玉楼记》。这类传说很多，一方面借此

聊聊

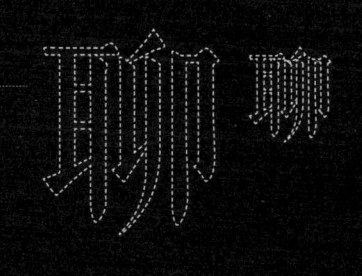

故事，纪念死去的，尤其是英年早逝的人才；一方面借以安慰亲友的心灵。这类传说逐渐地由名人发展到了一般的人。于是，就出现了这样的故事：一个人文章写得好，被请到阴间，做点文字的工作。蒲松龄接触过类似的故事，作为材料，进行改造，发挥他的想象力，把故事讲得更有人情味，使故事更加曲折，生活气息更浓，文字更加流畅，使一种纪念名人、才子的题材变成了一篇宣扬孝道的作品。

王六郎

出自 卷一 第十二篇

　　山东淄川的北城，住着一个姓许的人。他以捕鱼为生。每天夜里，他都要带着酒去河边捕鱼，一边饮酒，一边捕鱼。每次饮酒时，他都要先用酒祭奠河里淹死的鬼魂，口里祷告说："河中淹死的鬼，请你们来喝酒吧！"别人在这里都没有捕到什么鱼，唯有他总是收获颇丰，每天满满的一筐鱼。

　　一天晚上，许某正在独饮，忽然来了一位少年，在他身边徘徊不去。许某邀请他一起喝酒，那少年也不推辞，爽快地与他一同喝了起来。结果，当天晚上就没捕到什么鱼，许某心中不太高兴。少年说："我去下游替你把鱼赶过来！"说完，轻飘飘地就走了。

　　一会儿，少年回来了，说："鱼都来了！"

　　果然，许某就听到河里"唧唧嘎嘎"鱼群大至的声

音。许某一下网，就打上了好几条大鱼，每条都有一尺多长。许某大喜，赶忙向少年道谢。回去时，许某要把鱼送给少年，少年不肯收，说："多次喝你的酒，这点小事不算什么。如果你不嫌弃的话，我以后可以常常这么做。"许某说："我们才喝了一次酒，怎么谈得上是多次呢？如果你愿意经常来光顾，我当然愿意。只是惭愧自己没法报答你替我赶鱼的盛情。"许某又问他的姓名字号，少年告诉许某："我叫王六郎。没有字。"说完，两人就分手了。

第二天，许某把鱼卖了，得了很多钱，多买了一些酒。晚上，又来到河边，只见少年已经先到了。两人高高兴兴地喝了起来。喝了几杯以后，王六郎又去为许某赶鱼。

就这样过了半年。

一天，少年忽然对许某说："认识你以来，我们的感情超过了亲生的兄弟。可是，我们分别的日子快到了。"说话之间，神情非常凄凉。许某很是吃惊，问他是怎么回事。少年几次犹豫，欲说不说，终于向许某说出实情："我们的感情好到这样，我说出实情你不会怪我吧？我其实是一个鬼。生前特别喜欢喝酒。有一次，喝得大醉，淹死在这河里。以前你捕的鱼比别人多，是因为我暗中替你驱赶的缘故。为的是报答你洒酒祭奠的情义。明天我的罪期就满了,有人会来替代我。我将去阳间投胎托生。我们的相聚只有今天一晚了,所以我不能不伤心。"

许某开始听王六郎说自己是鬼,也很害怕,但毕竟相处那么久了,一会儿就不怕了。想到马上就要分手,也非常难过。许某斟满一杯酒,对六郎说:"请你喝了这杯酒,不要再难过了。马上就要分手,当然是让人很悲伤的事情。可是,你的罪期满了,可以脱离苦海,我们应该庆贺,应该高兴,再悲痛就不对了。"许某又问:"明天谁来替代你?"王六郎说:"明天中午你到河边一看就知道了。是一个妇女,她渡河时会淹死,就是她了。"正说着,听见村里的鸡叫了,六郎便与许某告别。

第二天,许某去河边,认真地等待着,准备看看这件奇怪的事情。中午时分,果然有一个妇女,抱着一个婴儿走来,到了河边就掉下去了。婴儿被抛在河岸上,扬手踢脚地号啕大哭。只见那少妇在河里挣扎,好几次浮起来,又沉下去。最后,她浑身湿淋淋地爬上岸来。在地上歇了一会儿,抱起孩子走了。那个少妇落水的时候,许某心里不忍,想去救她;但一想,她就是王六郎的替身,又犹豫不前了。等到那少妇爬上岸来,许某又怀疑王六郎的话没有应验。

晚上，许某照常在老地方捕鱼，王六郎又来了，说：“现在我们又相见了，暂时不必再提离别的事情了。”许某问他什么原因。王六郎解释说：“本来那妇女是来替代我的，但是，我可怜她的孩子，为了替代我一个人，却要牺牲两条生命，我于心不忍，就放了她。下一个替代的人何时出现，我也不知道。这或许是我们的缘分还没有完结的缘故吧。现在我们又可以天天相见了，暂时不会分开了。”许某说：“你这一片仁义之心，上天也会知道的。”从此，他们又像以前一样相聚喝酒。

几天后，王六郎又来与许某告别。许某以为又有人来替代他了。谁知王六郎说：“这一次不是有人来替代我，而是我的仁心果然让上天知道了，现在任命我为招远县邬镇的土地神[1]，几天后就要上任。你如果不忘我们的友情，可以去看望我，不要怕路远难走。”许某向他表示祝贺：“你为人如此正直，现在成了神，我为你感到非常高兴。但是，人和神生活在不同的世界里，即便我不怕路途遥远，又怎么能见到你呢？”王六郎说："你只管去就好了，不必担心。"王六郎再三地嘱咐以后就走了。

---

1 土地神

土地神就是"土地公"，是地方的守护神。"土地庙"多半建筑简单而不显眼，有些甚至于树下或路旁仅以数块石头为壁。土地神又称"福德正神""土地公公""土地公""土地爷""后土""土正""社神""土伯"等。造像有多种，有骑马、骑虎，甚至骑龙、骑麒麟。有些土地神旁伴着土地婆，或称伯婆、伯姆，是土地神的夫人。至于土地神的出处，众说纷纭。有一说为：周朝一位官吏张福德，享年一百零二岁，百姓以大四石围成石屋奉祀，不久便由贫转富，于是百姓合资建庙膜拜，取其名而尊为"福德正神"。

许某回到家里，就收拾行装，准备去东边见王六郎，妻子笑着说："这一去有好几百里地，即便找到了那个地方，你和泥像也没法说话呀！"许某不听劝阻，去了招远。

到了那里，向当地的住户一打听，果然有个邬镇。他找到邬镇，住在客店里，向店老板打听土地庙在哪里。店老板听他问，吃惊地问他："客人，你是不是姓许？"许某说："我是姓许，你怎么知道的？"店老板又问："你是不是淄川人？"许某说："是呀，你怎么都知道？"店老板并不急于回答，却是急急忙忙走出去，一会儿，镇里的人都来了，男人们抱着孩子，媳妇和姑娘们则挤在门口张望，人群像是一堵墙，把许某围在中间。

许某很惊讶，镇上的人好像事先已经得知他要来，纷纷出来欢迎他。原来他们预先在梦中得到王六郎的通知，说是土地神一位姓许的朋友，要从淄川来招远看望他，并吩咐他们送些盘缠给这位姓许的朋友。他们在得到土地神的启示以后，早就恭候许某多日了。

许某听了，感慨不已。许某去土地庙祭祀了自己的故友，表达了自己的思念之情："自从与你分手以后，我夜里做梦也常常见到你。现在我从远处来，践行我

们的约定。又蒙你托梦百姓，让百姓资助我，我心里实在非常感激。只是惭愧没什么丰厚的礼物赠送给你，只有一杯薄酒来祭奠你。如果你不嫌弃，那就请像当年在河边那样喝了吧！"祷告以后，他又焚烧了纸钱。一会儿，神座后面刮起一阵风，旋转多时，才散去。

当天夜里，许某梦见王六郎衣冠整齐地来相会，与以前完全不同。他托梦给许某："有劳你远道而来探望我，但我现在做了这个小官，不便与你相见。虽然近在咫尺，却好像隔着千山万水，使我心里非常难过。这里的百姓会送给你一些礼物，就算是我对老朋友的一点儿心意吧。你走的时候，我一定会来送你。"

几天后，许某打算回家。当地的百姓一再地挽留他，招待他。早晨请吃饭，晚上请喝酒。每天都要换好几家。最后，许某坚持要回家，众人见留不住，就送了许多礼物给他。临走的时候，百姓们都来送行。忽然，一阵旋风平地而起，跟着他走了十多里。许某知道，这是六郎前来送行。许某再三地拜谢，请他留步。那风盘旋了很久，终于平息。

许某回家后，生活逐渐富裕起来，也不打鱼了。后来，他遇见招远来的人，问起土地神，都说非常灵验，有求必应。

淹死的人，必须等待下一个淹死的人，才能投胎转世，获得解脱。这好像是一种死亡的接力，非常残酷。这当然是一种迷信。可是，蒲松龄利用迷信的想象力，把它转化为一朵艺术的鲜花。这就是《聊斋志异》第一卷的《王六郎》。

故事的线索是许某和王六郎的友谊。这里当然有一种恩怨的关系。许某邀请王六郎喝酒，王六郎将鱼群驱赶而来，互利双赢。可是，这种互利的关系逐渐地超出了恩怨关系的局限，发展成为一种真诚的友情。

新的溺水者即将出现，好朋友就要分手，王六郎向许某说出自己的真实身份。按常理，好不容易等来一个替死鬼，王六郎可以解脱了，应该高兴才是。可是，王六郎的表情却非常凄凉。这就写出王六郎是多么舍不得与许某分离，写出他多么地珍惜他与许某的友情。故事到这里，似乎已经没有了悬念，失去了向前发展的动力。可是,没想到,真正的故事才刚刚开始。对王六郎的深入刻画还在后面。王六郎不忍心母子替他而死,放弃投胎转世的机会,而母子也终于脱险。这是小说的高潮,也是最动人的一幕。做母亲的在水里浮起来,又沉下去,写溺水者的垂死挣扎,读起来惊心动魄。此时的六郎,内心的冲突必定非常地激烈。是让她死还是让她活?情况非常紧急,不允许六郎有片刻的犹豫,是所谓的生死抉择。是把握这一苦等数年的机会,还是把生的希望留给那一对母子?王六郎没有犹豫,而在瞬间做出了高尚的选择,于是,一切都回到了事情的起点。少妇湿淋淋地爬上了岸,母子有惊无险,而王六郎却又开始漫长的等待,等待下一个溺水的人。

小说到这里可以结束了,但蒲松龄喜欢给他所欣赏的人物一个好的结局,他还要把友情的主题进行到底。于是,故事继续向前发展,王六郎由溺鬼升为土地神,他托梦给许某,诚恳地邀请他前往一会。许某不远数百里去探望六郎,而六郎则托梦给村民,让他们热情招待许某,并资助许某。这样一来,许某和王六郎的友谊获得了一个非常圆满的结局。蒲松龄对当时社会的势利风气非常不满,他写这么一个有始有终的友谊的故事,是有针对性的。可是,给我们印象最深的,还是妇女沉江的那一幕。

庚娘
出自 卷三 第二十八篇

金大用是河南人,祖上也是官宦人家。他娶了尤太守的女儿。妻子小名叫庚娘,美丽贤惠,夫妻的感情非常和睦。

流寇作乱,金大用携父母、妻子、儿子全家,背井离乡,南下逃难。途中遇到一个年轻人,也带着妻子出来逃难。他自称是扬州人,叫王十八,愿意为金大用带路。金大用很高兴,就与王家结伴而行。到了河边,妻子悄悄告诉金大用:"不要和王十八坐一条船。他几次偷偷看我,眼珠乱转,神色诡异,不怀好意。"金大用答应不与王十八同船。可是,到了河边,王十八找来一只大船,不等金大用说话,就把金大用的行李搬到船上。金大用禁不住王十八的百般殷勤,不忍推却,就上了船。金大用心想王十八也带着年轻的妻子,应该没什

么问题，庚娘或许是过虑了。

庚娘与王十八的妻子同居一舱，王妻对庚娘的态度非常温和友好。王十八在船头与船夫们闲聊，好像很熟悉的亲戚朋友一样。不一会儿，夕阳西下，水路漫长，坐在船上望去，四周茫茫一片，分辨不出东南西北，金大用环顾四周，感到周围神秘而险峻，心里开始有点吃惊怀疑。

一会儿，明月东升，这才看清楚，周围都是芦苇。船停了下来，王十八邀请金大用父子出舱观景散心，趁金大用不注意，将他推落水中。金大用的父亲见此情形，刚要呼救，又被船夫一篙打落水中。金大用的母亲闻声出来，想看一个究竟，也被船夫一篙打落水中。王十八这才假装呼喊救人。金母出舱时，庚娘就在母亲后面，将情况看得一清二楚。知道一家人都已溺水毙命，庚娘并没有惊慌失色，她大哭说："公公婆婆都死了，我上哪儿安身啊？"王十八进船舱来解劝她："娘子不必担忧，你跟我去金陵，我家有房有地，生活富足，保你衣食无忧。"庚娘收起眼泪，假意说："若能如此，我也满足了。"王十八大喜，尽量地满足庚娘的生活需要，态度非常殷勤。

半夜的时候，王十八夫妻大吵大闹。不知是什么原因。只听见王十八的妻子嚷道："你做出这样的事来，不怕雷劈了你的头颅！"王十八一听，就暴打他的妻子。王妻喊道："死就死！我实在不愿意做杀人贼的老婆！"王十八大吼一声，把妻子揪出船舱，只听得"咕咚"一声，随后众人就大叫王妻落水了。

不久，船到了金陵，王十八带着庚娘，登堂拜见自己的母亲。王母一见庚娘，非常奇怪，不知道怎么回事。王十八告诉母亲，妻子落水身亡，庚娘是新娶的妻子。

王十八回到房间，想对庚娘不轨。庚娘告诉他："你三十岁的人了，还不知夫妻之道吗？就是市井小民，新婚的话，也要喝一杯薄酒吧？你家这么有钱，这点事应该不难办到吧？两人这么清醒地相对着，有什么情趣！"王十八很高兴，就准备了酒菜，与庚娘对饮。庚娘十分殷勤地劝酒，王十八渐渐地有些醉了，说不能再喝了。庚娘举起一大碗酒，连哄带劝地灌了下去。王十八不忍拒绝，喝得大醉，脱光衣服便倒在床上。

庚娘撤去杯盏，灭了蜡烛，假说去厕所。出屋取了刀子进来。她暗中摸索到王十八的脖子，王十八醉意蒙眬之中，抓住庚娘的胳膊，庚娘对着他的脖子，一刀杀下去，没有杀死。王十八大叫着坐了起来。庚娘又给他一刀，王十八这才断了气。王母好像听见儿子屋里有动静，就赶快过来看，问庚娘是怎么回事，也被庚娘杀了。

王十八的弟弟王十九发现情况不对，此时庚娘知道难免一死，想要自杀，但刀子已钝，又有了缺口，刺不进去。她自杀未成，就开门往外跑。王十九在后面追。庚娘纵身跃入院内的水池。等到被人从水里捞出来，已经死亡。但容颜依旧那么美丽，跟活着的时候一样。当大家给王十八验尸的时候，发现窗台上有一封信，是庚娘事先写好的，信中叙述了一家人惨遭谋害、含冤而死的经过。人们读了信，知道了庚娘一家惨遭灭门的经过，都认为庚娘是一位刚烈不凡的奇女子，彼此商议，要募捐安葬她。天亮以后，几千人闻讯前来观看庚娘的遗体。人们看到她的遗容，一个个都向她跪拜表示敬意。只一天的时间，就募集了一百多两银子。于是，大家把庚娘安葬在南郊。有热心人为她戴上镶满珍珠的凤冠和朝廷命妇才能够穿戴的袍服。随葬的物品非常多。

却说当初金大用溺水的时候，侥幸地抓到一块木板，在水上漂浮，得以不死。天快亮的时候，金大用漂浮到淮河的水面上，被一艘路过的小船救了起来。这只小船属于一位姓尹的老财主，专门为搭救溺水者而安排的。金大用苏醒以后，特意去尹府拜谢。尹老热情地接待他，请金大用留下来，教自己的儿子读书。金大用因为亲人生死未卜，想去寻访父母与庚娘的下落，因而犹豫不决。

不一会儿，听人禀报尹老，河里发现淹死的老翁和老妇。金大用过去一看，正是自己的父母。尹老替金大用父母置办了棺木。金大用正在悲痛的时候，忽然听说，河里救出一位妇女，自称是金大用的妻子。金大用吃了一惊，一边流泪，一边出去一看，不是庚娘，却是王十八的妻子。她向着金大用大哭，希望金大用不要弃她。金大用说："我心里已经乱了，哪有心思管别人呀！"妇人一听，更加悲伤。尹老向这位妇女询问了事情的缘由，非常欣喜，认为是上天的报应，劝金大用娶了她。金大用说："父母刚刚去世，我怎能立即娶妻结婚？再说，我要为父母、妻子复仇，也担心家眷拖累自己。"妇人说："照你这种说法，如果庚娘还活着，你能够以复仇为借口把她赶走吗？"尹老觉得妇人说得有道理，就对金大用说："我暂时替你收养她，等你复仇以后再完婚吧。"金大用这才同意了。

金大用父母安葬时，妇人一身孝服，痛哭不止，好像为自己的公公婆婆送葬一样。葬礼结束以后，金大用带了匕首和乞食的钵子，准备去扬州寻找仇人。妇人说："我娘家姓唐，世世代代住在金陵。那个狼心狗肺的王十八也是金陵人，和我是同乡。他说自己是扬州人，那是骗你的。这一带的水盗，一半是他的同党，你一定要小心。我怕你大仇没报，却自取其祸，把命丢了。"金大用一听，犹豫起来，不知如何是好。

忽然，庚娘复仇身亡的事情流传出来，淮河沿岸的人们都在议论此事。金大用听说以后，既为大仇得报而欣慰，也为妻子的死而十分悲伤。他向唐氏表示："幸亏庚娘没有遭到污辱。我的妻子死得如此刚烈，我怎么忍心再娶而辜负她的忠贞？"唐氏表示，已经说好的事不能反悔，自己不肯离去，愿意当金大用的小妾。

当时有一位袁副将军，是尹翁的老朋友，正要西行，临行前来看望尹老。见到金大用，言谈之间，非常欣赏、喜欢他，就邀请金大用到他帐下，为他掌管军中的文书。不久，流寇造反，袁将军奉命去平叛，立了大功。金大用因为参与军中大事，论功行赏，被授予游击的官职，回到尹老的家中。金大用和唐氏这才按照先前的约定，结为正式的夫妻。

几天后，金大用带了唐氏去金陵，准备专程去为庚娘扫墓。路过镇江的时候，他们打算登临金山去游览一番。两人在江上泛舟的时候，与一艘小船擦肩而过。金大用发现小船上有一位老妇和一位少妇，那少妇长得非常像庚娘。小船驶得飞快，少妇从船舱里盯着金大用，那神情很像是庚娘。情急之下，金大用大喊一声："看，一群鸭子飞天上去了呀！"小船上的少妇一听，也大声回应："看，馋狗要吃小猫的腥食了呀！"这两句话是金大用和庚娘在闺房里开玩笑的话。金大用大惊，急忙命船掉头向小船靠过去。一看，果然是庚娘。婢女把庚娘扶过来，两人抱头大哭。周围的人们，都被他和庚娘的悲欢离合深深地感动。

唐氏过来，用小妾见正室的礼节拜见庚娘。庚娘惊奇地问是怎么回事。金大用把来龙去脉说了一遍。庚娘听罢，拉着唐氏的手说："当年我们在船舱里说的话，还常在我的心里不能忘怀。没想到如今仇人却变成了一家人。承蒙你替我安葬了我的公公婆婆。我应该先感谢你。你怎么能用这么隆重的礼节来对待我呀？"于是两人便以姐妹相称。唐氏比庚娘小一岁，便以"姐姐"称呼庚娘。

原来庚娘被金陵的市民安葬以后，自己也不知过了多少时间。有一天，忽然听见有人对她大声地喊："庚娘，你丈夫还没有死，你们还可以团圆。"庚娘听罢，好像从一场大梦中醒来。可是，伸手一摸，四面都是墙，这才意识到自己已经死了，而且被埋葬在了墓穴里。她只是觉得非常憋闷，没有别的痛苦。

却说村里有几个恶少，庚娘下葬的时候曾经在场，看见庚娘的殉葬品非常多，又很精美，就起了贪心。有一天，他们掘开坟墓，打开棺材，正要窃取陪葬品，忽然发现庚娘居然还活着，顿时吓得手足无措。庚娘生怕他们加害于自己，就说："多亏你们来了，我才得见天日。金银首饰你们只管拿去，请你们把我卖到寺院里，我想当一个尼姑，你们也可以得一些钱。我不会泄密的。"盗贼们说："小娘子如此贞烈，神灵和凡人都非常钦佩你，我们几个小人，只是因为贫穷，没有办法，才做下这不仁不义的事，哪敢将你卖到寺院里做尼姑！你不泄密就算是我们的大幸了。"庚娘说："我自己愿意。"又有一个盗贼建议说："镇江有位耿夫人，守寡而没有子女，若是见到娘子，一定会非常喜欢。"于是，庚娘向他们表示谢意，自己拔下首饰，全部交给盗贼。盗贼不敢要，庚娘坚持要他们收下，他们才一起拜谢接受了。

于是，他们把庚娘送到耿夫人家，假说庚娘的船遇到大风迷失了方向。耿夫人是当地大户人家的寡妇，

没有伴侣，见了庚娘，非常喜欢，把她当作亲生女儿。刚才母女两人恰好从金山游玩回来。庚娘把事情的经过一一向耿夫人说明。于是，金大用登上耿夫人的船，耿夫人用对待女婿的礼节招待他，并邀请金大用一家去她家住了几天。后来他们离开了耿夫人的家，但金家和耿家的来往一直没有中断。

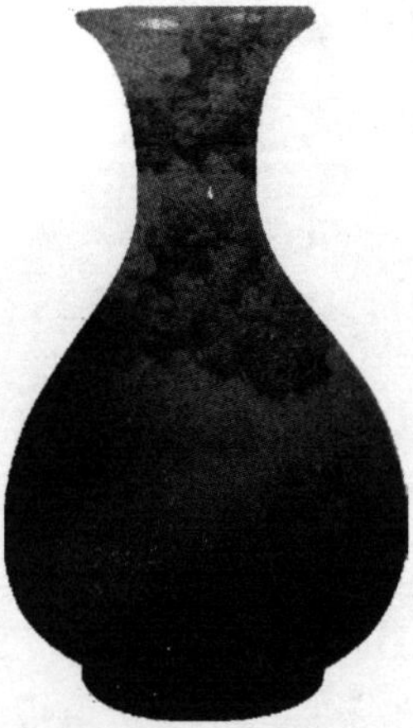

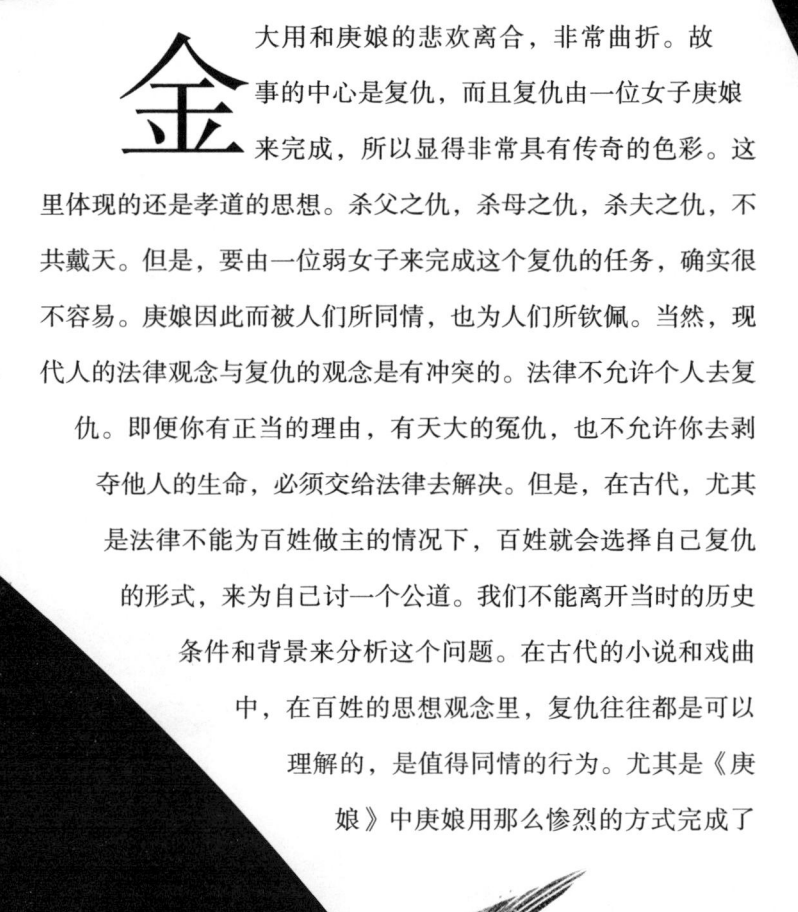

金 大用和庚娘的悲欢离合，非常曲折。故事的中心是复仇，而且复仇由一位女子庚娘来完成，所以显得非常具有传奇的色彩。这里体现的还是孝道的思想。杀父之仇，杀母之仇，杀夫之仇，不共戴天。但是，要由一位弱女子来完成这个复仇的任务，确实很不容易。庚娘因此而被人们所同情，也为人们所钦佩。当然，现代人的法律观念与复仇的观念是有冲突的。法律不允许个人去复仇。即便你有正当的理由，有天大的冤仇，也不允许你去剥夺他人的生命，必须交给法律去解决。但是，在古代，尤其是法律不能为百姓做主的情况下，百姓就会选择自己复仇的形式，来为自己讨一个公道。我们不能离开当时的历史条件和背景来分析这个问题。在古代的小说和戏曲中，在百姓的思想观念里，复仇往往都是可以理解的，是值得同情的行为。尤其是《庚娘》中庚娘用那么惨烈的方式完成了

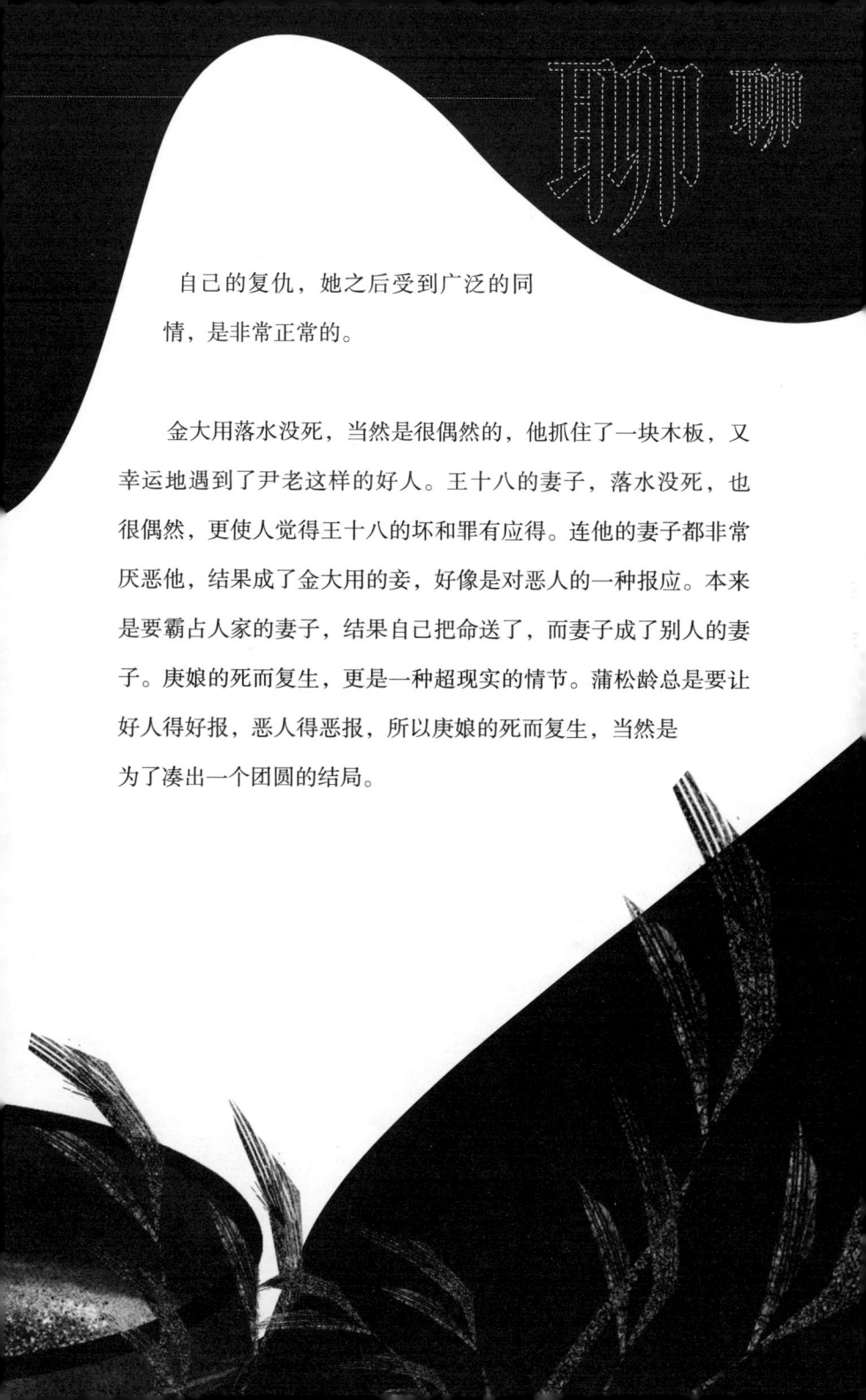

自己的复仇,她之后受到广泛的同情,是非常正常的。

金大用落水没死,当然是很偶然的,他抓住了一块木板,又幸运地遇到了尹老这样的好人。王十八的妻子,落水没死,也很偶然,更使人觉得王十八的坏和罪有应得。连他的妻子都非常厌恶他,结果成了金大用的妾,好像是对恶人的一种报应。本来是要霸占人家的妻子,结果自己把命送了,而妻子成了别人的妻子。庚娘的死而复生,更是一种超现实的情节。蒲松龄总是要让好人得好报,恶人得恶报,所以庚娘的死而复生,当然是为了凑出一个团圆的结局。

大力将军

出自　卷六　第十篇

　　浙江人查伊璜[1]，清明那天，在一座野外的寺庙里饮酒，见到寺里大殿前有一口古钟，比一个能装二石东西的瓮还要大。钟的上下有带泥的手印，手印光滑，像是新留下的。查伊璜感到奇怪，就俯下身子从下边向钟里窥看。只见钟里面有一个竹筐，大约能盛八升的东西。不知筐里装的是什么东西。他让几个人抠着钟耳，要把钟抬起来，可钟却一动不动。他更加地惊奇，就坐下喝酒，等待那个往钟里藏东西的人。不一会儿，有个乞丐进来，他把要来的吃的放到钟下。只见他一只手把钟提起来，另一只手把干粮放进筐里，来回搞了好几次，才算放完。过了一些时候，乞丐回来，从钟下取食物吃。看他掀钟的动作，非常轻松，就像揭开一个木匣子一样。在场的人都看呆了。

---

1 查伊璜

查继佐（1601—1676），号伊璜。明朝亡后，在浙东地区亲自率军抗击清军。康熙二年（1663），卷入一宗株连甚广的文字狱《明史》案而差一点惹来杀身之祸。

查伊璜问乞丐："你这样一条汉子，为什么行乞？"乞丐回答说："我饭量大，没人愿意雇佣我。"查伊璜看他非常强壮，就建议他从军。乞丐闷闷不乐地说："我没有门路。"查伊璜带他回家，给他做饭吃。查伊璜估计他的饭量，能抵五六个人。查伊璜替他换了衣服鞋子，又给了他五十两银子做盘缠。

十多年以后，查伊璜的侄子在福建做县令。有一位叫吴六一的将军，突然前来拜访。吴将军先问了一下县令与查伊璜的关系，然后说："查伊璜先生是我的老师，分别十年了，我很想念他。烦请你转告他，请查先生方便的时候光临寒舍。"县令随口答应。心想："叔父是有名的贤人，怎么会有一个武弟子呢？"恰好查伊璜来浙江，听侄儿说起此事，却怎么也想不起来他和这位吴将军有什么交集。可是，吴将军说得那么恳切，查伊璜便备马前去吴将军府上，登门拜访。

一见面，却是根本不认识。他暗自怀疑将军是不是搞错了。而吴将军的态度却是非常恭敬。他毕恭毕敬地请客人进门，过了三四道门，查伊璜看见有女子往来，知道已经到了内宅，就停住了脚步。吴将军又拱手让他进去。一会儿来到大堂之上，只见那些卷帘子的，摆放座位的，都是年轻的侍女。落座以后，查伊璜正要询

问，吴将军下巴微微一动，侍女就捧上朝服。他立即起身，郑重其事地换上朝服，查伊璜不知他要干什么。吴将军先命几个仆人，将查伊璜按在座位上，不让他动。将军向他下拜，如同拜见君父一样。查伊璜十分吃惊，摸不着头脑。拜完了，吴将军在一边陪坐，一边笑着问他："先生是不是还记得寺庙里那个举钟的乞丐？"查伊璜这才恍然大悟。一会儿，吴将军以丰盛的酒宴招待他，家里的乐队演奏助兴。酒快喝完的时候，侍女们站成一排，在旁边服侍。吴将军又亲自为客人安排好住宿，这才离去。

第二天，查伊璜因为昨晚喝醉，起身很迟，但仆人告诉他，将军已经在门外问候多次。这使得查伊璜感到非常不安，便向将军告辞。将军不许，将他关在家里。查伊璜见将军每天没什么事，只是在清点侍女、仆人，以及骡马器具，登记造册，不致遗漏。查伊璜心想这都是将军的家事，也没有问。一天，吴将军手持册子对查伊璜说："我之所以能够有今天，都是拜先生所赐。我的婢女，我的器物，我不敢独自占有，请你收下一半。"查伊璜愣住了，不肯接受。吴将军不听，拿出所藏的几万两银子，也分作两份。按照册子上的记录，古玩、床几，大堂内外，都摆满了。查伊璜坚决地制止住他，但吴将军不听。核对完婢女和仆人的姓名，立即命令男仆为查伊璜整理行装，又命女仆为查伊璜收拾器物。婢女仆人也分出一半，让他们跟随查伊璜，好好侍候新的主人。众人诚惶诚恐地答应着。吴将军亲自看着东西都装上车，这才与查伊璜告别。

后来，查伊璜受到《明史》案[1]的牵连，进了监狱。最终得以赦免，全靠吴将军的鼎力救助。

---

[1]《明史》案

浙江人庄廷鑨，买来一份明史遗稿，延揽江南一带才子编辑，作为自己的著作。书中奉尊明朝年号，直呼努尔哈赤为"奴酋"，清兵为"建夷"，犯了清朝忌讳，遭人告发。当时的辅政大臣鳌拜下令严惩，凡作序者、校阅者甚至是刻书、卖书、藏书者一律处以死刑，无辜被杀者不计其数。由于查伊璜的名字也被题在书上，因而被判死刑，其后获免罪。

中国人重视恩怨关系。有恩报恩,有仇报仇。有恩不报是小人,恩将仇报,就不是人了。滴水之恩,当涌泉相报。这个《大力将军》的故事,就是一个报恩的故事。整个故事分成两大部分,前半部分写吴将军没有发迹前的光景。当时他还是一个乞丐,正是他人生的最低谷。幸运的是,他遇到了一位贵人,那就是查伊璜。查伊璜看到他力气特别大,就建议他去从军,并且资助他路费,使吴的命运发生了重大的转折。这个发现人才

聊

的情节也写得很曲折,先描写那口古钟如何笨重,接着写乞丐举起来又如何轻松,使读者对乞丐的力气之大,有了非常深刻的印象。

故事的后半部分,写吴将军的报恩,也写得充满悬念。这个谜底几乎到了最后才完全被揭开,使滴水之恩涌泉相报的主题得到了有力的表现。

商三官

出自 卷三 第二十五篇

诸葛城里有个书生,叫商士禹。有一天,因为喝醉酒说了几句笑话,得罪了城里的一位豪绅,这位豪绅指使家奴把他毒打了一顿,抬到家里就死了。商士禹有两个儿子,大的叫商臣,小的叫商礼。另有一个女儿,叫三官,才十六岁。本来出嫁的日子已经订好了,因为父亲暴死,婚事就耽搁下来。

商臣和商礼出去打官司,一年多了,还是结不了案。三官的夫家派人来找三官的母亲商量,能不能根据现在的情况变通一下,把三官的婚事先办了。三官的母亲准备同意亲家的提议,可三官坚决反对:"天下哪有父亲尸骨未寒而女儿却举行婚礼的道理!难道他就没有父母吗?"亲家听了,非常惭愧,也就放弃了自己的提议。

不久,三官的两个哥哥官司打输了,满怀愤懑回到

家里，全家非常悲愤。三官的两个哥哥主张先不埋葬父亲，以便再次申冤时作为证据。可三官不同意："杀了人都不管，这是什么世道啊！老天难道会为你们兄弟生出一个包青天吗？父亲的遗骨一直暴露在外，我们做儿女的，于心何忍？"两个哥哥觉得妹妹说得有理，就把父亲安葬了。

葬礼一完，三官就在一天夜里离家出走了。谁也不知道她上哪儿去了。三官的母亲非常不安和惭愧，唯恐三官的夫家知道这件事，也不敢声张，只是让商臣和商礼暗中打听妹妹的下落。

半年过去了，还是没有三官的消息。有一天，正是害死三官父亲的那个豪绅的生日。为了庆寿，豪绅请来许多唱戏的来助兴。戏子孙淳带了两个徒弟来。这两个徒弟，一个叫王成，一个叫李玉。王成长相平常，但唱得好，字正腔圆，博得满堂喝彩。李玉长得漂亮，如同美女，客人请他唱戏，他却推托戏文不熟不肯唱。实在推托不了时，就在曲子里夹杂一些坊间流行的情歌和通俗的小曲之类，在座的客人也都为他鼓掌喝彩。师傅孙淳非常惭愧，向主人解释说："我这个弟子学戏时间不长，只学了一些敬酒的礼节。请您不要怪罪他。"于是，豪绅就让李玉给大家敬酒。李玉穿梭在客人之间，很会察言观色，豪绅非常喜欢他。

宴席结束以后，豪绅留下李玉服侍他。李玉殷勤地侍候豪绅，铺床叠被，宽衣脱鞋，服侍得非常周到。豪绅醉意蒙眬，把仆人都打发出去，只留下李玉陪着他。李玉见仆人都已离去，就把门关上，从里面反锁上。仆人们出去以后，就到别的屋里饮酒聊天去了。过了一会儿，只听得主人屋里传出"咯咯"的声音，有一个仆人跑过去看是什么情况。只见主人屋里黑黑的，一点儿声音都没有。仆人正要往外走，忽然听得一声巨响，就像悬挂重物的绳子突然断裂一样。仆人急忙大声询问，竟无人回答。仆人一看不好，连忙招呼众人。大家砸门，冲了进去，众人不看便罢，一看魂飞魄散。主人已经身首异处，李玉上吊自杀，绳子断裂，散落一地。李玉的脖子上，还有绳子。房梁上挂着断了的绳子。

众人大惊，急忙把情况向主人的家眷报告。全家都聚集在出事的地方，谁也弄不清到底是怎么一回事。当人们把李玉的尸体抬往院子的时候，发现李玉的鞋袜里空瘪瘪的，好像没有脚一样。把他的鞋袜脱下来一看，原来鞋袜里面裹着白色的孝鞋，里面竟是女子的三寸金莲[1]。李玉原来是一个女子！众人更加地惊骇。于是，

---

1 三寸金莲

三寸金莲是指妇女缠足后因脚趾、脚背变得畸形而变小的脚。缠过足的脚称为"莲"，大于四寸的称为铁莲，四寸的称为银莲，所谓三寸金莲，便是只有三寸大小的脚，而且形状还要弓弯。缠足要由小孩时开始，把女孩双脚的脚趾和脚背用布包裹捆绑，限制脚的正常发育，长期会导致骨骼碎裂、变形，双脚感到痛楚之余，更会造成永久损伤。直至近代，缠足的习俗才逐渐消失。在20世纪后期，仍可看到一些上年纪的缠足老妇。

豪绅家赶紧把李玉的师傅孙淳找来严加审问。孙淳完全被眼前发生的一切吓坏了，不知道怎么回答主人家一大堆的问题。他只是说："李玉一个月前才投靠我，做了我的弟子。他愿意跟我来你家祝寿，我确实不知道她是从哪儿来的。"

因为李玉穿着孝鞋，所以大家怀疑她是商士禹家派来的刺客。豪绅家派了两个仆人看守李玉的尸体。这两个仆人看李玉的面容与活着的时候一样，便起了歹心，其中一个仆人抱住尸体，把她翻过来，忽然他的头部像是被什么东西狠狠地打了一下，接着口喷鲜血，转眼之间就死了。另一个仆人看见这种情况，吓得要死，赶快告诉众人。如此一来，大家对李玉便更加地敬若神明。

第二天，豪绅家向衙门报案，官府派人叫来商臣、商礼，详加盘问。兄弟两个都说不知道情况，只知道妹妹离家半年了，什么消息都没有。地方官让商臣、商礼去看李玉的尸体，果然所谓李玉就是他们的妹妹三官。地方官对三官为父复仇的壮举感到非常惊奇，也非常同情，于是从宽发落，命商家兄弟把三官的尸体领回去，好好安葬。又告诉豪绅家息事宁人，不要与商家为仇，不要图谋报复商家。

这是一个弱女子为父亲复仇的故事。宣扬的是孝道。她不但表现得非常勇敢,而且非常有主见。她的夫家来商量,能不能变通一下,把婚事办了,可是,她坚决反对。父仇没报,不谈婚姻。说明她把孝道放在第一位,其他事都得放在后面。两个哥哥去打官司,打输了,还想接着打。可是,三官最早放弃了对官府的幻想。她决心自己去暗刺豪绅,为父亲讨一个公道。她的复仇充满传奇色彩。首先,她的离家出走,并没有向家人做任何解释,显然是为了一人做事一人当,不想牵连自己的兄弟和家人。其次,她是女扮男装。时机的选择也很重要。仇人生日这一天,有机会靠近豪绅。她

聊聊

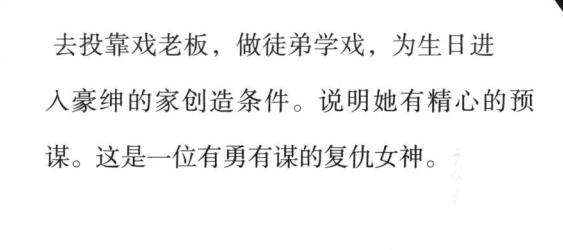

去投靠戏老板,做徒弟学戏,为生日进入豪绅的家创造条件。说明她有精心的预谋。这是一位有勇有谋的复仇女神。

与侠女相比,三官没有什么出众的武艺,也没有随身的法宝可以制服对手,她凭的只是自己的正义、勇气和智慧。她的刚烈赢得了大众的敬佩,也获得了地方官的同情。

于江

出自　卷三　第二十六篇

　　有一个农民叫于江。他的父亲夜里睡在田地里,不幸被狼吃了。于江当时只有十六岁,他捡到父亲遗留的一双鞋子,悲痛欲绝。

　　这天夜里,于江侍候母亲睡下以后,就拿了一个大铁锤悄悄地出了家门。他来到父亲遇害的地方,躺在父亲遇害的地方,等待报仇的机会。不久,来了一只狼,在于江的身边转来转去,东嗅嗅,西嗅嗅。于江一动不动。过了一会儿,狼又用它那毛茸茸的大尾巴,在于江的额头上扫过,然后又低下头,去舔于江的大腿。于江还是没动。紧接着,狼高兴地跳到于江的面前,准备张嘴咬他的脖子。说时迟,那时快,于江突然挥起铁锤,猛击狼头,狼立即倒地毙命。于江一跃而起,把狼的尸体藏在草丛里。

过了一会儿，又来了一只狼，跟前面那只狼一样，先是嗅，然后用尾巴来扫，最后上来就咬，也被于江用铁锤击杀。此时已是半夜，于江觉得睡意袭来，昏昏欲睡，却梦见他遇害的父亲对他说："你杀了两只狼，足以解我心头之恨。可是，现在这两只狼都不是害我的狼，带头害我的那只狼，鼻头是白色的。"

　　于江一下子清醒，坚持躺在那里，等待那只白鼻头的恶狼。可是，一直等到天亮，那只狼也没有出现。于江想把死狼拖回家里，又怕吓着母亲，就把死狼扔进一口枯井。第二天夜里，于江又去田地守候，却一无所获。

　　如此又过了三四个夜晚。一天夜里，终于来了一只狼。它咬住于江的脚，拖着他走。荆棘刺进于江的肉里，石头划破了他的皮肤，于江忍着，像死人一样。狼这才把于江放下，想要咬他的肚子。于江忽然跳起来，举起铁锤猛砸过去，连砸几下，把恶狼砸死。仔细一看，这只恶狼果然长着白色的鼻头。于江大喜，扛起死狼，回到家里，把复仇的经过告诉了母亲。母亲流着眼泪，跟着儿子来到地里，于江从枯井里拽出两只死狼。

这是又一个为父复仇的故事。可是，复仇的对象不是人，而是狼。小说极写狼的狡猾，不是上来就咬，而是反复地试探，看对手的反应。先是在周围观察人的动静，看是不是真的睡着了，看看没有什么动静，就用尾巴来扫额头，还是没有什么反应，还不放心，又来舔他的大腿，仍然没有什么反应，于是，彻底放心，跳上来要咬人的脖子。把狼的狡猾写足了，也就更加突显出复仇者于江的沉着冷静、智慧机敏。于江的复仇，是与狼的斗智斗勇，是生与死的博弈。

前后来了三只狼。杀第一只狼，写得最为曲折，狼很有耐心，但于江比狼更有耐心。杀第二只狼，写得很简略，因为作者不想有重复的描写。于江父亲的托梦，使故事有了曲折。原来于江杀的两只狼，都不是真凶。带头害他父亲的狼是白鼻头的狼。于是，复仇故事进入第三个阶段。最后这只狼，它的行为特点，与前两只狼

聊

又有所不同。先是拖着人走,这里有一个细节的描写,说于江被狼拖着,荆棘刺进了他的肉里,石头磨破了他的皮肤,可是,于江咬牙忍着。他的装死,只是为了麻痹恶狼,等待致命一击的最佳时机。

第一个晚上,他杀死了两只狼,却没告诉他的母亲。一是因为那只白鼻头的狼还没杀死,二是怕吓着母亲。这是写于江的心非常细,也是写他处处在替父母着想。

蛇人

出自 卷一 第十七篇

东郡有个人，养蛇为生。他曾经养了两条蛇，都是青色的。他管大的那条叫大青，小的那条叫二青。二青的额头上有红点，尤其灵巧乖顺，耍蛇的人让它左右盘旋，表演动作，没有不如人意的。耍蛇人非常喜欢它，与对待其他的蛇不一样。

过了一年，大青死了，蛇人寻思再找一条蛇来做替补，但一直没有顾得上。一天夜里，他寄宿在一座山里的寺庙。天亮以后，他打开竹箱一看，二青不见了。蛇人懊恼得要死，他苦苦地搜寻，大声地呼叫，却没有一点儿踪影。以前他每到茂密的树林、繁盛的草丛，就把蛇放出去，让它们自由自在地去玩耍，不一会儿，它们自己就回来了。因为这点经验，蛇人还抱着希望，或许二青自己会回来。他坐着等啊等，直到太阳高高地升起，二青还是没有回来，蛇人也就绝望了，这才闷闷不乐地离开了。

出门刚走了不到几步，他忽然听见草木丛中传来"窸窸窣窣"的声音。他停下脚步，惊奇地回头一看，竟是二青回来了。蛇人非常高兴，好像获得了珍贵的宝玉。他放下肩上的担子，站在路边，蛇也跟着停了下来。再看那二青的后面，还跟着一条小蛇。蛇人抚摩着二青说："我以为你跑了呢，这条小蛇是你推荐给我的吗？"他一边说，一边拿出蛇食喂二青，同时也喂了小蛇。小蛇虽然不走，但是缩着身子不敢吃。二青就用嘴含着蛇食喂它，好像主人请客人吃饭似的。蛇人再次喂它的时候，它才吃了。吃完，两条蛇都进了竹箱。蛇人将它们担回去，进行训练，小蛇盘旋弯曲，也都符合要求，中规中矩，与二青没什么差别。蛇人给它起名叫小青，带着它到处表演，赚了很多的钱。

一般来说，蛇人耍的蛇，两尺以内比较合适，再大的话，就太重了，不好摆弄，就得更换。二青按理说已经过了两尺，但是，因为它特别听话，所以蛇人没有放弃它。又过了两三年，二青已经长到三尺多了，它一躺进竹箱就满了，蛇人决定放弃它。

有一天，他来到淄川的东山里，拿出最美味的食

物喂它,对它祝愿一番,挥手让它离去。二青走了一会儿,却又回来了,蜿蜒着爬到竹箱的外面。蛇人挥手驱赶它,并对它说:"你走吧!天下没有不散的筵席,你从此在深山大谷里藏身,将来必定会成为神龙,竹箱里怎么可以久住呢?"二青这才离去。蛇人目送它远去。过了一会儿,二青却又回来了。蛇人挥手驱赶它,它也不走,只是用头撞那个竹箱。小青在竹箱里也不安地蠕动着。蛇人忽然明白:"二青是不是要和小青告别呀?"就打开了竹箱。小青一下子窜出来,和二青头颈相缠,频频地吐着舌头,好像在互相嘱咐叙谈。一会儿,两蛇竟扭着扭着一起走了。蛇人心想小青不会回来了,谁知一会儿,小青竟独自回来,爬进竹箱躺下了。从此以后蛇人就随时随地物色新的替代者,可也没有找到合适的。小青也渐渐长大,不便表演了。后来,蛇人找到了一条,也很驯服,但到底不如小青出色,可小青已经粗得像小孩的胳膊了。

在此以前,二青在山里,那些砍柴人也都见过它。又过了几年,二青长成了好几尺长,有碗口那么粗,渐渐地出来追赶行人。因此行人们都互相告诫,不敢在它出没的那条路上经过。

有一天,蛇人从那里经过,一条大蛇猛地窜出来,

像是一阵狂风。蛇人大惊,死命地跑,那蛇紧追不舍。他回头一看,快追上他了。忽然发现蛇头上有明显的红点,这才明白,它就是二青。他放下担子呼叫:"二青,二青!"那蛇顿时就停了下来,昂起脑袋呆了好久,就纵身一跃,缠绕在蛇人的身上,就像当年耍蛇表演时一样。蛇人觉得它没有什么恶意,但现在的二青长得那么粗,又大又沉,缠在身上真受不了,蛇人就倒在地上求它放开自己,二青这才把他放开。二青又用脑袋去撞那个竹箱。蛇人明白它的意思,就打开竹箱,把小青放出来。两蛇一相见,如见故友,立即紧紧地互相缠绕在一起,像是用蜜糖粘在一块儿似的,很久才分开。蛇人对小青说:"我早就想与你分手了,你现在有伴了。"又对二青说:"小青原来就是你带来的,你还可以把它带走。我再嘱咐你一句,深山里不缺吃的,请你不要惊吓打扰过路的行人,以免惹怒了上天而受到惩罚。"

两条蛇低着头,好像是在听他的教训和劝告。

养

蛇耍蛇，作为一种职业，历史非常悠久。据文字记载，汉朝就有人以耍蛇为业了。一直到现在，走江湖的人中，还有弄蛇的这一门行当。他们走街串巷，耍蛇弄蛇，以此为谋生的手段。要耍蛇，首先要驯蛇。各种动物都能够驯养，小到一只鹦鹉，大到一头狮子、老虎、大象。其中的甘苦只有驯养者自己知道。《蛇人》这篇短文，重点不在写蛇人如何驯蛇，而是写蛇人与蛇之间的离合聚散，写人与蛇、蛇与蛇之间的情感。

聊聊

作者写人与蛇的依依惜别，蛇与蛇的恋恋不舍，都写得非常缠绵，非常动人。二青与小青的相逢，如故友的重逢。蛇人驯蛇，蛇太大了就不适合表演了，所以必须要不断地淘汰，新陈代谢，不可避免。但人与蛇是有感情的，蛇与蛇也有感情。有感情但又不得不分手，这就是一个矛盾。这是商业利益和情感之间的矛盾。蛇人不能不遵循新陈代谢的规律。

人与蛇、蛇与蛇的重于情感，又使作者蒲松龄生出世风势利，人不如蛇的感慨。这篇短文其实包含着很丰富的含义。

张诚

出自 卷二 第三十一篇

河南有个姓张的,老家是山东人。明朝末年,山东大乱,妻子被北兵抢走,因为常常去河南,就在河南成了家。

他在河南娶了媳妇,媳妇替他生了一个儿子,起名张讷。不久,妻子死了。他又娶了一个妻子,生了个儿子,叫张诚。这位继室牛氏非常凶悍,总是嫉恨前妻生的儿子张讷,把他当奴仆使唤,吃的用的都是最差的东西。让他上山打柴,一天必须要砍满一挑柴,不够的话,就要鞭挞斥骂,实在叫人受不了。而对待自己的儿子张诚,总是偷偷地将好吃的东西给他吃,还让他去私塾读书。张诚渐渐地长大,生性孝顺父母,友爱兄弟,私下里常常劝母亲对张讷好一点,可牛氏不听。

一天,张讷进山打柴,还没砍够数,恰好遇到暴

风骤雨，就在山岩下躲避。雨停了，天也黑了，他肚子饿极了，就背着柴火回家。牛氏一看柴火不够，大发脾气，不给他饭吃。张讷饿得心慌，进屋直挺挺地躺着。张诚从私塾回来，看见张讷没有精神的样子，就问他："你病了吗？"张讷说："饿的。"张诚问怎么回事。张讷便实话相告。张诚听了，非常难过。不一会儿，张诚拿来饼给张讷吃。张讷问哪儿来的饼，张诚说："我偷了点粉，请邻居家的女人做的。你只管吃，别说出去。"张讷把饼吃了，嘱咐弟弟说："以后别这么做了，事情一旦泄露出去，会连累你的。再说，一天能够吃上一点儿，应该不会饿死。"张诚说："哥哥的身体本来就弱，哪能砍那么多柴！"

　　第二天，张诚吃完饭后，偷偷上了山，到了哥哥砍柴的地方。张讷见到他，非常吃惊，问他来干什么。张诚说："帮你砍柴。"张讷又问："谁让你来的？"张诚说："我自己要来的。"张讷阻止他说："不要说你不会砍柴，即便你会砍柴，也不合适。"于是，催促他赶快回去。张诚不听，用手脚帮张讷把柴折断，而且说："明天应该带把斧子来。"张讷走近弟弟身边，见他的手指破了，鞋也破了，悲伤地说："你再不赶快回家，我就用斧子自杀！"张诚这才回去。张讷送他到半路方才返回。

张讷打完柴回家,路过私塾,对私塾的老师说:"我弟弟小,你应该看住他,山里的虎狼很多,很危险。"老师说:"上午不知他去了哪儿,已经打了他手板子。"张讷回到家里,对张诚说:"不听我话,被老师责罚挨打了吧?"张诚笑着说:"没有这回事。"第二天,张诚带了斧子又去了。张讷吃惊地说:"我叫你别来,为什么又来了?"张诚不理,只顾忙着干活,汗水流淌到下巴,也不休息一会儿。估计够数了,也不告别就走了。老师又责备张诚,张诚实话实说,把情况告诉了老师,老师感叹他的贤德,也就不再管他。他哥哥屡次地劝阻他,他就是不听。

有一天,张诚和几个人在山中砍柴,忽然来了一只老虎,大家都害怕地藏了起来,老虎叼走了张诚。因为叼着人,所以老虎走得比较慢,被张讷追上。张讷抡起斧子,用力向老虎砍去,砍中了老虎的胯。老虎疼痛地狂奔而去,张讷没追上,痛哭着返回。大家劝解他,安慰他。张讷哭得更伤心了,他说:"我弟弟不是一般的弟弟,况且他是为我而死的,我还活着干什么呢!"说完,就要用斧子自杀。大家急忙上前阻止他,但斧子已经划破了脖子,有一寸多深,血流如注,当时就昏迷了过去。众人吓得要死，撕下一块衣服，把伤口包扎好，把他搀扶回家。

牛氏听说儿子被老虎叼走，哭着大骂张讷："你杀了我的儿子，想用割脖子来推卸责任吗？"张讷呻吟着说："弟弟若是死了，我一定不会活着！"张讷被放在床上，疼得睡不着，日夜靠墙壁坐着哭泣。他父亲怕他也死了，就时不时地到床边喂他一点儿吃的。牛氏看见了，就破口大骂。张讷于是开始绝食，三天以后，就死了。

村里有个跳大神[1]的巫者，据说阴间鬼使不足的时候，他就去帮忙，人称"走无常"。张讷在路上碰到他，把自己的遭遇给他说了一下，并请他打听弟弟的下落。巫者也说不清楚，于是带着张讷回头一起去找。到了一座城府，看见一个穿黑衣服的人，从城中出来。巫者拦住他，替张讷打听弟弟的下落。穿黑衣服的人从佩带的口袋里拿出簿册翻阅了一遍，上面登记名字的，有一百多个男女，却没有一个囚犯叫张诚的。巫者怀疑是在别的簿册里，黑衣人说："这一路归我管，怎么会被别人抓去呢？"张讷不信，非要巫者陪他进内城。只见城里的新鬼、旧鬼，来来往往，朦朦胧胧，其中有认识的，也有不认识的，上去一问，都说不知道。

---

1 跳大神

　　跳大神是满族萨满教的一种仪式，"大神"即是神灵附体的萨满（巫人）。"大神"在举行活动时身穿萨满服，戴上面具，用神帽上的彩穗遮脸，左手抓鼓，右手执鼓鞭，边敲神鼓，边唱神歌。

忽然听得一片喧哗，说："菩萨[1]来了！"抬头见云里有个魁伟的人，光芒彻照四方，顿时就觉得世界通亮。巫者祝贺张讷说："大郎真有福气！菩萨数十年才来一次阴间，消除各种烦恼，今天让你碰上了。"说着，就拉着张讷一起跪下。那些鬼犯乱纷纷的，一齐合掌，高声口诵慈悲救苦救难，声音震动大地。菩萨用杨柳的枝条遍洒甘露，细细的露珠如同尘埃。不一会儿，大雾消失，光收起来，菩萨也不见了。张讷只觉得颈上沾有露珠，斧子砍伤的地方不痛了。巫者又带着他回到阳间。看到街上的大门，两人分手，各奔东西。

张讷死去两天，忽然复活。他把阴间的所见所闻叙述一遍，并告诉大家，张诚没有死。牛氏认为张讷编了一套谎话来欺骗她，把张讷辱骂了一顿。张讷冤屈，难以辩白，摸摸伤口，确实好了。于是挣扎着站起来，向父亲跪拜说："去天涯海角我也要找到弟弟。如果找不到，我这一辈子也不会回来，希望父亲就当我已经死了算了。"老头把儿子带到一个没人的地方，哭泣了一场，也不敢挽留他。

张讷离家以后，到各处的交通要道打听弟弟的下落，路上没有盘缠，就一边要饭一边走。一年多过去了，到了金陵。他衣衫褴褛，伛偻着身子在路上走。偶

---

[1] 菩萨

佛教菩萨的本义和民间信仰的观念大不相同。扼要地说，佛教上的菩萨，意思为走向觉悟的有情众生，修行的地位仅次于佛。但是，在中国民间信仰中，因为受到佛教和道教融合在一起的影响，菩萨常泛指一些神明。

然看见过去十多个骑马的，他便躲到路旁。其中有一个像是官员的人，年纪四十多，健壮的士兵、彪悍的骏马，前呼后拥。有一个少年，骑着一匹小马，一直注视张讷。因为人家是贵公子，张讷不敢抬头去看他。那个少年放下鞭子停了一会儿，忽然从马上下来，喊道："这不是我的哥哥吗？"张讷抬头仔细一看，这不是张诚吗？于是，握着张诚的手，失声痛哭。张诚也哭着问："哥哥为何流落到这里？"张讷说出实情，张诚更加悲伤。骑马的人都下马来问，然后报告官员。那官命令让出一匹马来驮着张讷，并驾齐驱，一起回家。到了家里，这才详细地打听事情的始末。

原来，当初张诚被老虎叼走，不知什么时候被老虎扔在路边。他在路上躺了一晚上，恰好张别驾从京城回来，路过这里。见张诚文质彬彬的，很可怜他，便照料他，张诚渐渐地苏醒。他说起自己居住的地方，因为离得太远，因此张别驾就带着他回到府里，替他敷药疗伤，几天以后伤口就痊愈了。张别驾没有儿子，把张诚当儿子看待。刚才张诚是跟着出来游览的。张诚把自己的情况都告诉了哥哥。

正聊着，张别驾进屋，张讷不住地感谢他。张诚进屋，取出丝绸的衣服，让哥哥穿上，然后摆酒设宴，畅谈以往。张别驾问:"贵家族在河南,家里还有什么人?"张讷回答说:"没有了。父亲年轻时是山东人,后来流落到河南。"张别驾说:"我也是山东人。贵乡里怎么称呼?"张讷回答说:"曾经听我父亲说,归东昌管辖。"张别驾惊讶地说:"我们是同乡啊!什么原因迁到了河南?"张讷说:"明朝末年,清兵入境,把母亲抢掠而去。父亲遭遇兵乱,家产荡尽,先前常去西边做买卖,比较熟悉,所以就在那里定居下来。"张别驾又惊奇地问:"令尊叫什么?"张讷告诉了他。张别驾听后,吃惊得瞪大了眼睛,看了张讷好一阵子,又低头考虑了一会儿,就快步走进内室。

不一会儿,张别驾领着老母亲出来了。张讷等人拜见老太太,老太太问:"你是张炳之的孙子吗?"张讷说:"是的。"老太太大哭起来,对张别驾说:"这是你的弟弟。"张讷兄弟不知怎么回事。老太太说:"我嫁给你父亲三年,后来失散了,在北方归顺了黑旗主,半年后生了你哥哥。又过了半年,旗主死了,你哥哥因袭父荫当了这个官。如今辞官不做了。每每思念家乡,于是脱离旗籍,恢复原籍。他屡次派人去山东打听,却一点儿消息也没有。哪知你父亲西迁了呢!"于是对张别驾说:"你把弟弟当作儿子,罪过死人了!"张别驾说:"过去问张诚，他从来没说他是山东人。想是年纪小记不得吧？"于是，按年纪顺序排了长幼：别驾四十一岁为老大，张讷二十二岁，是老二，张诚十六岁，最小。

张别驾得了两个弟弟，非常高兴，大家一起起居，详说离散的经过缘由，准备一起去河南。老太太怕河南的继母不能相容，张别驾说："能相容就一起生活，否则就分开过。天下哪有不认父亲的？"于是，卖掉住宅，置办行装，选个日子就西行出发。到了家乡，张讷和张诚先去飞报父亲。自从张讷走了以后，妻子不久就死了，张父一个孤老头，形影相吊。忽然看见张讷进屋，大喜，简直不敢相信自己的眼睛，又见到张诚也活着，惊喜得说不出话来，只是老泪"唰唰"地流。兄弟俩又告诉他别驾母子来了。张父停止了哭泣，惊愕地望着，不知是悲好，还是喜好，只是呆呆地站着。不一会儿，别驾也到了。拜见了父亲，老太太拉着老头面对面地大哭。张父见跟来了许多婢女奴仆，屋里屋外都站满了，觉得坐也不是，站也不是。张诚没见到母亲，一问，才知道已经过世，于是悲号痛哭，一时昏迷，过了一顿饭的工夫才醒过来。别驾出钱，建造楼阁，请老师教两个弟弟读书。马匹喧腾于马厩，人们欢笑于厅堂，张家俨然成了大户人家。

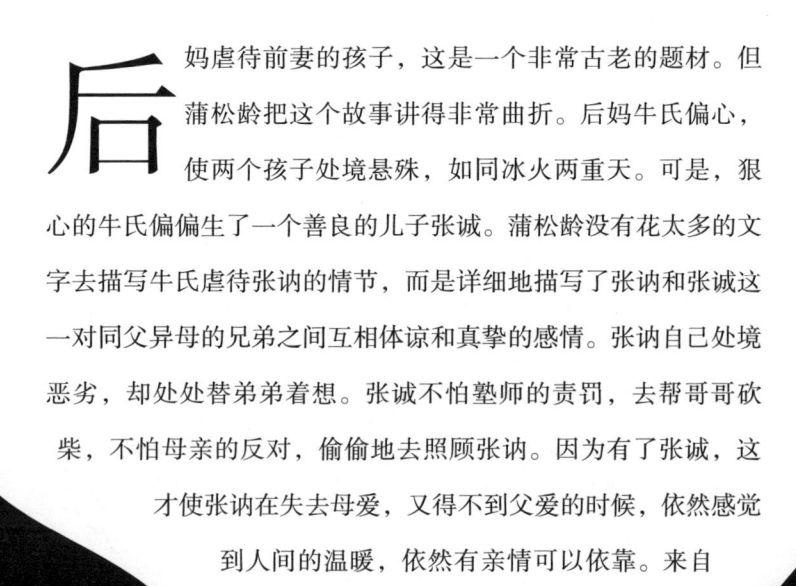

后妈虐待前妻的孩子,这是一个非常古老的题材。但蒲松龄把这个故事讲得非常曲折。后妈牛氏偏心,使两个孩子处境悬殊,如同冰火两重天。可是,狠心的牛氏偏偏生了一个善良的儿子张诚。蒲松龄没有花太多的文字去描写牛氏虐待张讷的情节,而是详细地描写了张讷和张诚这一对同父异母的兄弟之间互相体谅和真挚的感情。张讷自己处境恶劣,却处处替弟弟着想。张诚不怕塾师的责罚,去帮哥哥砍柴,不怕母亲的反对,偷偷地去照顾张讷。因为有了张诚,这才使张讷在失去母爱,又得不到父爱的时候,依然感觉到人间的温暖,依然有亲情可以依靠。来自异母兄弟的温馨,正是张讷在非常艰难的处境中能够坚持下来的精神力量。

张诚被老虎叼走，使故事增添了许多悲欢离合。其次，张别驾的生母也有非常坎坷的人生经历。因为是明朝灭亡、满族入主中原的社会大变动时期，所以使那些复杂坎坷的经历也就有了很多的可能性。故事也显得非常可信。张别驾的出现，使最后的大团圆有了条件。蒲松龄希望好人得到好的结局，所以有这样的人物和情节设计。

惊悚鬼怪

篇

磨牙吮血，杀人如麻，
不过是芝麻蒜皮的小事。
对狐魔鬼妖而言，
要紧的还是人间的恩怨。

尸变 [1]

出自 卷一 第三篇

阳信县蔡店有一家临街的旅店，接待来往的客商。蔡店离县城有五六里路。

有一天，黄昏的时候，有四个车夫前来投宿。不巧的是，旅店已经客满。客人无处可去，再三请求店主给予安排。店主想到一个住处，又怕客人不满意，犹豫不决。客人们说："有个房间住就行了，不会挑三拣四。"原来，店主的儿媳妇刚死，尸体还停在屋里，老头的儿子外出去购买制作棺材的木料，还没有回来。不知客人是否同意住到那里去。客人们一路奔波，非常疲劳，也就同意了。老头穿过街巷，将客人带到那里。

进了房间，只见那灵堂桌子上一盏昏暗的油灯，桌子后面是挂在灵床上的帷帐。灵床上躺着一具尸体，盖着纸被。再看里屋，是一个连在一起的通铺。

---

[1] 尸变

古今中外都有尸变的传说。在中国民间流传的尸变，是指死者的尸体突然复活并失去人性，变成一具没意识的行尸。据中国民间传说，尸变共有十八种，现在最为人熟知的一种尸变便是僵尸。

四人睡下，不一会儿，鼾声大作。其中有一位客人蒙蒙眬眬还没完全睡着。忽然，他听到灵床上发出"嚓嚓"的声音，睁眼一看，这时候灵床前的灯光，把屋里的一切都照得非常清楚，只见到那女尸揭开纸被坐了起来。不一会儿，下了床，走进卧室。女尸的脸色是淡黄色的，脖子上系着一条生绢。她来到床前，俯下身子，逐一地对着熟睡的三个客人吹气。那个没有睡着的客人惊恐万分，害怕女尸吹到自己，他赶忙拉上被子把头蒙上，屏住呼吸，听着女尸的动静。没多久，女尸过来，也同样地对他吹气。过了一会儿，他感觉女尸已经走出卧室，接着，又听到纸被的声音。探出头来偷偷一看，女尸已经躺下，如同原来那样僵卧在那里。他非常害怕，偷偷地用脚蹬了一下他的三个伙伴，发现他们一动不动，已经死去。想来想去，愈想愈怕，无计可施。他鼓起勇气，决定穿上衣服逃跑。谁知他刚要起来，又听到女尸那边有"嚓嚓"的声音，他赶快躺下，头缩进被里。只听见女尸过来，又对他吹了一阵。过了一会儿，女尸又回去躺下。他赶紧从被子底下慢慢地伸出手来，急忙把裤子穿上，光着脚就往外跑。女尸闻声起来，好像要追赶他。但是，等到女尸从床上起来，他已经打开房门，拼命地跑了出去。

他一边跑，一边大喊呼救。可是，村里一点儿反应都没有，没有一个人被惊醒。他想去敲店主的门，又怕耽误时间让女尸追上。于是，他向着县城的方向拼命地跑。到了县城的东郊，看到一座寺庙，听见里面似乎有敲木鱼的声音，就急忙去敲山门。寺里的道人听到敲门声，不知是怎么回事，没敢贸然开门。这时候，女尸离客人已经只有咫尺之遥。客人更加着急慌张。恰好寺庙外有一棵白杨树，树干很粗，有四五尺的样子。客人躲到树后，女尸跑到右边，他就往左跑，女尸向左跑，他就往右跑，与女尸周旋。女尸一时抓不到客人，非常恼怒。女尸和客人都已经极度疲劳。双方僵持了一会儿。女尸停下来，站在那里。客人浑身是汗，累得上气不接下气，躲在树后面。忽然，女尸向客人扑过来，她伸出两只胳膊，从树干两侧伸出手来抓客人。客人吓得瘫坐在地上，女尸没抓住他，抱着树干渐渐地僵硬了。

　　寺里的道人在里面偷偷地听了半天，听外面没声了，才慢慢走出来看究竟是什么情况。道人见客人倒在地上，用灯一照，已经昏死过去，只是心口微微地还有一点儿热气。于是，道人把客人背进屋里，过了一夜，客人才醒过来。道人给他喂了一点儿热水，问他怎么回事。客人这才把事情的来龙去脉告诉了道人。

这时候，早晨的钟声已经敲过，天已经有点蒙蒙亮了，道人过去一看，一具女尸抱着白杨树。道人大吃一惊，赶快报告县里。知县闻讯，亲自来勘验。让人把女尸从树上拉下来。可是，女尸的手抓得太牢了，根本掰不动。仔细一看，女尸的手指像钩子一样，连同指甲，深深地扎进树干。知县又让好几个人一起上去拔，这才把女尸从树上拔了下来。只见树干上留下的洞就像凿子打出来的孔一样。

知县派人去旅店打听情况。那旅店正因为女尸不见、客人暴死而乱作一团。差役向老头说明来意，店主得知情况以后，就找人跟随差役前往，把女尸抬了回去。客人哭着对知县说："我们四个人一起出来，现在只有我一个人回去，这事情向乡里人怎么说得清楚呢？"于是，知县给他出了一份证明，又赠送了他一些东西，让他回去了。

这是一篇有点恐怖的小说。女尸会起来杀人,这自然是迷信。可是,我们可以由此看出作者蒲松龄制造悬念、渲染气氛的高明的艺术手腕。虽然故事非常离奇,但是,蒲松龄编织的故事,不管多离奇,总要讲得合情合理,使你找不出一点儿勉强的地方。这是蒲松龄非常在意、非常坚持的地方。譬如说,客人居然能够住进灵堂,这一般是不可能的。可是,当时的客观情况摆在那里,也显得很有可能。客商一路风尘,疲劳至极,而恰好旅店已经客满,除了灵堂,无处可去。故事情节也极尽曲折。客人要跑,女尸听见动静,便起来察看。客人终于出逃,女尸又穷追不舍。好不容易到了寺庙,寺庙里道人未睡,却又不敢开门。女尸最后一扑,眼看客人难逃一死,谁知女尸的

聊聊

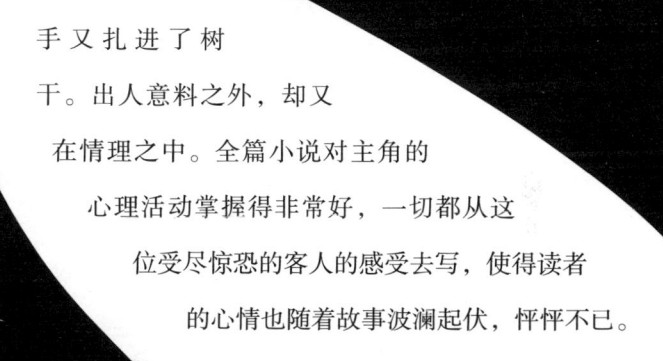

手又扎进了树干。出人意料之外,却又在情理之中。全篇小说对主角的心理活动掌握得非常好,一切都从这位受尽惊恐的客人的感受去写,使得读者的心情也随着故事波澜起伏,怦怦不已。

客人如何开门出逃,写得一波三折,使读者像是身临其境。细节的描写非常逼真。女尸双手扎进树干留下的两排洞,也给读者留下了深刻的印象。

画 皮

出自　卷一　第四十篇

　　太原有一个书生，姓王。一天早晨，他在路上遇见一位女子，只见她抱着一个包袱，走得很急，似乎很吃力。王生追上她，仔细一看，女子长得很秀丽，有十六岁的样子，心里不禁产生一种爱恋之情。王生问她："你为什么早晨独自一人赶路呢？"女子回答说："你是一个过路的人，又不能替我排忧解难，问这些有什么用呢？"王生说："你有什么忧愁，说不定我能帮助你呢。我一定不会推辞。"女子悲伤地说："我的父母贪图钱财，把我卖给一个财主当妾。那家的大老婆特别好嫉妒，早晚打我骂我，我实在受不了，就跑了出来。想走得远远的。"王生问："那你打算去哪儿呢？"女子说："我一个在逃的人，哪有什么一定的去处。"王生说："我家离这儿不远，你若是不嫌委屈，就住我那里去吧。"

女子很高兴，便跟着王生走。王生替她拿着包袱，领着她回家。到了家里，女子一看屋里没有外人，就问他："你没有家小吗？"王生回答说："这是我的书房。"女子很高兴，说："这地方太好了。如果先生可怜我，让我住下来，请你一定要保守秘密，不要泄露。"王生一口答应。王生将此事透露给了他的妻子陈氏，陈氏怀疑女子是大户人家的小老婆，劝丈夫打发她走，但王生不听。

有一天，王生偶然到街市上去，碰到一位道士。道士一见王生，就惊愕地问："你最近遇到什么人了？"王生回答："没有遇到什么人呀。"道士说："你全身都被邪气缠绕着，怎么还说没有？"王生竭力辩白，矢口否认。道士走了，说："真糊涂啊！都死到临头了，还执迷不悟！"王生一听，开始对女子有点怀疑了。又一想，这明明是个美女，怎么可能是妖怪呢？道士或许是借口镇妖除邪来赚钱吧！不一会儿，他到了书房门口。只见大门从里面反插着，没法进。他心中不禁产生怀疑，这女子在里面干什么呢。于是，他翻墙进去，进了院子。再一看，屋门也关着，他心中更加怀疑，便蹑手蹑脚地走过去，悄悄地从窗户向里张望。谁知不看不要紧，这一看，吓得他魂飞魄散。只见一个女鬼，面目狰狞,青色的脸,尖尖的锯齿一样的牙齿。她正把一张人皮铺在床上,手握一支彩笔在描画呢。画完以后,她扔下画笔,将人皮举起来,像抖动衣服一样把人皮披到身上,立即就变成一个美女。王生见此情形,吓得浑身发软,像动物一样,爬着出了家门。他急忙去寻找那个先前警告他的道士。但是,那道士上哪儿去了呢?他在街市上找了个遍。好不容易在郊外找到了道士,王生跪在地上,向道士苦苦求救。道士说:"那就让我把它赶走吧。可是,这东西已经修炼多年,也不容易。好不容易得到一个替代的人,可以去投胎了,我也不忍心伤它的性命。"于是,道士把一个驱赶蚊蝇的拂尘交给王生,让他把拂尘挂在卧室的门口。又与王生约定,日后在青帝庙[1]见面。

　　王生回家后,不敢进书斋,就睡在内室里,将道士给的拂尘挂在门口。夜里一更时分,忽然听到门外传来女鬼的脚步声,王生吓得连看都不敢看,让妻子悄悄去看一下。只见那女鬼到了门口,见到拂尘,不敢进门,恨得咬牙切齿,待了好久才离去。可是,过了一会儿,女鬼又来了。她破口大骂:"道士吓唬我,难道要我把吃进嘴里的肉再吐出来吗?"说完,她取下拂尘,三下两下,撕成碎片,撞坏卧室的门就闯了进来。她直接爬

---

[1] 青帝庙

青帝,亦称"苍帝""木帝",是古代传说中先天五帝之一,掌管天下的东方。先天五帝与三皇五帝中的五帝不同。先天五帝是指统治东、西、南、北、中五个方位的天帝,即东方青帝太昊、南方赤帝炎帝、西方白帝少昊、北方玄帝颛顼、中央黄帝轩辕。在古代,祭祀先天五帝是极为重要的祭祀。

上王生的床，撕开王生的胸膛，挖出心来，扬长而去。妻子大哭，婢女拿蜡烛来一照，只见王生已死，血流满地，弄得乱七八糟。妻子受到惊吓，哭泣而不敢声张。

第二天，陈氏打发王生的弟弟二郎跑去告诉道士。道士大怒："我本来还可怜它，这恶鬼竟敢如此猖狂！"道士立即跟着王生的弟弟来找恶鬼算账。那女鬼却不见了踪影。接着，道士张望四周，对二郎说："幸亏它没有逃远。"道士又问："南边的院子是谁家？"二郎回答说："就是我家。"道士说："恶鬼现在就在你的家里。"二郎吃了一惊，说："没看见啊。"道士问："最近有什么陌生人来你家没有？"二郎说："我一大早就跑到青帝庙来找你，实在不知道情况。让我回去问问。"说完就走了。一会儿，二郎返回，告诉道士："确实有一个陌生人来我家。早晨的时候，来了一个老太太，想到我家当用人，我妻子把她留了下来。现在还在我家没走呢。"道士说："就是这家伙了。"于是，大家来到二郎家。道士手持木剑[1]，站在院里，大喊："造孽的恶鬼，赔我的拂尘来！"那老妇在屋里，大惊失色，想夺门而逃。道士追上去，用木剑一指，老妇应声倒地，人皮裂开，掉落地上，现出恶鬼的原形。它卧在地上，像猪一样地嚎叫。道士用木剑砍下它的头颅，它的身子

---

1 木剑

大约在春秋战国时期，剑能驱鬼的信仰已经存在。到了汉朝道教兴起以后，剑逐渐成了道士手中的法器之一，只要手持一把斩妖剑，捏诀施咒，就可召神役鬼、辟邪除魔。

化成一股浓烟，在地上盘成一堆东西。道士取出一个葫芦，拔去塞子，放在烟堆里。只听得"嗖嗖"直响，像吸气一样，转眼之间，那烟就被葫芦吸得一干二净。道士把葫芦放进行囊。大家再看那张人皮，竟是眉毛、眼睛、手脚，无一不备。道士卷起那张人皮，像卷画轴一样"哗哗"作响，也放进行囊，然后与大家告别。

陈氏流着眼泪跪在门口，请求道士救救王生。道士表示自己无能为力。陈氏更加地悲痛，她跪地不起，再三地哀求。道士沉思片刻，对陈氏说："我法术浅疏，不能让王生起死回生。我给你指一个人，他或许能救你丈夫。你求求他，应该有希望。"陈氏说："是什么人呢？"道士说："就是街上那个疯子。他躺在粪土里。你可以试试，求求他。如果他侮辱你，夫人你也不要生气。"二郎也认识那个疯子。于是，王二郎陪着嫂子陈氏，去街上找那个疯子。街上果然有个疯子，是个乞丐，他疯疯癫癫，唱着歌，鼻涕三尺长，浑身肮脏，散发着臭气，使人无法接近。陈氏跪着，膝盖着地前行，到乞丐的面前。乞丐笑着说："美人爱我吗？"陈氏把事情的原委一一地告诉他。乞丐大笑，说："人人都可以做你的丈夫啊，救他干什么！"陈氏还是苦苦地哀求。乞丐说："真奇怪啊！人死了却要让我去救他，难道我是阎王爷吗？"说完，就恼怒地用拐杖去打陈氏，陈氏忍痛让他击打。这时候，街上围观的人愈来愈多，拥挤得像一堵墙了。乞丐吐出痰与口水，吐了满满的一大把，举向陈氏的嘴边，说："吃了它！"陈氏的脸涨得通红，面有难色。又想到道士让她不要怕侮辱的话，为了救丈夫，强忍着恶心咽了下去。只觉得那痰在喉咙里，像一团棉絮，"咯咯"地响着往下走。然后就停在胸口不走了。乞丐又大笑："爱人是真爱我呀！"最后，乞丐不再理会陈氏，人们又尾随他去了庙里。陈氏想靠近他，可乞丐却消失得无影无踪。他们前前后后都搜遍了，也没有找到。陈氏只好羞愧而又愤懑地回了家。

　　陈氏回到家里，既哀痛惨死的丈夫，又后悔被乞丐羞辱，吃了乞丐的痰，悲从中来，大哭，只想快快死去。她想给丈夫抹净血迹，收殓尸体，家人都吓得要命，躲得远远的，谁也不敢靠近。陈氏抱起丈夫的尸体，收拾流出胸腹的肠子，一边清理，一边哭泣。她哭得呕吐起来，郁结在胸中的那个硬块，突然涌了出来，还没有来得及看一下，就落入王生的胸腔。陈氏吃惊地一看，那竟然是一颗人的心脏。它在王生的胸腔中"突突"地跳动着，冒出一缕缕的热气。陈氏急忙撕开丝绸，把王生的胸膛裹紧。这时候，她再摸摸王生的尸

体，觉得渐渐地暖和起来，陈氏就给王生盖上了棉被。半夜的时候，陈氏发现王生有了一点儿呼吸。第二天早晨，王生居然活了。王生自己觉得，恍恍惚惚的，像是做了一场大梦，只是肚子那儿有点痛。再一看，那正是被恶鬼抓破的地方，结了个铜钱大的疤。过了不久，王生就痊愈了。

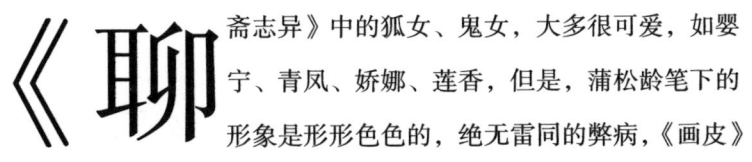

《聊斋志异》中的狐女、鬼女，大多很可爱，如婴宁、青凤、娇娜、莲香，但是，蒲松龄笔下的形象是形形色色的，绝无雷同的弊病，《画皮》里的女鬼就非常可怕。女鬼的可怕，不仅在于她要吃人，更在于她披着人皮，行动非常具有欺骗性。披着人皮的鬼，比一般的鬼凶残十倍。女鬼的出现，很能迷惑人。时间是早晨，一副很可怜的样子。而王生眼睛里看到的是一位美女，于是心生爱恋。王生并非见义勇为，他帮助人家的动机就不太纯洁。一个落难的美女，值得同情而又使人爱慕，加强了王生上当受骗的概率。道士警告王生，说他浑身邪气缠绕，而王生竭力否认，可见他中毒很深。道士对王生发出严重的警告，说他已经死到临头，王生为之震动，但立即又自己否定了。明明是一个美女，怎么

聊聊

可能是妖怪呢？怀疑道士是骗饭吃。这是直接地写王生沉迷于女色，陷得很深，而间接地写女鬼的善于惑人。道士不幸而言中，王生亲眼看见了女子的狰狞面目，这才从美人计中清醒过来。这个过程写得很详细，他怎么翻墙进去，怎么发现了那个可怕的秘密和真相，鬼又是如何地狰狞，如何地包装、化妆、伪装，如何地披起榻上的人皮。我们可以想象得出，王生在看到这一切的时候，想到朝夕相处的美人竟是这样一副面目，该是多么恐怖和后怕！作者对画皮有多处细节的描写，使读者犹如目击，以增加其"真实性"。这些地方最能表现作者那种丰富的艺术想象力。超现实的事情，写得和真的一样。

那个疯子，其实是一个半仙。行为疯癫，神经兮兮，这也是神仙故事里的常见套路。神仙很喜欢装作乞丐，装作残疾，且行为怪诞，疯疯癫癫。济公是典型的代表。

三生

出自　卷一　第二十六篇

　　有个姓刘的举人，他能记得自己前世的事情。他和已经过世的兄弟文贲是同年的举人，他曾经向文贲一五一十地讲述自己的前世。他的前世是一个士绅，品行有许多污点。六十二岁时死去。他刚见到冥王[1]时，冥王对待他以乡绅的礼仪，赐他座位，请他喝茶。他偷偷一看，冥王的茶水非常清澈，而自己的茶水却浑如浊酒。他暗想，这就是阴间的迷魂汤吧？于是，他趁着冥王不注意的时候，悄悄地把茶水倒掉而假装已经喝光的样子。不一会儿，冥王从簿册上查出刘举人生前的劣迹，大怒，命令群鬼把他揪下去，罚他做一匹马。立即就有一个恶鬼把他拉了去。他来到一户人家，门槛很高，跨不过去。正在犹豫的时候，鬼用力打他，他痛极了，跌倒在地。回头一看自己，已经在马槽下面了。

---

1 冥王

冥王，便是主宰冥府的大王，民间一般称为阎罗王，或称阎王。中国原本没有阎罗王的概念。阎罗王源自印度神话中管理阴间的大王，传说他属下有十八个判官，分管十八层地狱。随着佛教传入中国，阎罗王开始在中国流行起来，而且逐渐演变成十殿阎王。

只听见有人说："黑马生小马驹了，是公的。"他心里明白，自己已经转世为马，却说不出话来。只觉得非常饿，不得已，只好凑到母马身下去吃奶。过了四五年，长得高大健壮，特别怕人鞭打他，见了鞭子就害怕奔逃。主人骑马时，必定配上遮蔽泥土的障泥，放松辔头，慢慢地跑，他还不觉得很苦。只是奴仆或马夫骑马时，不装马具就上路，他们两腿的踝骨一夹击，他就感到痛彻心扉。于是，他气愤至极，三天不吃草料，结果死了。

到了阴间，冥王一查，他的罚期还没有满，斥责他故意逃避，就命人剥下马皮，罚他来世做狗。他心里十分沮丧，不肯去。群鬼上来，一顿乱打，他疼痛已极，跑到野地里。心想还不如死了好，就愤愤地从悬崖上跳了下去，摔在地上起不来了。回头一看自己，已经转世为狗，躺在狗窝里，一只母狗舔着他，喂他奶吃。于是，他明白自己又回到了阳间。稍稍长大，他看到粪屎，也知道脏，但闻着却很香，只好在心里想着别吃它。做了一年的狗，常常气愤想死，但又怕冥王斥责他逃避惩罚而加罪，而且主人家也对他宠爱驯养，不肯杀他。于是，他故意去咬主人的腿，主人发怒，将他乱棍打死。

冥王查明情况，对他的疯狂非常愤怒，把他鞭打了几百下，然后让他变作一条蛇。他被关在一个密室里，黑暗不见天日。他非常气闷，就贴着墙壁爬上去，钻了一个洞出去了。回头一看，自己已经伏在草丛里，居然变成了一条蛇。于是，他决心不再残害生命，饿了就吃些草木果实。如此过了一年。他常常想，自杀不行，害人而死也不行，想寻找一种好的死法却找不到。有一天，他卧在草里，忽然听到有车过来，就急忙窜出去，挡在路中。车子飞驰而过，把他碾成两段。

冥王非常奇怪，他怎么这么快就回到了冥司[1]。于是，他跪在地上，向阎王说明苦衷。冥王因为他是无罪被杀的，就原谅了他，准许他期满以后转世为人。于是，他就成了刘公。刘公一生下来就能开口说话，文章书史，看过一遍就能背诵。辛酉年间，考中了举人。他常常规劝别人，骑马一定要多加鞍垫，因为双腿夹着马肚子，比鞭打还要使马痛苦。

[1] 冥司

冥司是指人死后前往的地方，一般称为阴间。不同的文化、不同的宗教对阴间都有不同的描述。中国传统普遍受阴阳理论的影响，称现世的人间为阳间，死后的世界称为阴间，又称冥府、幽冥、阴司、阴府、幽都、冥界等。

佛教有转世的说法，蒲松龄利用转世之说的想象力，编织出一个三生的故事。先是变成了一匹马，再变成了一只狗，最后，变成一条蛇。愈变愈差，每况愈下。每一次变化，都是一次轮回。他的命运像螺旋一样，愈旋愈下。由人变为非人，是对他的惩罚。原因是他有劣迹，做了坏事，人品不好。这里当然有惩恶扬善的意思。从马到狗，从狗到蛇，愈变愈趋于低级，是因为他的欺骗。他的不安分，性格的狂躁，均暴露无遗。当然，这里也体现出刘某不甘心接受命运摆布，要与命运抗争的意识。刘某一次次地卖弄小聪明，都没有好结果，反而使自己的处境愈来愈糟。可是，在遇到一次又一次挫折以后，他的思想还是有了变化，他决心不再残害生命，虽然作为蛇，他有这个能力。这就是一个进步。他也不再像以前那么好冲动，真所谓冲动是魔鬼。他的性格在一次次的挫折中得到打

磨。这是又一个进步。最后,他终于如愿以偿,恢复了人的身份。

作者在描写三生转世这样超现实的情节的时候,尽量照顾动物的特点,而让人的思想情感灌注其中,达到了一个微妙的平衡。虽然这匹马、这条狗、这条蛇是刘某变的,但他的行为受到动物身份习性的限制,譬如说马在马厩里待着,狗要吃屎,蛇在草里趴着;但是,动物的内心还是刘某的思想感情。那种希望恢复人身的强烈欲望支配着那匹马、那条狗和那条蛇。这种顽强的希望,就是刘某终于变回人的动力。

妖术

出自 卷一 第二十四篇

有位于公，年轻时豪放仗义，喜欢练拳比武，力气很大，能够手拿高壶飞舞，像旋风一样。崇祯年间，他在京城参加殿试，仆人得病，卧床不起，他非常忧虑。恰逢街市上有一个算命的，能预测人的寿命，于公想替仆人去问问。到了算命人那里，他还没有开口，算命人就问他："你莫非是来询问仆人的病情？"于公吃惊地点头称是。算命人说："病人没事，你倒是有点危险。"于公就请他给算算。算命人起了一卦，说："客官三天以内必定会死！"于公惊骇了半天。算命人从容地说："鄙人有一个小法术，只要你酬谢我十两银子，就可以替你去邪消灾。"于公自想："人命在天，岂是法术所能改变？"他没有搭理算命人，起身离去。算命人说："吝惜这几个小钱，不要后悔！不要后悔！"于公的朋友都替他担忧,劝他倾囊哀求算命人,于公不听。

转眼就到了第三天,于公在旅舍正襟危坐,静静地观察动静,一整天没有什么意外。到晚上,于公关上门窗,点亮油灯,在屋里端坐。一更已过,也不见一点儿死的危险。他正要上床睡觉,忽然听到窗外有"窸窸窣窣"的声音。他急忙一看,看见一个小人扛着戈,一落地,就变得像人一样高。于公拔剑而起,猛地刺去,那人飘忽,于公没能击中。那人忽然又变小了,去寻找窗户的缝隙,想逃出去。于公追上,迅速砍去,那人应声而倒。于公用灯一照,却原来是一个纸人,已经被拦腰砍断。于公不敢睡,又端坐等待。

过了一会儿,又有一个东西从窗户钻进来,面目狰狞,像鬼一样。那东西刚一落地,于公就向前一击,把它砍成两截,它在地上蠕动着。于公怕它再起来,又接连击去,击中怪物,发出清脆的声音。仔细一看,是一个泥人,被击成了碎片。于是,于公移到窗前坐着,细看着窗户的缝隙。

过了很久,听见窗户外有牛喘气一样的声音。有东西在摇晃着窗户,房屋和墙壁都好像要被它晃倒了。于公怕房屋被压塌了,心想不如出去与它斗。只见一个大鬼,非常高大,快到房檐了。在昏暗的月光下,只见那鬼的面孔黑得像煤一样，眼睛里闪烁着黄色的光。上身没穿衣服，下面没有穿鞋，手里拿着弓，腰里系着箭。于公正在惊骇的时候，那鬼已经拉弓放箭射了过来。于公挥剑将箭拨落在地。他刚想进击，鬼又射箭过来，于公急忙跳跃躲开，那箭穿透墙壁，抖动着发出尖锐的声音。鬼看屡战没有结果，大怒，拔出佩刀，挥舞得像旋风一般，向于公砍过来。于公像猿猴一样，灵活地躲避着恶鬼的进攻。恶鬼的刀一下子劈在了院子的一块石头上，石头立刻被劈成了两半。这时候，于公从恶鬼的两腿间钻了出来，砍中了恶鬼的脚踝，发出金属一般的声音。恶鬼更加愤怒，像雷霆一样地吼叫起来，转过身子，举刀又砍了过来。于公又伏下身子，钻进恶鬼的胯下，恶鬼的刀落下来，砍断了于公的长袍。于公此时已经到了恶鬼的肋下，他挥剑猛砍，又发出金属一般的声音，恶鬼倒地，发僵。于公上前一阵乱砍，发出的声音像是巡夜人在敲击木梆的响声。用灯一照，原来是一个木偶，大小与人一样。弓箭还系在腰上，脸上刻画得狰狞可怕，被击中的地方，都有血流出来。

  于公于是点着蜡烛，端坐着等待天亮。至此，他才觉悟到，这些鬼魅都是算命人派来的，想借此将不听邪的人杀死，来证明他算命的灵验。

这是一个破除迷信的故事，一个不怕鬼的故事。邪不压正，正义必能战胜邪恶，这就是它的主题。算命人善于捣鬼，他心术不正，本性凶残，不惜害人来证明算命的灵验，所以这篇故事命名为《妖术》。算命人危言耸听，说于公三天内就得死，目的就是想诈取十两银子。如果于公信了他的恐吓，他就白得十两银子。如果于公不信邪，那么，算命人还有下一步的阴

谋诡计。可是，算命人的阴谋最后却遭到了可耻的失败。于公战胜了算命人一连串的诡计，主要不是靠武艺，而是依仗一种正气、一种信念——
"人命在天，岂是法术所能改变？"

九山王

出自　卷二　第二十九篇

　　曹州有个李秀才，家里素来富饶，而住宅一直不太宽广。他家的后面有几亩田园，荒废闲置。有一天，有个老头来租房，拿出一百两银子做租金。李秀才回答说没有房子可租。老头说："请你收下租金，不必顾虑。"李秀才不知道对方是什么意思，姑且收下租金，看看接下来会发生什么事。

　　第二天，村民们看见许多车马和家眷，拖家带口的，进了李家。熙熙攘攘，非常热闹。众人感到奇怪疑惑，李家房子并不宽敞，上哪儿安置这么多人马，就去问李秀才。李秀才也一点儿都不知道，回家一看，却没有一点儿迹象。几天后，老头突然来拜访，而且说："承蒙你的关照，在你家已经住了好几天了，事事都要安排，安炉子，砌灶台，没有抽出时间来尽一尽做客人的礼节。今天我已经派女儿们做饭，请你赏光来寒舍一叙。"李秀才答应下来。一进园子，只见房室华丽，焕然一新。进屋一看，只见摆设华美，非常讲究。酒鼎已经在廊下烧热，茶炉在厨房里冒着青烟。不一会儿，斟酒劝饮，上菜劝食，全是美食佳肴。不时地看到有很多少年往来走动，听到儿女们的小声交谈，帘幕中传出笑谈的声音。老头的家人和奴仆婢女，好像有几十上百口人。李秀才心里明白这些都是狐狸。酒席完了回家，李秀才心想要杀死这些狐狸。

  他每次到集市去，都要买回一些硫黄、芒硝，渐渐地，积累了有几百斤，暗中布置在园中，几乎都布满了。有一天，他突然将火点着，满园的硫黄、芒硝发生爆炸，火焰冲天，如黑色的灵芝。烧得臭气熏天，烟灰眯眼，无法靠近，只听得哭喊之声，嘈杂震耳。大火熄灭以后，李秀才进去一看，只见满地都是死去的狐狸，一个个烧得焦头烂额，不计其数。他正在查看时，只见老头从外面进来，表情凄凉悲痛。他责备李秀才说："我们之间，早先也没有什么仇怨，一座荒芜的园子，一年给你一百两银子租金，也不算少了，为何下此毒手，灭我全族！这样惨烈的深仇，不可能不报！"说完，愤愤地走了。李秀才疑心老头会扔些砖头瓦片来制造事端，

但一年过去了，什么怪异之事都没有发生。

到了顺治初年，山里出现许多强盗，聚众一万多人，官府也没有办法抓捕他们。李秀才家里人口多，天天担心发生动乱的事情。恰好村里来了一个懂占卜之术的人，自称"南山翁"。他能够给人预测祸福，就像亲眼看见的一样，因此名声大噪。李秀才把他请到家里，求他推算生辰八字。南山翁一算，肃然起敬，说："你是真命天子啊！"李秀才一听，非常害怕，认为老头胡说八道。南山翁严肃地坚持己见，李秀才不免半信半疑，说："哪有白手起家就接受天命当皇帝的？"南山翁反驳说："不对。自古以来，帝王大多出身于平民，谁生下来就是皇帝的？"李秀才被他迷惑住了，上前向南山翁请教。南山翁俨然以卧龙先生诸葛亮自居，请李秀才先准备好盔甲、弓箭各几千套。李秀才担心人们不来归附，南山翁说："臣愿为大王联系各处山寨，订立盟约派人到处宣扬大王是真命天子，山中的士兵必会响应。"李秀才大喜，派南山翁去联络，自己挖出埋藏的金银，用来置办盔甲、弓箭。

几天后，南山翁才回来，说："借大王的威望福荫，加上臣的三寸不烂之舌，各山寨无不情愿牵马执鞭，归顺大王的麾下。"十天之内，果然有数千人前来

归附。于是，拜南山翁为军师，制作帅旗，竖起各色旗帜，如同树林。依着山林，建起营寨，声势浩大，震动四方。县令带兵来讨伐，南山翁指挥群匪大败官兵。县令惧怕，向兖州告急。兖州的兵马远道而来，南山翁又率领匪徒伏击，州兵溃败，许多将士被杀。李秀才声势更加壮大，党徒数以万计，于是，他自立为"九山王"。南山翁担心马匹太少，恰好京都正往江南解送一批马匹，他就派了一支人马拦住要道，将马匹夺来。

  由此，九山王名声大噪。九山王封赠南山翁为"护国大将军"。他自己高卧山寨之中，非常自负，以为黄袍加身，指日可待。山东巡抚因为九山王劫夺马匹的事情，正要征剿他们，又得到兖州的报告，于是，调发精兵几千人，分六路合围进击。军旗飘扬，满山都是。九山王大惊，召南山翁来商量，却不知他哪里去了。九山王束手无策，走投无路，登上山顶，望着满山遍野的官军，说："今天才知道朝廷势力的强大！"山寨被攻破，九山王被俘，老婆孩子都被杀死。这时候他才明白：所谓南山翁就是老狐狸，因为被大火灭门，以此来报复李秀才。

有各种各样的仇怨，有各种各样的报复。《九山王》一篇，是一种用心良苦、深谋远虑的复仇。李秀才痛下杀手，将数十上百的狐狸一举烧死，种下了仇恨，埋下了祸患。老狐发出警告以后，李氏以为狐的复仇，无非是扔个砖头瓦片之类。奇怪的是，一年过去，什么事也没发生，好像只是虚声恫吓而已。可是，事情的发展，大大出乎李氏的意料，亦为读者始料之所不及。

狐狸复仇的事情没了下文，作者宕开一笔来写李氏糊里糊涂当了九山王的经过。这一过程写得极为详细。一个普普通通的秀才，如何一步一步变成了一个草头王。背景是群盗作乱，社会动荡。关键是一个南山翁的怂恿。

所谓"南山翁"，其实这个号里面暗示着他的来

历，他就是南山的狐狸，

但作者并不急于点破。南山翁之所以能够说动李秀才下水，除了人心思乱以外，有两方面的原因：一是因为南山翁确实神奇，他能够预测人的祸福，这就使他容易获得人们的信任，并进而产生一种依赖感。二是李氏自己有野心。南山翁说李秀才是真命天子。李氏开始也将信将疑，但架不住南山翁的三寸不烂之舌。开始的时候，发展很顺利。野心随着实力的壮大而膨胀，但是，占山为王的土匪毕竟只是乌合之众。到最后，作者这才点破，南山翁就是老狐，他怂恿李氏造反称王，完全是为了报复。李氏的势力发展得愈大，他的罪恶也就愈大。老狐的复仇，真可谓用心良苦。

咬鬼

出自 卷一 第八篇

沈麟生说：我的一位朋友某老翁，夏天睡午觉，迷迷糊糊，看见一个女子掀开门帘走了进来，她头上裹着白布，身上穿着丧服，径直向里屋走去。老翁猜测是邻居的女人来拜访自己的妻子，又转念一想，她为什么穿着丧服跑到别人家里来？

正在那里害怕疑惑的时候，那个女人出来了。老翁仔细一看，这女人有三十多岁，面色黄肿，眉头紧皱，神情可怕。女人在屋里转来转去，并不急于离开，慢慢地走近老翁的卧榻。老翁假装睡着，偷偷看她究竟要干什么。不一会儿，那女人提起衣服登上老翁的床，压在老翁的肚子上，感觉有几千斤重。老翁心里虽然很明白，但是，一举手，好像被人绑住了一样；一动腿，好像是瘫痪了似的。他急忙张口呼救，却发不出声音。那个女人闻老翁的脸,从脸颊、鼻子到眉毛、额头,闻了一个遍。老翁觉得女人的嘴冰冷冰冷,那股寒气像要钻到骨头里似的。老翁窘急之中,苦苦想出一个计策,想等女人闻他两腮的时候用嘴咬她。

一会儿,女人果然闻到老翁的两腮来了,老翁趁机一口咬住女人的颧骨,牙齿都咬到肉里去了。女人痛得抬身起来,一边挣扎一边大叫。老翁没有松口,更加用力地咬她。只觉得血液都流到了下巴,把枕头都弄湿了。正在苦苦地相持的时候,忽然听到院子里妻子的声音,就急忙大叫有鬼。他刚一松口,那女人就轻飘飘地走了。

待到妻子跑进门一看,却是什么都没有,就嘲笑老翁是做噩梦说梦话。老翁向妻子详细地讲述了事情的经过,而且说有血迹可以作证。两人一起查看,只见枕头旁边,像是因屋子漏雨而全被淋湿一样。老翁俯下身子一闻,非常腥臭。老翁大口地呕吐。过了好几天,口里的臭味还没有消散。

这又是一个不怕鬼的故事。鬼当然是不存在的，世上本没有鬼，但蒲松龄却描写得像真的一样。我们不能不佩服他的想象力。那些细节写得非常真实，老翁如何咬住女鬼的颧骨，女鬼如何挣扎，又是如何逃脱。一切都合情合理。全部故事体现出一种真幻结合、似真似幻的色彩。这个故事，你说它是真的，可妻子进屋后，却什么也没有看到，好像一切都没有发生过。你说它是假的，可枕头都弄湿了，女鬼留下的腥臭又如何解释呢？

聊聊

汤公

出自　卷三　第十三篇

汤公的名字叫汤聘,是辛丑年间的进士。汤公生病,已经到了弥留之际,忽然觉得下身有一股热气,渐渐地往上升。升到腿部的时候,脚就死了;升到腹部的时候,腿又死了。升到心脏的时候,心脏却是最难死的。于是,童年时代的往事以及许多琐碎的早已忘却的小事,都随着心血,像潮水一样地涌上心头。每每想到自己做过的一件好事善行,心里就觉得清净舒服;每每想到自己做过的一件坏事恶行,就懊悔烦恼,如同放在油锅里煎熬一样。那种痛苦的心情,无法用语言来形容。还记得七八岁的时候,自己曾经手探鸟巢,取出小鸟,将其杀死。就这件事,现在想起来,心头热血翻腾,大约过了一顿饭的时间才缓过来。

直到平生做过的事情,一一地如潮水一样掠过心头以后，才觉得那股热气一缕缕地穿过喉咙，进入大脑，又从头顶冒出来，像炊烟一样地上升。大约过了一个时辰，灵魂离开了躯壳，飘然而去。

汤公的灵魂飘飘荡荡，没有归宿，在城外的路上漂泊。这时候，有一个巨人走来，有几丈高，他捡起汤公的灵魂，收进他的袖子。灵魂一进巨人的袖子，发现里面的人已经很多了，肩和肩，腿和腿，挤着压着，空气污浊，非常憋闷，简直无法忍受。汤公忽然想到只有佛祖可以解除苦难，就念起"阿弥陀佛"[1]来。谁知刚念了两三声，灵魂就飘出了巨人的袖子，掉落在地上。巨人把汤公的灵魂又捡了回去。灵魂又飘出来。如此来回三次，巨人终于放弃，走了。汤公的灵魂孤零零地站在那里，不知往哪儿去好。记得佛祖在西土，于是就往西走。

不久，见路边有一个和尚在打坐，他就向前去施礼问路。和尚说："凡是读书人的生死簿，全由主管功名的文昌[2]和孔圣人掌管，必须在他们两处销了姓名，才能离开阴间到别的地方去。"汤公问和尚，文昌君和孔

---

1 "阿弥陀佛"

原句是："因宣佛号"。佛号是指佛教诸佛及大菩萨的名号，例如"大慈大悲救苦救难观世音菩萨"。在众多佛号当中，"南无阿弥陀佛（全称西方极乐世界大慈大悲阿弥陀佛）"可说是最常驰名的佛号。

2 文昌

文昌即是文昌帝君，或称文昌梓潼帝君，道教中掌管功名禄位的神。宋代以前，文昌仅是星宿名称之一。原本各地学子只会向原乡的神明祈求考试顺利，后来，巴蜀的两位神明张育和梓潼合流，逐渐转化为保佑各地学子的神明，并与文昌合二为一。

圣人住在哪里，和尚给他指了方向，汤公就朝和尚指的方向奔赴而去。

不一会儿，汤公就到了文庙，只见孔圣人朝南端坐着，于是就像先前活着的时候一样向他跪拜行礼。孔圣人对他说："生死名录的改变，仍然由文昌君负责。"于是，又指给他去找文昌君的路。

汤公急忙赶去，看见一座殿阁，像王宫一样华丽壮观。汤公低头弯腰进去，果然看见一位神人，长相和世人所传说描绘的一样。汤公跪伏地上，向他祈祷。文昌君翻检名册，然后对他说："你心地正直诚恳，理应复活。但你的躯体已经腐烂了，除了菩萨，谁也没有办法救你。"于是，又给他指了去找观音的路，让他快去，汤公遵命前往。

走着走着，忽然看见前面一片繁茂的树林和竹林，掩映着一座华丽的殿宇。进去一看，只见观音菩萨梳着螺形的发髻，神态庄严，金色的面容，犹如满月。宝瓶里插着杨柳的枝条，翠绿如烟，低垂可爱。汤公恭恭敬敬地向菩萨叩拜，将文昌君的话转述了一遍，观音菩萨似乎觉得有点为难。汤公不住地哀求。旁边有一位尊者[1]说："菩萨若是大施法力，撮些泥土可以当肉，折下杨柳的枝条可以当骨头。"观音菩萨答应了这位尊者的请

---

1 尊者

佛教中，尊者泛指具有较高德行、智慧的僧人。

求，亲手折下柳枝，从瓶子里倒出一点儿水，和了一些干净的泥土，把柳枝和泥土都拍在汤公的身上，让侍童带着汤公，回到放灵柩的地方，把灵魂推进灵柩，使灵魂与躯体合在一起。这时候，灵柩里发出呻吟和翻身的声音。他的家人都惊骇地聚集到灵柩的周围，打开灵柩把汤公扶出来，汤公的病一下子就痊愈了。算起来，汤公气绝身亡已经七七四十九天了。

按照迷信的说法,灵魂可以脱离人的肉体而独立地存在。这种迷信有非常悠久的历史。于是,《聊斋志异》里就出现了《汤公》这样灵魂出窍的故事。灵魂虽然离开了肉体,但它依然知道善和恶的区别。因为在传统的文化中,特别是在儒家的学说里,人与人最重要的区别就是善恶之分。汤公既不是恶人,也不是圣人,他是一个普通人,所以他一生既做过好事、善事,也做过坏事、恶事。

聊聊

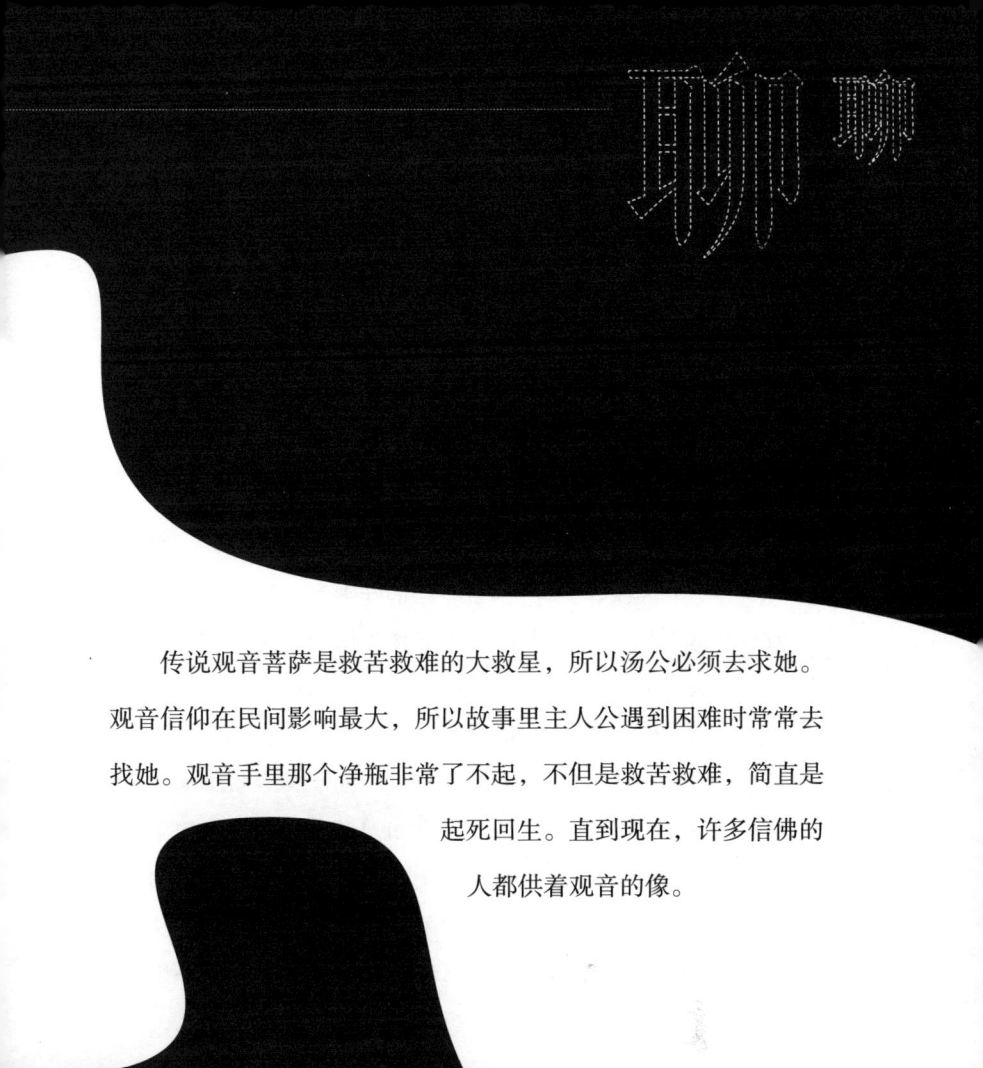

传说观音菩萨是救苦救难的大救星,所以汤公必须去求她。观音信仰在民间影响最大,所以故事里主人公遇到困难时常常去找她。观音手里那个净瓶非常了不起,不但是救苦救难,简直是起死回生。直到现在,许多信佛的人都供着观音的像。

夜叉国

出自 卷三 第十八篇

交州有一位姓徐的商人,漂洋过海去做生意,忽然,他坐的船被一阵大风吹走。他睁眼一看,船漂到一片深山密林。他盼着上面有人居住,就把船拴在岸边,背负干粮腊肉上了岸。刚进深山,只见两边的山崖上都是一排排的洞穴,密集得像蜂房一样,里面隐隐地有说话的声音。徐某来到一个洞的洞口,停下脚步向里面一看,只见洞里有两个夜叉,牙齿如刀排列,令人害怕;眼睛闪烁,像两只灯笼。它们正在用利爪劈开一只活的鹿,然后狼吞虎咽地吃着。徐某见此情形,吓得魂飞魄散,狂奔下山。可是,夜叉已经发现他,立即放下手里的鹿,把他抓进洞里。两个夜叉互相不知说了点什么,像是鸟兽的吼叫。它们争着撕开徐某的衣服,大概是想吃了他。徐某惊恐万分,急忙取出口袋里的干粮和牛肉

干,递了过去。两个夜叉分着吃了,觉得味道很好。吃完以后,又来翻看徐某的口袋。徐某摇摇手,表示口袋里已经没有了。夜叉非常愤怒,又来抓徐某。徐某向他们哀求说:"你们把我放了,我船上有锅,可以为你们烹饪。"夜叉听不懂他说什么,仍然怒气冲冲的。徐某又连说带比画的,解释了一阵子,夜叉好像明白了一点儿他的意思。

于是,他们跟着徐某来到船上,取出炊具,带回洞里。徐某用一捆树枝点燃了,把夜叉没有吃完的鹿肉煮熟了,进献给他们。夜叉吃了熟的鹿肉,非常高兴。到了晚上,夜叉用一块大石头把门堵住,大概是怕徐某逃跑。徐某缩着身子,在离夜叉远远的地方躺下,心里恐惧,担心终究难免一死。

天亮以后,两个夜叉出去,走以前又把洞口堵住。不一会儿,夜叉就回来了,带来一只鹿,交给徐某。徐某剥下鹿皮,从山洞深处舀来清水,用了好几个锅,把鹿肉煮熟。不久,又有好几个夜叉来了,他们聚在一起大吃。都指着锅说什么,好像是锅太小。三四天以后,有一个夜叉背了一口大锅来,大小像是人们常用的锅。于是,夜叉们又从各处猎来一些野狼或是麋鹿,交给徐某。徐某把肉煮熟以后,夜叉们便招呼徐某一起来吃。

住了几天，夜叉们与徐某渐渐地熟了，出门时也不再堵门，对待徐某就像对待家人一样。徐某渐渐地能够根据夜叉的声音大致猜测出他们的意思，并学他们说话。夜叉们渐渐地对徐某有了好感，于是就带来一个母夜叉来做徐某的妻子。徐某开始很害怕，不敢亲近，母夜叉却主动示好，常常留出一些肉给徐某吃，与徐某就像是恩爱夫妻一样。

有一天，夜叉们早早地就起来了，脖子上都挂着一串明珠，像是要接待贵宾似的。他们让徐某多煮一些肉。徐某问母夜叉是怎么回事，母夜叉告诉他："今天是天寿节。是夜叉国国王的生日。"母夜叉出去对众夜叉说："徐郎还没有骨突子呢。"骨突子就是夜叉们佩戴的珠子。于是，夜叉们个个都从自己的珠串上取下五个明珠交给母夜叉。母夜叉又从自己的珠串上取下十个珠子，凑成五十个。母夜叉用野苎麻[1]搓成绳子，穿上珠子，把它挂在徐某的脖子上。徐某一看，一颗珠子能值一百两银子。过了一会儿，夜叉们都出去了。徐某把肉煮好，母夜叉来邀请他前往，说是快去迎接天王。

到了一个大山洞，里面有几亩地那么宽阔，洞中有块大石头，又平整又光滑，像桌子一样。大石头的四周有石凳，上首的座上铺了一张豹皮，其余的铺的是鹿

---

[1] 苎麻

苎麻为多年生草本植物。茎部韧皮纤维有光泽，耐霉、易染色，是古代重要的纺织作物之一。苎麻所织的布称为夏布。

皮。夜叉们围着大石坐下，都坐满了。不一会儿，突然一阵狂风，吹起满地的尘土，夜叉们都慌慌张张地跑出洞去。只见一个巨大的怪物，长得跟夜叉类似。大夜叉直奔洞里，一下子就坐在铺有豹皮的座位上，像鹰一样环顾四周。夜叉们都跟着进了洞，在东西两边排队站立，个个仰着头，两臂交叉做十字，放在胸前。大夜叉按人头点名，问："卧眉山所有的人都在这里了吗？"众夜叉胡乱答应着。大夜叉看见徐某，问："这人从哪里来的？"母夜叉回答说："这是我的丈夫。"众夜叉又称赞徐某的烹饪如何如何地好。马上就有几个夜叉取了熟肉放到大石桌上。大夜叉抓起肉来，吃了个够，极力地赞美熟肉的味道之美，并责令徐某以后时时进献。大夜叉又看了徐某一眼，问："你的骨突子怎么这么少？"夜叉们替徐某辩说："他刚来，东西还没有置办齐全。"大夜叉从自己脖子上取下十枚珠子，送给徐某。这十枚珠子不寻常，每一枚都有手指甲那么大，圆圆的，如同弹丸一般。母夜叉赶忙把珠子接过来，帮徐某穿上挂好，徐某也双臂交叉，用夜叉的语言向大夜叉表示感谢。于是，大夜叉离去，它乘风而去，快得像风一样。夜叉们这才开始享用剩余的肉食。吃光以后，各自散去。

徐某在夜叉国住了四年，母夜叉一胎生了两个男孩、一个女孩。形体像人，都不像他们的妈。夜叉们都很喜欢这三个孩子，常常一起逗孩子们玩。一天，夜叉们都出去觅食，只有徐某一个人坐在洞里。忽然，从别的山洞来了一个夜叉，要与徐某私通，遭到徐某的拒绝。夜叉大怒，把徐某推倒在地。正在此时，徐某的妻子从外面回来，看到这种情景，怒火冲天，上去就和那个外来的母夜叉打了起来。把外面来的那个母夜叉的一只耳朵都咬断了。不一会儿，那个母夜叉的丈夫来了，劝解了一会儿，他们就离去了。从此以后，母夜叉就时时地守着徐某，干什么都不离开。

又过了三年，儿女们都能走路了。徐某就教他们说人的语言，渐渐地也学会了一些。从他们稚嫩的语言中，有了一些人的气息。虽然是小孩，但是，翻山越岭，就像走平道一样。与徐某有一种依依的父子之情、父女之情。

有一天，母夜叉带着一子一女出去，半天没有回来。而洞外北风大作，徐某悲伤地想念故乡。他带着儿子来到海边，看见他当年坐的船还在那里，就与儿子商量一起回老家去。儿子想跟母亲打个招呼，徐某没有同意，阻止了他。父子上船，一天一夜以后抵达交州。

到了家，才知妻子已经改嫁。徐某卖掉两枚珠子，卖了很多钱，家里因此而变得非常富裕。儿子取名徐彪，十四五岁的时候，能举起千斤重的东西，生性鲁莽好斗。交州的守将见了他，认为他是一个奇才，任命他为千总。正好遇上边疆发生战乱，徐彪每次战斗都立有战功。十八岁那年就被提拔为副将。

当时，有一位商人出海做生意，也遇到风浪，漂浮到了卧眉山。刚登岸，就看到一位少年，仔细一看，暗暗吃惊。少年得知他是中原人，问他故乡是哪里。商人就告诉他了。少年把他拉进山谷的一个石洞里，洞外长满了荆棘，少年告诉他千万不要出来。少年去了不一会儿，带来一些鹿肉给商人吃。并告诉商人："我父亲也是交州人。"商人再一问，才知道少年的父亲就是徐某，商人做生意的时候认识徐某。他对少年说："我是你父亲的老朋友，他儿子都已经当了副将了。"少年不明白"副将"是什么意思，商人向他解释说："副将是中原的官名。"少年又问："官是什么？"商人说："官的话，出门时骑马坐轿，进门则坐在大堂之上。他在上面一喊，下面就有百人答应。人们见到他，都不敢正眼看他，只能侧身站着。这就是官。"少年听了，非常羡慕。商人问少年："既然你父亲在交州，你为什么在这里待着？"少年把事情的来龙去脉给商人说了一遍，商人劝他南下回故乡交州。少年说："我也常常这样想，但是，我母亲不是中原人，语言相貌完全不同。何况一旦被同类发觉，必定会被杀害。因此我再三地犹豫，难下决心。"少年临走的时候说："等北风起来的时候，我来送你走。麻烦你到我父亲、哥哥那儿，给我捎一句口信。"

商人在洞中藏了几乎有半年，时不时地透过荆棘偷偷向外张望，只见山里有许多夜叉来往，他非常害怕，不敢有所行动。一天，北风怒号，少年忽然来到，拉了商人赶忙逃跑，嘱咐他说："我拜托你的事情千万别忘了。"商人一口答应。少年又把一些肉放在船里的桌子上，商人这就回国了。

商人驾船直达交州，到了副将的府上，把自己的见闻详细地诉说了一遍。徐彪听了，非常悲伤，要去寻找自己的亲人。他的父亲担心海里波涛汹涌，山中妖魔聚集，凶险难敌，极力地劝阻。徐彪捶胸痛哭，他父亲也没法劝阻。于是，徐彪将此事报告交州的大帅，然后带了两个亲兵出海了。

逆风阻挡了船只，他们在海上颠簸了半个月。四面望去，无边无际，近在咫尺都迷茫一片，分不清东西南北。忽然波浪滔天，他们所乘的船被掀翻，徐彪翻落海中，随着波涛上下浮沉。不知过了多久，被一个什么东西抓去，被拖到一个地方，那里居然有一些房屋。徐彪一看，救他的那怪物，像一个夜叉的样子。徐彪用夜叉话与他交谈，夜叉非常惊奇，问他要去哪儿，徐彪说要去卧眉山。夜叉大喜，说："卧眉山就是我的故乡呀！刚才冒犯你了，多有得罪！你离开去卧眉的旧道已有八千里，这里再向前去是毒龙国，到卧眉山不是这个方向。"于是，找来船只送徐彪上路。夜叉在水里推着船，那船快得像飞起来一般。转瞬之间就是一千里，只走了一天一夜，就到了卧眉山的北岸。只见一个少年正在岸边向大海张望。徐彪知道卧眉山没有人类，疑心这就是自己的弟弟，上前一看，正是弟弟。于是，两人握手大哭。接着，徐彪问起母亲和妹妹的情况，少年回答说："都很好。"徐彪想去看望母亲和妹妹，少年阻止他，匆匆地就走了。徐彪这才想起，要感谢那位送他来这儿的夜叉，谁知夜叉已经走了。

过了不久，母亲和妹妹都来了。见了徐彪，一起大哭。徐彪把自己的来意告诉她们，母亲回答说："恐怕到了那里被人欺负。"徐彪说："儿子在那里，荣华富贵，别人不敢欺负您。"回家的计划就这样决定下来。可是，又担心逆风无法行船。母子四人正在彷徨无措的时候，忽然发现船上的布帆向南飘动，"瑟瑟"地响。徐彪高兴地说："这是老天在帮我呀！"四人相继上船，船在海上飞驶，像箭一样。三天时间，他们一行四人就抵达了交州海岸。见到他们的人都吓得四散逃跑。于是，徐彪脱下自己的衣服分给他们穿上。到了家里，母夜叉见了徐某，愤怒大骂，恨他没和她商量就私自出逃，徐某连连地向她谢罪。家人过来拜见主母，没有一个不吓得两腿发抖。徐彪劝母亲学当地话，穿绫罗绸缎，吃饭菜，大家都非常高兴。母夜叉和女儿都穿男装，类似满族的服饰。几个月以后，母夜叉稍稍能够听懂一点儿人说的话了，弟弟妹妹的皮肤也渐渐地变白了。

弟弟叫徐豹，妹妹叫夜儿，力气都特别大。徐彪为自己没读书而感到羞愧，于是让弟弟去读书。徐豹最聪明，经书史书，一读就明白，却不想做一个读书人，于是，徐彪就让他学习拉强弩，驾驭烈马，后来考中武进士，聘娶了阿游击[1]的女儿为妻。夜儿因为是夜叉的女儿，没人敢娶她。恰好徐彪麾下有一个袁守备丧妻，徐彪就强迫他娶了夜儿。夜儿能拉开几百石的强弩，能够在一百多步外射中小鸟，居然箭无虚发。袁守备每次出

---

[1] 游击

游击，古代游击将军的简称。

征,都带着夜儿。他历任同知将军,他的军功一半是靠夜儿。徐豹三十四岁挂将军印出征,他母亲曾经随儿子一起出征。每次面临强敌,她都披甲上阵,手持戟,接应儿子。敌军见了,无不望风而逃。皇帝下诏,封她为男爵。徐豹替母亲谢辞,于是改封夫人。

夜叉，佛教指恶鬼。俗人便借指丑陋而凶恶的人。可是，蒲松龄却借一个商人的海外历险，写出一个与我们平时印象不同的夜叉夫人。开始的时候，这位夜叉夫人与我们印象中的夜叉并没有什么区别。夜叉当然有很多可怕的地方，长相的丑陋自不必去说，光是那一排里出外进、锋利如剑戟的牙齿，谁见了都会两腿发抖；更不必说夜叉生性残忍。夜叉的生活习惯自然与人类有很大的不同，他们生吃兽肉，也吃人。平时住在深山老林，生活在洞穴之中。蒲松龄写出一个夜叉如何一步步变成一个商人夫人的曲折过程。

夜叉虽然吃生肉，但是，自从尝了徐某烹饪的美食——熟肉，也就改变了饮食习惯。一方面，这是夜叉

对徐某产生好感，从而使徐某得以在夜叉群里生存下来的原因；另一方面，也是夜叉的社会习惯向人类靠拢的重要的一步。

接着是母夜叉做了徐某的妻子。夜叉对徐某显然是有感情的。她给徐某凑齐了脖子上的珠子。这不光是为了使丈夫显得更体面，也是礼仪的需要，尤其是在迎接夜叉王的时候表现出来了，夜叉夫人还会吃醋。之后，徐某与夜叉夫人重逢的时候，夜叉夫人发怒大骂徐某，其实是表现出夜叉夫人的多情，她是真正把徐某当作自己的丈夫。这与人间夫妻的感情是一样的。丈夫在出逃这样的大事上，居然不与妻子预先商量，自作主张，这当然是妻子所不能容忍的。这说明夜叉夫人已经具有了人的感情。

最后，夜叉夫人依然保持着夜叉的某些特征，譬如力量特大，相貌丑陋。但是，重要的是，她具有了人类的感情。而且在生活习惯上，譬如服饰、饮食等方面，夜叉已经向人类靠拢，使她与人的结合有了文化的基础。

罗刹海市

出自 卷二 第七篇

有个商人的儿子,叫马骥,字龙媒。他长得很帅,风度翩翩,风流倜傥,喜欢唱歌跳舞,经常跟梨园子弟[1]一起演戏。他妆旦,以锦帕缠头,活像一个美女,因此人称"俊人"。十四岁的时候,马骥进府学读书,很有名气。父亲衰老,不做生意了,他对马骥说:"读这么几卷书,饿了不能当饭吃,冷了不能当衣穿。儿子你不如继承我的行业经商吧!"马骥从此就渐渐学起做生意来了。

马骥跟人到海外经商,船被海风所吹,几天几夜,来到一座城市。那里的人都长得特别丑,见了马骥,反将马骥认作妖怪,非常害怕,一哄而散。马骥初次见到这种情况,也非常害怕,待到得知这个国家的人害怕自己,反而就借此来吓唬人家了。遇见人家吃饭,他就跑

---

[1] 梨园子弟

梨园,据传原是唐玄宗教演艺人的地方,因此与戏曲联系在一起,戏班、剧团称为梨园,戏曲演员称为梨园子弟。

上去，人家害怕而逃跑，他就去吃剩下的饭食。

时间一长，马骥又进了一座山村。那里的人，有长得像人的，但又衣衫褴褛，像乞丐似的。马骥在树下歇了一会儿，村民不敢上前，只是远远地看着。时间长了，村民觉得马骥不像是吃人的人，这才开始慢慢地凑上前来。马骥笑着和他们说话，虽然他们的语言与马骥不同，但也能听懂一半。于是，马骥便介绍了自己的来历，村民大喜，遍告邻里，说来客并不吃人。不过那些奇丑的人看看就走，还是不敢上前。那些敢于近前的人，五官的位置与中原人相同，他们一起摆了酒席来欢迎招待马骥。马骥问他们，为什么怕自己。他们回答说："曾经听祖父说，西去二万六千里，有个国家叫中原，那儿的人长得都非常奇怪。但也只是听说，如今才相信，原来真是这样。"马骥问他们，这儿为什么这么穷。他们说："我国所看重的，不在文章，而在体貌。那些体貌最漂亮的，可以当上卿；次一点儿的，可以当地方官；再差一点儿的，也可以获得贵人的宠爱，从而得以有美食养活妻子儿女。像我们这样的，刚生下来就被父母认为是不祥之物，往往就被抛弃了，那些不忍心马上抛弃的，也完全是为了传宗接代。"马骥问："这个国家叫什么？"回答说："叫大罗刹国。都城在往北三十里的地方。"马骥请他们带路前去观光。于是,鸡一叫他们就起身,一同前往。

天亮的时候,他们才到达都城。都城由黑石砌成,黑得像墨一样。楼阁有百尺之高,但屋顶很少用瓦,而是用红石覆盖。捡起红石的碎片,在指甲上一磨,和丹砂没有什么两样。当时恰好宫中退朝,朝廷里有华美的车马出来,村民指着说:"车里坐的是相国。"马骥仔细一看,那相国的耳朵是反长的,有三个鼻孔,睫毛下垂像帘子似的。接着又出来几个骑马的,村民指着说:"这些人是大夫。"并依次指出他们的官职。这些人都长得狰狞怪异,只是随着官位的降低,丑的程度也随之降低。

不一会儿,马骥踏上归途,街上的人见了,个个大呼小叫,纷纷逃跑,跌跌撞撞,好像遇到了什么怪物。村民们一个个帮着解释,街上的人才敢远远地站住。马骥回到村里。一国的人无论大人小孩,都知道村里来了一个怪人,于是,乡绅官宦,为了增加见闻,便争着让村民邀请马骥前去做客。可是,马骥每到一家,看门人就关上大门,男人女人都偷偷地从门缝里窥视马骥,并加以议论。村民对马骥说:"这里有一位执戟郎,曾经为先王出使外国,见过的人多,或许见了你不会害怕。"

马骥去拜访执戟郎,执戟郎果然非常高兴,把马骥奉为上宾。看执戟郎的相貌,像有八九十岁,眼睛凸出,胡须弯曲,像是刺猬。执戟郎说:"我年轻时奉国王之命,出使的国家最多,独独没有到过中原。现在我已经一百二十多岁了,又得以见到贵国的人物,这不能不上报天子。但是,我已经退隐山林,十多年没有踏上朝廷的台阶。明天一早,我为你去走一遭。"于是,摆上酒菜,尽主人待客之礼。酒过数巡,唤出歌女舞姬十多人,轮番地表演歌舞。这些歌女舞姬长得类似夜叉,都用白锦缠头,穿的红衣很长,拖到地上。听不懂她们唱的是什么,唱腔和节拍都非常奇怪。执戟郎看得十分高兴,问马骥:"中原有这样的音乐吗?"马骥说:"有。"执戟郎请马骥模仿着唱一下,马骥便敲着桌子唱了一个曲子。执戟郎大喜说:"真奇妙啊!声音好像凤鸣龙啸,我从来没有听到过。"第二天,执戟郎上朝,把马骥推荐给国王。国王欣然下诏,想接见马骥。有几个大臣说马骥长得古怪,恐怕圣体受惊,国王这才改变了主意。执戟郎立即出宫,将消息告知马骥,并为此深感惋惜。

有一天,马骥和执戟郎喝酒喝醉了,持剑起舞,用煤涂在脸上扮作张飞的模样。执戟郎认为这样很美,对马骥建议说:"请你以张飞的模样去见宰相,宰相一定会喜欢并重用你，丰厚的俸禄也不难获得。"马骥委婉地谢绝说："咳！当作游戏还可以，哪能改变容貌而去谋求荣耀尊显？"执戟郎坚持他的建议，马骥这才同意。于是，执戟郎设宴，邀请执政的大官赴席，让马骥化好了妆等着。不久，客人来到，执戟郎呼唤马骥出来见客。客人惊讶地说："真奇怪呀！怎么原先那么丑陋而今天这么漂亮啊！"于是，便与马骥一起喝酒，喝得非常高兴。马骥婆娑起舞，唱了一首《弋阳曲》，满座的人无不为之倾倒。第二天，执政的大官们纷纷地向朝廷推荐马骥。国王大喜，派人持了旌节去召马骥。见面以后，国王向马骥询问中原的治国安邦之道，马骥委婉地陈述了一遍，大受嘉许，国王便在离宫宴请马骥。酒喝得高兴之余，国王对马骥说："听说你擅长雅乐，可以让寡人欣赏一下吗？"马骥即席起舞，也学着歌女舞姬用白锦缠了头，唱了一些靡靡之音。国王大喜，当天就任命马骥为下大夫。马骥时常地出席国王的私宴，受到的恩宠极不寻常。

久而久之，朝臣们渐渐地觉得马骥的容貌可能有假，马骥一到哪里，哪里的人就在背后议论他，窃窃私语，马骥与朝臣的关系逐渐地不太融洽。这时候，马骥在朝臣中很孤立，心中惴惴不安。于是，他上疏辞官退休,没有被批准。又请假休养,国王就给了他三个月假。马骥乘了驿车,载着黄金珠宝,回到山村。村民们跪着爬行,来欢迎他。马骥把国王所赐的财物分赠给昔日的好友,村民们欢声雷动。村民们说:"我们这些下民受了大夫的恩赐,明天我们去赶海市,一定会找到珍宝玩物来报答大夫。"马骥问他们:"海市在哪里?"村民们说:"那是海里的集市,四海的鲛人[1]会集在那里,出售他们的珍宝。四方十二国都来这里交易。多有神人来游戏其间,云霞满天,时有波涛汹涌。贵人珍惜生命,不敢冒险前往,都把金帛交给我们,请我们代替他们购买奇异的珍宝。如今海市的日子就快到了。"马骥问村民,怎么知道哪天有海市,村民们说:"每当看见海上有红色的鸟儿飞来飞去,七天以后就有海市。"马骥问村民什么时候出发,村民劝他看重自己高贵的身份,马骥说:"我本是沧海上的客商,怕什么风浪?"

不久,果然有人上门,付钱请求代购珠宝。马骥和村民们便将钱财装载上船。船能容纳几十个人,平平的船底,高高的栏杆。十个人摇橹,溅起朵朵浪花,船飞驶如箭。三天后,远远地看见海水荡漾、白云飘荡的地方,有层层叠叠的楼阁,贸易的船只密密麻麻,如同蚂蚁。不一会儿,他们到了城下,看到城墙上的砖像人那

---

[1] 鲛人

鲛人,又名泉客。神话中鱼尾人身的神秘生物,与西方神话中的美人鱼相似,生活在中国的南海之外,善于纺织,且滴泪成珠。鲛人油一滴就可以燃烧数日不灭,传说秦始皇陵中就有用鲛人油制作的长明灯。

么长,城楼高耸入云。他们系好船,进了城。只见集市上陈列的奇珍异宝,光彩夺目,大多为人间所无。一个少年骑着骏马过来,市上的人们都奔逃回避,说是"东洋三太子"。太子过来的时候,看到马骥,说:"这不是异邦的人吗?"马上就有为太子开道的人过来问马骥的籍贯。马骥在道旁拱手行礼,陈述自己的姓氏籍贯。太子高兴地说:"既然承蒙光临,确实缘分不浅!"于是,给马骥一匹马,请他与自己并肩前行。他们一起出了西域。

一到海岛的岸边,人们所骑的马匹就嘶叫着跃入水中,马骥惊骇失声。只见海水从中分开,如同屹立的高墙。忽然在前面看见一座宫殿,玳瑁装饰的屋梁,鱼鳞做成的屋瓦,四壁晶亮,透明如镜,耀人眼目。马骥下马,太子拱手将他请入,拱手而进。抬头仰望,只见龙王高高在上,太子启奏说:"臣在市集闲游,得遇一位来自中原的贤士,特地引来进见大王。"马骥上前跪拜行礼。龙王说:"先生是才学之士,你的文章必定能够超过屈原、宋玉。我想有劳先生如椽之笔,写一篇《海市赋》,望你千万不要吝惜你珠玉一般的文字。"马骥伏地叩头,接受君命。于是,国王派人给马骥送来一方水晶砚,一支龙鬣笔,光洁如雪的纸,芳香如兰的墨。

马骥一口气写下一千多字的大赋，呈献上去。龙王赞赏道："先生如此大才，给水国增光不少！"便召集各支龙族，设宴采霞宫。

酒过数巡，龙王举杯向马骥说："寡人有一个爱女，还没有称心如意的郎君，希望托付给先生。先生是否愿意呢？"马骥离开座位，满怀感激和惭愧，连连地应承下来。龙王与身边的人说了一些什么，不一会儿，几个宫人把龙女扶了出来。但听得环佩声响，音乐骤然响起，拜礼结束以后，马骥偷偷一看，龙女确实是一位仙女。龙女拜辞而去。不多时，酒席结束，头上结着双鬟的侍女打着彩色的宫灯，引着马骥进了旁宫。龙女浓妆艳抹，端坐以待。珊瑚的床，装饰着八种珠宝，帷帐上的流苏系着斗大的明珠，被褥都芳香松软。天刚亮，就有妖艳的少女跑来侍候。马骥起身以后，快步出门上朝，前去拜谢。他被国王封为驸马都尉，他的那首赋流传到四海。四海的龙王都专门派人前来祝贺，争着送来请柬，邀请驸马前往赴宴。马骥穿上锦绣的衣服，骑着青虬[1]，前面有人喝道，出宫而去。数十个骑马的武士，都佩带着雕弓，肩扛白杖，光彩闪耀，前呼后拥的，塞满了街巷。骑马的弹着筝，坐车的吹着玉笛。三日之内，游遍了四海。从此"龙媒"的名号传遍四海。

---

1 青虬

虬是中国古代对其中一种龙的名称，有说虬是有角的小龙，也有一说是没有角的幼龙。此外，传说有鳞的龙称蛟龙，有翼的龙则称应龙。

龙宫里有一棵玉树，粗可合抱，树干像白色的琉璃，中间是淡黄色的树心，比人的手臂细一点。叶子类似于碧玉，有一枚钱币那么厚，细碎的叶儿垂下浓密的树荫。马骥常常与龙女在树下歌唱吟诗。树上开满鲜花，形状像是栀子花，每落一片，都会发出金属一样的声音。拾起一看，像是红玛瑙雕镂的，光亮可爱。时常有奇异的鸟儿鸣叫着飞来，它的毛金色碧色间错着，尾翎比身子还长，发出的鸣叫，如同哀怨的笛声，使人感动悲伤。马骥每次听到这种鸟的叫声，就会想念自己的家乡。于是，他对妻子说："我外出三年，远离父母，每每想到这些，就热泪盈眶。你能跟我一起回我的家乡吗？"妻子说："仙凡道路阻隔，我不能跟你回去。我做妻子的，也不忍心以夫妻之爱，剥夺你与父母的人伦亲情。请容我再考虑一下。"马骥听了，禁不住眼泪直流。龙女也叹息说："这势必是难以两全的事情啊！"

第二天，马骥从外面回来。龙王说："听说都尉思念家乡，明天早晨就收拾行装出发，可以吗？"马骥谢恩说："客居在外的孤臣，承蒙您额外的恩宠优待，衔环报恩的心情郁结在心中。请容我暂时回家探亲，再考虑日后的相聚。"晚上，龙女摆酒为马骥饯行。马骥要约好日后相会的日子，龙女说："我们的缘分已经尽了。"马骥非常伤心。龙女说："回家奉养父母，体现了你的孝心。人生的聚散离合，一生就像一朝一夕一样。何必像孩子那样悲伤哭泣？从此以后，我为你坚守贞节，你为我坚守情义，两地同心，就是夫妻，何必非要朝夕相守才算是白头偕老？若是我们违背了今日的誓言，就不会有美满的婚姻。假如担心无人操持家务，纳一个婢女做妾就可以了。我还有一事相告，我好像已经有了身孕，请你现在给他起个名字。"马骥说："如果是女儿，就叫龙宫；如果是男孩，就叫福海。"龙女请马骥留下一个信物，马骥拿出一对在罗刹国所得的红玉莲花，交给龙女。龙女说："三年后的四月八日，你可乘船到南海的岛屿来，我把你的孩子还给你。"龙女拿出一个鱼皮的袋子，里面装满了珠宝，交给马骥说："好好收着，够你几辈子吃穿了。"天刚微微发亮，龙王就设下酒席，为马骥饯行。又送给马骥许多礼物。马骥拜辞出宫，龙女坐着白羊车，一直送到海边。马骥登上海岸，跳下马来，龙女说声"多加保重！"回车离去，不一会儿就走远了。海水重新合拢，再也看不见了，于是马骥返回家乡。

自从马骥出海以后，人们都以为他已经死了，等到马骥回家，家人无不惊奇。幸好父母都还健在，只是妻

子已经改嫁。马骥至此才明白龙女说的"坚守情义"是什么意思。看来龙女已经预知此事。父亲想让马骥再婚，马骥没有同意，于是就纳一个婢女做了妾。马骥牢记与龙女的三年之约，届期就乘船到了南海的岛屿，只见有两个小孩在海面上漂浮着，拍水嬉笑，身体不动，也不下沉。近前去拉其中的一个孩子，孩子"呀呀"地笑着，抓住马骥的胳膊，跳进马骥的怀里。另一个孩子大哭，似乎在埋怨马骥没去拉自己。马骥将他也拉入怀中。仔细一看，一个男孩，一个女孩，全都长得非常秀美。孩子头上戴着花冠，缀着美玉，那美玉就是马骥当年留给龙女的红玉莲花。孩子背着一个锦囊，打开一看，里面有一封信。信中写道：

"公公婆婆想来都还健在？三年匆匆地过去了，红尘将我们永远地分开。一片浅浅的海水使我们音信无法畅通。因为思念不已，结成了相思的梦。时时地翘首遥望，徒增许多的劳顿。面对茫茫的蓝色大海，惆怅怨恨，不知如何是好！想那奔月的嫦娥，暂且在月宫里忍受着孤独。投梭的织女，怅望着无边的银河。我是何人，哪能与你永远地相爱厮守？每每想起这些，我又破涕为笑。分别以后两个月，竟得了双胞胎。现在两个孩子已经能够在怀里牙牙学语，颇能领会大人的言语意思。自己会找梨枣来吃，离开母亲也能生活了。所以我把他们恭敬地送还给你。你以前送给我的红玉莲花，缀在花冠上作为记号，当你把孩子抱在膝盖上的时候，就像我在你的身边一样。听说郎君遵守我们的承诺，我心里颇觉安慰。我这一生别无所爱，永远不会再有二心。梳妆盒里珍藏的物品，不再是兰香袭人的脂膏，镜中的我，也已不施粉黛。郎君好像是征人，我就像游子的妻子，即便是不能亲近，又怎么能说不是恩爱和谐的夫妻？只是我想，公公婆婆虽然抱上了孙子孙女，却不曾见过儿媳妇，从情理上说，也是有所欠缺。一年后婆婆去世，我会亲临墓穴，以尽儿媳妇之道。从此以后，女儿龙宫平安，不会没有见面的日子；儿子福海长生不老，或许还有来往的路径。请你多多保重，书不尽言，言不尽意。"

马骥反复地读信，泪流不止。两个孩子抱着父亲的脖子说："我要回家！"马骥更加地难受，抚摩着两个孩子说："孩子啊，你们知道家在哪儿吗？"两个孩子哭得厉害，只是叫唤着要回家。马骥望着茫茫大海，无边无际，远接蓝天，美丽的龙女却杳无踪迹，烟波迷茫，无路可通。他只好抱着孩子，惆怅地回了家。

马骥知道母亲不久人世，就为母亲准备好了全身的衣服，在墓地种了一百多棵松树和槚树[1]。一年后，马母果然去世了。当灵车来到墓穴的时候，只见有一个女子穿着丧服站在墓穴的前面。大家正在惊讶地打量她，忽然风起雷鸣，接着就下起了暴雨，转眼之间，那女子就失去了踪影。墓地的松柏本来很多已经枯死，这时候一下子都复活了。儿子福海渐渐长大，思念他的母亲，忽然自己跳入大海，几天后才回来。龙宫因为是个女子，不能随之前往，常常关住房门，在屋里哭泣。有一天，白天一下子变得阴暗起来，龙女忽然进门，劝解女儿说："你自己将来也会成家的，哭什么呢？"她送给女儿一株八尺高的珊瑚、一包龙脑香、明珠一百颗和一对八宝嵌金盒，作为嫁妆。马骥听见龙女的声音，突然进屋，拉着龙女的手哭泣。不一会儿，惊雷破屋而入，龙女就消失了。

1 松树和槚树

二树常被栽植墓前，亦作墓地的代称。

这个故事至少有三点值得注意。我们知道,不同的时代、不同的国家或民族,甚至一国之内,不同的地域,它的审美标准、审美情趣都是不一样的。譬如,有的以瘦为美,有的以胖为美;有的以白为美,有的以黑为美;有的以宽肩为美,有的以削肩为美。服饰打扮的美与丑,也有种种的差异。在这个故事里,罗刹国的审美标准恰好与中原相反。马骥在中原被认为是美男子,可是,在罗刹国却被看作丑八怪,人见了就跑。一直到马骥用煤涂黑了脸,才被罗刹国的人们接受。作者蒲松龄讲这么一个故事,他的用意并不在于说明不同国家审美标准的不同甚至相反,醉翁之意不在酒。我们知道,蒲松龄一生不得志,在科举场上,几乎是屡战屡败,以他那样的文学才华,却终身只是一个秀才。他是用这样的一个故事,来发泄他的不平和愤懑。他的文章写得这么好,却无人赏识。文章愈写得差,试官就愈认为是好文章。

这个故事的另一层意思,是写一个人和神的恋爱悲剧。马骥与龙女的爱情婚姻悲剧,不是因为封建家长的阻挠和反对,而是因为人和神的不能

聊

相通,仙凡路隔。这种思想在中国的文学中,有非常悠久的传统。楚国的宋玉,写了一篇《高唐赋》,里面写到楚王与巫山神女的梦中相会。三国的时候,曹植写了一篇《洛神赋》,也写人与神的恋爱悲剧。诗歌里类似的吟唱就更多了,可以说是数不胜数。在现实的生活中,神当然是不存在的,它其实还是一种社会阻挠自由爱情的力量曲折的反映,不过它是以一种幻想的形式出现罢了。

我们看到,虽然龙女是神,是异类,但是,她同样遵守儒家的伦理道德。马骥思念父母,思念家乡,她表示非常理解。虽然恩爱夫妻的分离非常痛苦,但是,她觉得自己没有理由阻挠丈夫的选择。婆婆死了,她突然出现在墓地,尽到自己作为一个儿媳妇的责任和义务。她并非无情绝情之人,她会来安慰自己的女儿,并且送给她丰厚的嫁妆,使她将来能够衣食无忧。

公孙九娘

出自　卷四　第九篇

　　于七[1]造反一案，各县被株连而死的人非常之多，其中栖霞和莱阳两县死的人最多。有一天，官兵抓住几百人，竟在演武场里把他们都杀了。鲜血满地，尸骨如山。上面的官员慈悲为怀，捐予棺材，济南城里的作坊，木材全被用光。鲁东那些刑戮而死的人，大多葬在南郊。

　　康熙十三年（1674），有一位莱阳书生来到济南，他的两三个亲友，也在于七一案中被杀，所以他买了一些纸钱，在荒野中祭奠他们，之后他就在附近的寺院租房住下。第二天，莱阳书生进城办事，天快黑了，还没回来。忽然有一个少年，到屋里来拜访，见莱阳书生不在，就脱了帽子，穿着鞋，仰卧床上。仆人问他是谁，他闭眼不理。不久，莱阳书生回来了，暮色苍茫，看不

---

1 于七

　　于七，家世殷富，先后两次起义抗清，结果大批起义官兵及家属被杀害，只有于七等极少数人逃出。有传于七出家当了和尚。

清来人是谁,便走到床前去问。来人瞪着眼睛反问:"我等你的主人,絮絮叨叨地逼问,难道我是强盗吗?"莱阳书生笑着说:"主人就在这里。"少年急忙起身,戴上帽子,拱手作揖,坐下,殷勤寒暄。听他说话的声音,好像是熟人。急忙叫仆人掌灯,灯下一看,这才认出是同县死在于七一案中的朱生。莱阳书生想到朱生是鬼,转身就跑。朱生拉住他说:"我和你是文字之交,你连这点情分都不讲吗?我虽然已经是鬼,但我对老朋友的思念之情,却牢记心中,难以忘怀。今天有所烦扰,希望你不要因为我是鬼而猜疑鄙薄我。"莱阳书生于是坐下,问他有何请求。朱生说:"你的外甥女守寡没有配偶,我想娶她为妻。我多次托人说媒,她却说没有家长做主,以此为借口来推辞。所以我希望你能为我说说好话。"此前,莱阳书生有一个外甥女,早年失去母亲,交给莱阳书生抚养,十五岁以后才回到自己的家。她被抓到济南,听说父亲被杀,惊吓而死。莱阳书生说:"她的事自有她父亲做主,何必找我呢?"朱生说:"她父亲的棺材被他的侄子迁走,如今不在这里。"莱阳书生问:"我的外甥女向来都依靠何人?"朱生说:"与一位邻居老太太同住。"莱阳书生担心活人不能替鬼做媒,朱生说:"如果承蒙你答应,还得请你走一趟。"于是起身握住莱阳书生的手。莱阳书生再三地推辞,问:"去哪儿?"朱生说:"你只管跟我走就是。"莱阳书生勉强地跟他而去。

　　向北走了大约一里,看见一个很大的村子,大约有数十百户人家。到一家门口,朱生上前敲门,出来一位老太太,打开两扇门,问朱生什么事。朱生说:"请您转告娘子,她舅舅来了。"老太太随即回去,不一会儿就出来,请莱阳书生进去,同时对朱生说:"两间草屋实在太小,有劳公子在门外稍等。"莱阳书生跟着老太太进去,只见一个荒芜的院落,有半亩大小,里面有两间小屋,外甥女在门口哭泣迎接,莱阳书生也不禁流泪。屋里灯光很弱,外甥女长得秀美明洁,一如生前。她凝视莱阳书生,眼里含着泪水,逐个地打听舅妈、姑姑的情况。莱阳书生说:"她们都挺好的,只是我的妻子去世了。"外甥女呜咽着说:"我从小由舅舅、舅妈抚养,一点儿都没能报答,没想到我先死了,非常遗憾。去年伯伯家的大哥把我父亲的坟迁走,也不管我,让我在数百里外,一个人孤苦伶仃的,如秋天的燕子。现在舅舅不因我是鬼魂而丢弃不管,又承蒙舅舅赐我财物,我已经收到了。"于是,莱阳书生就把朱生求婚的意思转告于她。外甥女低头,沉默不语。老太太说:"朱

公子托杨姥姥来传了三五次话，老身认为是大好事，可小姐不肯草草从事，现在有舅舅做主，她应该会同意的。"

正在说话的时候，一个十七八岁的女子，身后跟着一个丫鬟，突然进门，一见莱阳书生，转身要走。外甥女拉住她的衣襟，说："不要这样！这是我舅舅，不是外人。"莱阳书生作揖，女郎也恭敬回礼。外甥女说："这是九娘。栖霞县公孙家的。她父亲是大户人家，如今也没落了，困窘不能如意。早晚都与我来往。"莱阳书生偷眼一看，女郎笑起来，两眉弯弯的像是秋月，羞红的脸，像是美丽的朝霞，简直是一位仙女。莱阳书生称赞道："一看就知道是大家闺秀，小户人家的姑娘哪能长得这么秀美！"外甥女笑着说："她还是一个女学士呢！诗词都写得很出色。昨儿我还得到她的一点儿指教。"九娘微笑着说："小女子无端地说人坏话，叫舅舅听着笑话。"外甥女又笑着说："舅妈去世后，舅舅还没有续弦。这么个小娘子，还能满意吧？"九娘笑着跑出门去，说："这丫头疯了吧！"于是便走了。虽然说的是玩笑话，但莱阳书生确实非常喜欢九娘。外甥女似乎有所觉察，就说："九娘才貌无双，若是舅舅并不因为她是入土之人而有所猜疑，我就可以去询问她母亲的意思。"莱阳书生非常高兴，但又担心人与鬼难以结成夫妻。外甥女说："不碍事的，她和舅舅前世有缘。"莱阳书生告辞，外甥女送他出来，对他说："五天后，月明人静的时候，我会派人去接你。"

　　莱阳书生走到门外，没见到朱生。抬头向西望去，只见天上半轮明月，朦胧的月光下，还能依稀认得来时的路。只见南边有一座宅第，朱生坐在门前的石阶上，他站起来迎接莱阳书生说："我等你好久了，请你光临寒舍。"于是，拉着莱阳书生的手，诚恳地表示感谢。他拿出一只金酒杯，一百颗晋珠，说："我没有别的好东西送你，暂且用它们当聘礼吧。"接着又说："家里有浊酒，但这阴间的东西，没法用来招待嘉宾，真没办法！"莱阳书生谦逊地表示感谢，与朱生道别。朱生把他送到半路，这才回去。莱阳书生回到寺院，僧人和仆人们都来问情况，莱阳书生隐瞒实情说："说遇到鬼是胡说，刚才我到朋友那里喝酒去了。"

　　五天后，朱生果然来了，只见他穿着新鞋，摇着扇子，看样子很是高兴畅快。一进院子，他远远地就向莱阳书生施礼。不一会儿，笑着对莱阳书生说："你的婚礼已经准备妥当，喜庆的日子就在今晚，劳烦你跑一趟。"莱阳书生说："一直没有回音，所以我还没有送上聘礼，怎么能匆忙地举办婚礼呢？"朱生说："我已经代替你送了聘礼。"莱阳书生非常地感谢，便跟朱生一起前往。他们一直到了朱生的寓所，只见外甥女盛装而出，笑着迎接莱阳书生。莱阳书生问："你哪天过门的？"外甥女说："三天了。"莱阳书生就拿出朱生赠送的晋珠，为外甥女添置嫁妆，外甥女再三地辞让才接受。她对莱阳书生说："我把舅舅的意思告诉公孙老夫人了，老夫人非常高兴。但是她说，老身没有别的儿女，不想让九娘远嫁，希望舅舅今夜入赘到她家。她们家没有男子，你这就可以与朱郎一起前往。"于是，朱生就带着莱阳书生前去公孙家。

快到村子的尽头时，有一座宅第开着大门，两人直接进了厅堂。一会儿，听到有人说："老夫人到！"只见两个丫鬟扶着老太太登上了台阶。莱阳书生要行礼，老太太说："老朽行动不便，不能行礼，就不必拘于常礼了。"于是，她指挥丫鬟，安排盛大的酒席。朱生则招呼家人，端出菜肴，摆放在莱阳书生的面前，另外放了一个酒壶，为客人敬酒。席上的酒菜，与人间的没有什么区别，只是主人自斟自饮，并不劝客人饮酒。不久，酒喝完了，朱生回家。丫鬟引莱阳书生进去，到了洞房，只见九娘已经在花烛前专心地等待。两人互相爱

悦，含情脉脉，极尽欢乐亲密。早先，九娘母子要押送京城，到济南府的时候，母亲被折磨至死，九娘也自刎而死。九娘在枕上追述往事，哽咽哭泣，难以入睡。于是随口作了两首七言绝句：

（第一首）
昔日罗裳化作尘，空将业果恨前身。
十年露冷枫林月，此夜初逢画阁春。

（第二首）
白杨风雨绕孤坟，谁想阳台更作云？
忽启镂金箱里看，血腥犹染旧罗裙。[1]

天快亮了，九娘催促莱阳书生起身："你该走了，不要吓着仆人。"从此，莱阳书生夜晚来，白天走，非常地迷恋九娘。一天晚上，莱阳书生问九娘："这个村子叫什么名字？"九娘说："叫莱霞里。其中大多是莱阳、栖霞两县的新鬼，所以起了这个名字。"莱阳书生听了，不胜叹息。九娘伤心地说："离家千里的幽魂，像蓬草一样地无处可依。我们母女孤苦伶仃，说来令人凄伤。希望你能够记得今晚的夫妻情义，收拾我的尸

---

[1] 绝句释义

第一首绝句的意思是说：往日的衣裳已经化作了尘土，一切都已经过去了。或许是前世下的恶果，现在再去追究也没有什么用了。十年过去了，坟墓里只看到冰冷的寒露，枫林上挂着一轮明月。今天晚上，第一次觉得楼阁里有了一点儿春天的温暖。第二首的意思是说：白杨伴着风雨，围绕着孤独的荒坟，谁能想到还能有今日的喜庆婚礼？打开镂金的小箱，忽然看见我当年穿的罗裙上还染着血腥。

骨，送到祖坟旁边安葬，使我永远得以安息，死了也像活着一样。"莱阳书生一口答应。九娘说："人和鬼走的不是一条路，此地郎君也不宜久留。"于是将自己穿的罗袜送给莱阳书生作为纪念，洒泪告别。

莱阳书生悲伤地走出来，丧魂落魄一般，心中充满惆怅，不忍回去，便去叩朱生的门。朱生光着脚出来迎接他，外甥女也起来了，头发乱蓬蓬的，惊讶地来问候。莱阳书生惆怅了一会儿，才把九娘的话复述了一遍。外甥女说："即便舅妈不说，我也在日夜地考虑这件事。这里不是人间，确实不适合久住。"于是，两人相对着，哭泣不止。莱阳书生流泪与他们告别。莱阳书生叫开寺院的门，回屋睡下，辗转反侧，难以入睡，直到天亮。他想去寻找九娘的墓，才想起来，当时没有问一下墓志碑铭。待到夜晚再去，只见无数的坟墓重重叠叠，竟迷路而找不到村子的所在，他只好叹息而归。打开九娘赠送的罗袜，风一吹就变成了灰，于是就收拾行装返回东鲁。

半年过去了，莱阳书生依然不能忘怀，又来到济南，希望在那里能够再次遇到九娘。等到他到了南郊，天色已晚，他把马系在院子里的树下，快步赶往葬人的场所。只见无数的坟墓成千上万，荒草茫茫，鬼火点点，狐鸣阵阵，使人触目惊心。莱阳书生惊骇伤心地回到寓所，无心遨游，便掉转车马，返回东鲁。走出一里多，远远地看见一位女郎，独自在坟地行走，奇怪的是，她的神情姿态很像公孙九娘。莱阳书生挥鞭驱马追赶，果然是九娘。莱阳书生下马，想和九娘交谈，九娘居然跑了，好像不认识他一样。再向前追，九娘神色发怒，举起衣袖遮住自己的脸。莱阳书生顿足呼喊九娘，九娘却忽然消失了。

顺治五年（1648），山东栖霞爆发了以于七为首的抗清起义。声势浩大，波及八县，山东震动。于七曾接受招安，被任为栖霞把总。顺治十八（1661）年，率旧部重新造反。不久为清军镇压。于七突围出逃，不知下落。《公孙九娘》所写当年的悲惨情景，并非夸张，而是实录，写出了当年大屠杀的恐怖。蒲松龄生于明末，亲身经历了那个战乱动荡的时代。青少年时期耳闻目睹的恐怖和残酷，必定给他留下了终生难忘的记忆。

莱阳书生忙于葬埋、祭奠亲友，进城办事。此时，恰有一个少年来拜访他。相见之后，莱阳书生大吃一惊，来访者竟是死难的同县的朱生。朱生求莱阳书生做媒，要娶莱阳书生已经亡故的外甥女。女孩是因父亲被害，惊吓而死。一个男鬼，求活人做媒，去娶一个女鬼。一人一鬼的每一句话，都使人想起那场恐怖的大屠杀。

接着，莱阳书生应朱生所托，一起去外甥女家。舅甥寒暄，写出乱离中亲人见面的光景。蒲松龄非常善于写这种家庭间、邻里间、亲戚间的对话。家长里短，有口吻，有神情，读者能够从中体会出对话者的身份和心理，世态人情都在里面。不是口语，胜似口语，是口语化的文言，提炼了的口语。外甥女的悲惨经历，其实是代表着千百个无辜者的凄苦和辛酸。小说读到这里，似乎要写外甥女和朱生的爱情婚姻，但笔头一转，真正的主角公孙九娘出场了。前面的描写都成为铺垫。公孙九娘的出场，先是

一闪而过，

写她的羞怯，突出她的闺秀

气质。外甥女将九娘挽留住，并且介绍九娘和阿

舅认识。莱阳书生担心人鬼难以匹配，外甥女说没关系，你们两

个有缘分。显然，莱阳书生和九娘的故事有一见钟情的成分。可

是，这种爱情不同于花前月下的浪漫故事，更不是两情相悦的一

夜情，否则的话，前面的大段铺垫就没有意义了。

外甥女善于察言观色，看出阿舅与九娘是女有心而郎有意，又有成人之美的热心，于是，马上提出她的计划。《聊斋志异》里的爱情故事，发展的速度都非常惊人。才一见面，还没有正式地征求女方的意见，便将婚事大致敲定。确定五天以后就要成亲。外甥女似乎比当事人还要着急。一切都在紧锣密鼓地进行。

新婚的描写，极为简略；可是，写新婚的欢中之悲却是比较详细。洞房花烛，枕上吟起诗来，确实非常浪漫。但是，九娘不是在作欢乐颂，而是在追忆昔日的悲惨。新婚宴尔的欢乐，未能冲淡淋漓的鲜血。缠绵着的恋人，未能忘却痛苦的往事。九娘来去匆匆，两人的婚姻如此短暂，九娘不久即提出分手的意见，原因是人与鬼难以相通。这显然不是真正的理由。《聊斋志异》中有很多人鬼之恋，结局都没有这么凄凉。原因在于，作者无心写一个浪漫的爱情故事，他的真正目的，是要写出那一场血腥的大屠杀在人间所投下的巨大阴影和难以愈合的心灵创伤。

爱恋姻缘篇

人有淫心,是生亵境;
人有亵心,是生怖境。
菩萨点化愚蒙,千幻并作,
皆人心所自动耳。

画 壁

出自 卷一 第六篇

　　江西人孟龙潭与一位姓朱的举人一起客居在京城。一天，两人偶然地走进一座寺庙，寺庙的殿宇和僧人住的房屋，都不太宽敞，只有一个老和尚暂时住在那儿。老和尚见有客人来，整理了一下衣服，出来迎接，并带着他们到庙中各处游览。

　　殿中有一座高僧释宝志[1]的塑像，两边墙上的壁画非常精美，画里的人物栩栩如生。东侧的墙上，画着一群散花天女，其中有一个没有束发的少女，手持一束花，微笑着，樱桃小嘴像是要开口说话，含情脉脉的眼神流波四溢。朱生注视少女好久，不知不觉地，神魂飘荡，恍惚之中，全神贯注，想入非非。忽然觉得身体飘浮起来，像是腾云驾雾似的，就飞到了墙壁之上。只见层层叠叠的殿堂楼阁，不像是人间的情景。一个老和尚

---

1 释宝志

　　释宝志为释门名僧，生于南朝梁代，俗姓朱，七岁出家。民间流传着不少有关他显露神通的传说。

在高座上讲说佛经,许多身穿僧衣的和尚围着听。朱生也夹杂在这些人中间。不一会儿,好像有人悄悄地牵他的衣裳。他回头一看,正是那位披发的少女,朝他嫣然一笑,转身就走了。朱生随即就跟了过去。走过一段曲折的长廊,少女进了一间小屋,朱生犹豫,不知进去好,还是不进去好。少女回头看他,举起手里的花,招呼他进去,朱生于是快步跟进去了。屋里寂静没人,他急忙拥抱少女,那少女也不怎么抗拒,两人亲密了一阵。之后,少女关上门走了,临别时叮嘱朱生不要咳嗽出声。夜晚的时候,少女又来了,这样过了两天。

　　少女的伙伴们发觉了这件事,一起搜出了朱生。她们取笑少女说:"你肚子里的孩子已经这么大了,还披着头发装大姑娘吗?"于是,她们一起拿来发簪耳环,催促少女把披发梳成妇人的发髻。少女含羞,说不出话。一个女伴说:"姊妹们,我们不要老在这里待着,以免人家不高兴。"于是,女伴们一笑而散。朱生回看少女,只见她梳着高高的发髻,上面插着低垂的凤钗,比披发时更加的娇艳。环顾四周,没有人,便慢慢地又和少女亲密起来,兰草、麝香一般的香气沁人心脾。

　　正在欢乐不已的时候,忽然听得一阵皮靴和绳索的声音,接着就是一片喧闹,吵吵嚷嚷。少女吃惊地坐起

来,和朱生一起偷偷地往外一看,只见一个身穿金甲的使者,脸黑得像漆似的,提着枷锁和大锤,少女的女伴们围着他站着。使者问:"人都全了吗?"女伴们异口同声地说:"全了。"使者说:"若有人藏匿了世间的凡人,大家马上说出来,不要为自己招来罪责。"女伴们同声说:"确实没有。"使者转身,像老鹰一样四处张望,好像要搜寻一番。少女恐惧万分,吓得脸色大变,如同死灰。她惊慌地叮嘱朱生:"赶快藏到床下去!"她自己打开墙上的小窗,仓皇逃走。朱生伏在床下,一口大气都不敢出。一会儿,听得皮靴声进了房间,一会儿又出去了。过了不一会儿,喧闹声逐渐远去,朱生这才安下心来,但这时候外面还有人来人往说话的声音。朱生在床下蜷缩着躲了很久,只觉得耳边嗡嗡地像是蝉鸣,眼前直冒金星,实在是难以忍受。他只好静静地听着外面的动静,等待少女回来,这时候他已经想不起来自己是从哪里来的了。

　　这时候,他的朋友孟龙潭在殿堂里,转眼之间,发现朱生不知去向,就疑惑地问老和尚。老和尚笑着说:"他听讲佛经去了。"孟龙潭问:"他去哪儿听佛经?"老和尚说:"不远。"过了一会儿,老和尚用手指弹了一下墙壁,呼喊道:"朱施主,这么久了还不回来?"

这时，只见壁画上出现了朱生的图像，他静静地站着，像是在侧耳倾听。老和尚又喊道："你的同伴等你好久了！"于是，朱生飘荡着从墙壁上下来，无精打采地呆呆地站着，目瞪口呆，两腿发软。孟龙潭大吃一惊，慢慢地问他。原来朱生正伏在床下，听得敲门声如雷一样，所以出门来看，就回到了人间。大家一起再看壁画上那个持花的女子，梳着高高的发髻，已经不是以前那个披发的少女了。

朱生向老和尚行礼，惊讶地询问其中的缘故，老和尚微笑地说："幻象都是从人心里产生出来的，贫僧怎么能解释其中的奥妙。"朱生心中郁闷，很不畅快。孟龙潭惊骇，心中不安。两人起身告辞，从庙里走了出来。

画而有灵，画能通神，早就成为小说中的题材。这类故事可以说是层出不穷，唐人张彦远的《历代名画记》里便收了很多类似的故事。唐人林登的《续博物志》一书中，有一个《黄花寺壁》的故事，讲的是后魏时黄花寺妖画蛊惑少女的故事。隋人所编的《八朝穷怪录》里有《刘子卿》一篇，晚唐人所编《闻奇录》里的《画工》一篇，讲画中美人落地而与男子交往的故事。蒲松龄的《画壁》大概是受到了类似故事的启发。

故事的男主角是朱孝廉。孝廉就是举人，是有身份的人。我们只要看《儒林外史》里的范进中了举人以后，是何等光景，想想胡屠户的前倨后恭，就明白举人是怎么回事了。可怜那朱生欣赏壁画的时候，竟被壁画中的美人迷住了。看来朱生虽然读书读到孝廉，但四书五经还是没有读好，抵御不住美色的诱惑。

蒲氏的诗词功底很厚，所以他描写壁画美人纯用诗笔，寥寥十二个字就写出一个美少女的风采神韵："拈花微笑，樱唇欲动，眼波欲流。"看来，美人的要素是，嘴要小，樱桃小口，眼睛会说话。眼睛好看虽然不是充分的条件，却是必要的条件。

聊卯聊

没有听说眼睛不好看而成为美人的。不是"动",而是"欲动",不是"流",而是"欲流"。这是写美人的羞怯,欲言又止,羞怯也是一种美。美而羞怯,就愈显其可爱。封建社会里,女性的主动是轻佻的表现,而羞怯则成为一种美。恍惚之中,朱生已经到了壁画之上。关键就是"恍然凝想"四个字。现在人喜欢说"心想事成",是过年话,其实只是图个喜庆而已,没有实际意义。人生不如意事,常十之八九,哪有什么"心想事成"。蒲松龄说"幻由人生",亦即"幻由心生",是想讲点人生的哲理。如果我们要强分虚实,则朱生见画中美人,故事还是在现实生活之中;"身忽飘飘,如驾云雾,已到壁上",则已经进入非现实境界。中间的转折极为自然,转折的枢纽就是"不觉神摇意夺"。朱生像做梦一样进入一个超现实的世界。非常符合人们"日有所思,夜有所梦"的生活体验。但朱孝廉是在白日做梦。这个极为自然的转折造成一种真幻相间的心理效果。朱生和美少女,双方都尽可能地少说话,先是少女暗暗地牵朱生的衣裳,向朱生招手,临走时,又叮嘱朱生不要咳嗽出声。神神秘秘,一切都在无声中进行,非常默契,心有灵犀一点通,此时无声胜有声。

蒲松龄擅长写小女孩之间的嬉闹,写来恍然生动,正和曹雪芹一样。难怪《聊斋志异》和《红楼梦》里描写得出色的人物大多是女孩。女伴们一面打趣,一面又很知趣。转眼之间,胎儿已经长大。这当然是夸张。

故事的节奏非常之快，情节密度很大。女伴的出现没有对两人构成威胁。接着，真正的威胁到来了：金甲使者来查户口了。这里还是从人物的反应入手，突出其心态的特征：少女的恐惧，朱生的手足无措。面对突发事件，没有一点儿应付的能力。女伴们都说没有外人，这是写女伴们对女主角的同情。她们担着风险来掩护爱情中的伙伴。

此时此刻，作者又掉转笔头，将故事拉回到现实世界中来。朱生的朋友孟龙潭正向僧人打听朱生的下落。僧人回答说在壁画上。朱生已经脱离险境，但如惊弓之鸟，惊魂未定，心有余悸。他的身子已经从壁画上下来，但魂还在壁画之上。情景已经从虚幻变成现实，但心理却保持了状态的连续。壁画中的艳遇是虚幻的，非现实的，但朱生的心理轨迹却是非常真实的。

蒲氏很想给他的故事赋予一点儿哲理，一点儿教化的价值。老僧的话"幻由人生"四个字，便是作者的画龙点睛之笔。意思是说，心中有了邪念，便会出现虚幻的情景。

娇娜

出自 卷一 第二十二篇

书生孔雪笠,是孔子孔圣人的后代。他为人温和内向,诗写得很好。他有一个很好的朋友在天台做知县,写信邀请他去,孔生应邀前往。到了那里,不巧的是,朋友恰好病故。孔生流落在当地,没法回到家乡,寄寓在普陀寺,被寺里的和尚雇去,抄写经文,以此谋生。

寺院向西一百多步,有一处单先生的宅第。单先生本是大户人家的公子,因为一场官司而家业衰落,家中人口不多,于是就移居乡下,他的宅第也就闲置在那里。一天,大雪纷飞,路上静静的没有行人。孔生偶然地走过单先生的宅第,只见门里走出一位少年,很有风采。看见孔生,上前行礼,寒暄一番以后,就邀请孔生去他家做客。孔生对少年很有好感,欣然应邀,跟他进了大门。少年的家,房屋并不宽敞,但处处都悬挂着丝锦的围幔,墙壁上挂着很多古人的字画。书桌上放着一本书,封面上题着《琅嬛琐记》。孔生翻阅了一下,书中的内容都是他没有读过的。孔生见少年居住在这里,以为他是宅第的主人,也就没有问他的出身门第。少年详细地询问孔生的来历,深为同情,劝他开设教席,接纳学生。孔生叹息道:"我一个漂泊异乡的人,有谁来推荐呢?"少年说:"倘若你不弃我愚笨的话,我愿意拜你为师。"孔生大喜,说不敢当老师,愿意彼此以朋友相处,又问少年:"你们家的宅第为什么老锁着呢?"少年说:"这是单先生的宅第,早先因为单公子迁乡下住去了,所以长期闲置着。我姓皇甫,祖籍是陕西。因为我家被野火烧了,所以暂时借住在这里。"孔生这才知道,少年并非单家人。当天晚上,两人相谈非常高兴,少年便留孔生住下。

　　第二天天一亮,就有童仆进来生好炭火。少年进屋一看,孔生还围着被子坐在床上。童仆进来说:"太公来了。"孔生急忙起床,一位老人进屋,头发胡须都已经花白,他向孔生道谢说:"承蒙你不弃我顽劣的儿子,愿意教他读书。这孩子初学诗文,先生不要因为是朋友,就把他当同辈看待。"说完,送给孔生一套绸缎衣服,一顶貂皮的帽子,袜子、鞋子各一双。老翁看着孔生洗漱梳头完毕，就叫人端上酒菜。只见桌子、床、衣服都光彩夺目。酒过数巡，老翁起身告辞，拄着拐杖走了。吃完饭，公子拿出作业，孔生一看，都是古文和诗词，没有应考用的八股文。孔生问他怎么回事。公子说："我不求功名进取。"到了晚上，公子又与孔生一起喝酒，并说："今晚我俩尽情喝一次，明天就不行了。"他又把童仆叫来问："太公睡了没有？若是已经睡下，可悄悄地把香奴唤来。"童仆去了，先拿来一把锦袋包着的琵琶。不一会儿，一个婢女进来，一身红装，非常艳丽。公子让她弹一曲《湘妃》。婢女用象牙的拨片拨动琴弦，琴声激烈高亢，悲伤感人，节奏与以前听到的音乐不同。公子拿大杯来喝，一直喝到三更才结束。

第二天早晨，两人起来读书。公子非常聪明，读书过目不忘。学了两三个月，写出的诗词就令人惊叹。两人约好，隔五天喝一次酒。每次喝酒都会把香奴叫来。有一天晚上，酒喝得高兴，气氛热烈，孔生眼睛直盯着香奴，公子明白他的意思，就对他说："这个婢女是我父亲收养的。兄长离开家乡，漂泊在外，没有家室。我已经为你筹划很久了，一定会为兄长找到一个漂亮的妻子。"孔生说："如果你要帮我找个好妻子，一定要像香奴这样的。"公子笑着说："你真是少见多怪，像香奴这样就算漂亮的话，那你的愿望也太容易满足了。"

半年后，孔生想去城外游玩，到门口一看，两扇门从外面反锁着。一问，公子告诉他说："父亲怕我交游乱了心情，所以用这个办法来谢绝客人。"孔生听了他的解释，也就放心了。当时恰好盛夏炎热潮湿，他们把书房移到园亭。一天，孔生的胸膛上长出一个肿包，有桃子那么大，一夜之间，就长得像碗口那么大，孔生痛苦呻吟。公子日夜废寝忘食地照顾他。又过了几天，创痛加剧，饮食不进。太公也来看望他，对着他叹息。公子说："我前天晚上想着，先生的病，我妹妹娇娜能治，我已经派人去外祖母那里让她来，为什么这么久了还没到呢？"一会儿，童仆进来禀告："娇娜姑姑到了，姨妈和阿松姑娘也一起来了。"公子和父亲就赶快上内室去了，不一会儿，公子领着妹妹娇娜来探视孔生。娇娜大约有十三四岁，眼波中流露出聪慧，苗条的身材像细柳一样多姿。孔生一见娇娜的姿色，顿时就忘记了痛苦呻吟，精神为之一振。公子便说："这是哥哥最好的朋友，我们的情谊胜过了亲兄弟，妹妹好好给他治一治。"女孩收起羞涩的面容，卷起长袖，靠近床榻为他诊治。娇娜给他把脉的时候，孔生只觉得香气袭来，胜过了

兰花。娇娜笑着说:"是应该得这病,心气动了呀!但是,病虽然严重,还可以治。只是脓肿结成了块,非割皮削肉不行。"于是,娇娜摘下手腕上的金镯子,放在肿块上,慢慢地按下去,那肿块渐渐地鼓起来,有一寸多高,超出镯子,肿块根部的余肿也约束在镯子之内,没有原先碗口那么大了。娇娜又用另一只手揽起衣襟,解下佩刀,那刀刃薄得像纸一样。她一手按着镯子,一手拿着刀,轻轻地贴着肿块的根部割削。紫色的血流淌出来,玷污了床褥。孔生贪恋娇娜的身姿,不但不觉得疼痛,反而唯恐她不一会儿就割削完事,不能再多依偎一会儿。不一会儿,一团烂肉割完,像是削下一个树瘤一样。娇娜又唤人拿水来,为孔生清洗伤口。娇娜从嘴里吐出一颗红色的药丸,像弹丸那么大,放在创口上按住,旋转。刚转了一圈,就觉得伤口处热气蒸腾。再转一圈,伤口发痒;三圈下来,只觉得浑身清凉,透入骨髓。娇娜收起药丸,放进嘴里,说:"好了!"快步走了。孔生赶忙起身,上前表示道谢,多日的重病,一下子就消失了。可是,想起娇娜美丽的面容,痛苦不能自已。

孔生从此放下书本,呆呆地坐着,一点儿兴趣都没有。公子看出他的心思,对他说:"兄弟为你物色到一位好配偶。"孔生问:"谁?"公子说:"也是我的近亲。"孔生沉思了好久,说:"不必了。"又对着墙壁吟咏道:"曾经沧海难为水,除却巫山不是云。"孔生借用唐代诗人元稹悼念亡妻的两句诗,暗喻自从见了娇娜,看别的女子都觉得不美了。换句话说,除了娇娜,他谁也不想娶。公子看出他的心思,对他说:"我父亲非常仰慕你的才华,常常希望能与你结成亲家,但我只有这么一个妹妹,年龄太小。我姨妈有个女儿阿松,十八岁了,长得不难看。如果你不信,可以在前面的厢房里等着,松姐天天到园亭去,你可以看到她。"孔生便照他所说的去做。果然看见娇娜带了一个美人到园子里来了。只见那美女蛾眉弯弯的,三寸金莲穿着描凤的绣鞋,容貌与娇娜不相上下。孔生大喜,请求公子为他做媒。公子第二天从内室出来,向孔生祝贺道:"事妥了。"于是,另外收拾了一间屋子,作为孔生举办婚礼的新房。当天晚上,鼓乐喧腾,尘埃被吹得四处飞扬。孔生因为盼望中的仙女忽然就要与自己同床共枕,于是竟怀疑月亮中的广寒宫,也未必就在天上。成婚以后,心满意足。

一天晚上,公子对孔生说:"与你切磋学问的恩惠,我没有一天忘却。近日来,单公子的官司已经完事,讨要宅第,催得很急。我想离开这里回西边去,想到我们今后很难再相聚，心中充满离愁别绪，非常纠结。"孔生表示愿意跟随他家而去，公子劝他回自己的家乡，孔生觉得有点为难。公子说："不要担心。我可以马上送你回家。"不一会儿，太公带着松娘来，赠送孔生一百两黄金。公子两手分别握住孔生和松娘的手，嘱咐他俩闭上双眼，不要看。孔生只觉得身体飘荡着到了空中，耳朵里只听得风声呼呼作响。过了好久，听公子说："到了。"孔生睁眼一看，果然已经到了故乡，这才知道公子并非凡人。孔生高兴地敲开家门，孔生的母亲喜出望外，又看到儿子带回来一个美丽的儿媳妇。大家正在欣慰的时候，回头一看，公子却已经消失了。松娘侍奉婆婆非常孝顺，她的美丽和贤惠，远近闻名。

后来，孔生考中了进士，被任命为延安府的推官[1]，便带了全家去上任。松娘生有一子，名小宦。不久，孔生因为违逆了巡按而被罢官，留在任所，听候发落。偶然地在郊外打猎，忽然遇见一位少年，骑着一匹小黑马，不住地看他。孔生细细一看，原来是皇甫公子。公子勒住马缰，停下马来，两人相逢，悲喜交加。公子邀请孔生到他那儿去，到了一个村子，只见树木茂密，树荫遮住了天空和太阳。进公子家一看，只见大门上镶着包金的钉头，完全是一个世家大族的样子。问起他的妹

---

[1] 推官

官名，唐朝始置，最初是节度使、观察使等属官，掌理司法。

妹,说是已经出嫁。又说起岳母去世,深感悲伤。住了一晚,孔生又带着妻子一同来到公子家。娇娜也来了,抱着孔生的儿子,举起放下地逗弄,开玩笑说:"姐姐乱了我们的种了!"孔生拜谢她的救命之恩。娇娜笑笑说:"姐夫富贵了,创口好了,没忘记疼吧?"妹夫吴郎也过来拜见,孔生一家住了两个晚上才离去。

一天,公子面带忧愁,对孔生说:"上天要降下大灾了,你能救救我们吗?"孔生不知他说的是什么事,但也一口答应。公子快步走出,招呼一家人,在堂上向孔生跪拜在地。孔生吃了一惊,急忙问是怎么回事。公子说:"我们不是人类,而是狐狸。如今有雷霆的劫难,孔君如果能够挺身赴难,我们一家还有希望存活。如果孔君不能相救,请你抱着孩子赶快离开,以免受到连累。"孔生发誓,要和公子一家同生共死。于是,孔生手持宝剑站在门口,公子叮嘱他:"即便受到雷霆的轰击,也不要动。"孔生就按照他说的去做。果然看见天上乌云密布,天空昏黑,像是盖上了一块黑色的大石板。再回头看所住的房屋,再也看不到什么宅第里巷,只看到一座大坟,巍然屹立,下面一个深不见底的大洞。正在惊愕的时候,只听得一声霹雳,山岳震动,狂风骤雨,老树都被连根拔起。孔生眼花耳聋,仍然屹立不动。忽然在如絮的黑烟中,看到一个鬼怪,尖嘴长爪,从大洞中抓出一个人,随着烟雾直上空中。孔生看那人穿的衣服,心里觉得好像是娇娜。于是急忙一跃而起,用剑向鬼怪击去,那鬼怪随手坠落。忽然一声霹雳,像是山崩地裂一般,孔生摔倒在地,死了。

过了一会儿,云开日出,娇娜自己苏醒过来,看见孔生死在旁边,放声大哭:"孔生为了救我而死,我还活着干什么!"这时候,松娘也出来了,于是就一起抬着孔生的尸体回到家里。娇娜让松娘抱着孔生的头,让她哥哥用金簪拨开孔生的牙齿,自己捏着他的脸颊,使他的嘴张开,再用舌头把红丸送到他的嘴里,又吻着他的嘴向里面吹气。红丸随着呵气进入孔生的喉咙,"咯咯"作响。过了一会儿,孔生苏醒过来。看见众人围聚在他的面前,恍惚如在梦里。于是一家团圆,惊魂稍定,非常欢喜。

孔生因为这里是坟墓,不能久住,就与大家商量一起回他的家乡去。大家听了都交口称好,唯有娇娜闷闷不乐。孔生请她与吴郎一起前往,她又担心公公婆婆舍不得离开幼小的孙子,大家商量了一整天也没有一个结果。忽然,吴家的一个小家奴汗流满面、气喘吁吁地跑来,大家惊讶地问他,他说,吴家也在同一天遇到劫难，一家人全死了。娇娜一听，顿足悲伤，流泪不止。大家一起劝解，这样一起回去的事情才定下来。孔生进城料理了几天事情，回来就连夜收拾行装。回到家乡以后，孔生将公子一家安置在闲着的院落中，花园的门总是反锁着，孔生和松娘来的时候，才把锁打开。孔生与公子兄妹，下棋喝酒，宴席畅谈，如同一家人一样。小宦长大以后，容貌俊秀，有狐狸那种机灵。他到街市去玩的时候，人们都知道他是狐狸的孩子。

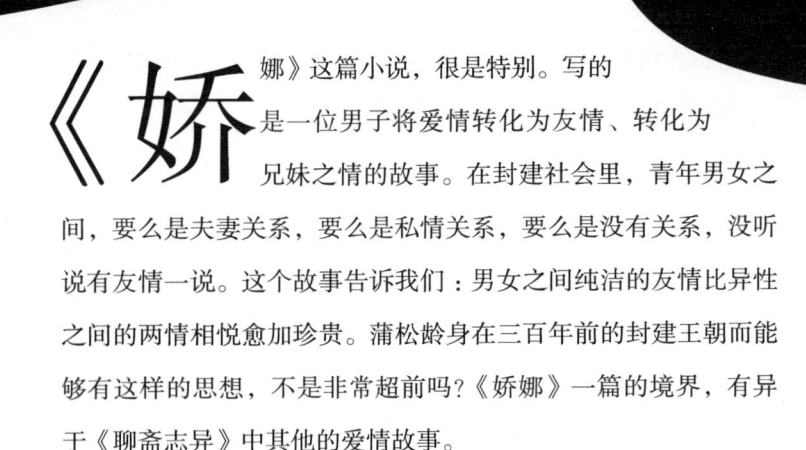

《娇娜》这篇小说，很是特别。写的是一位男子将爱情转化为友情、转化为兄妹之情的故事。在封建社会里，青年男女之间，要么是夫妻关系，要么是私情关系，要么是没有关系，没听说有友情一说。这个故事告诉我们：男女之间纯洁的友情比异性之间的两情相悦愈加珍贵。蒲松龄身在三百年前的封建王朝而能够有这样的思想，不是非常超前吗？《娇娜》一篇的境界，有异于《聊斋志异》中其他的爱情故事。

故事随着孔生的行迹而展开，但光彩照人的是娇娜。娇娜并没有立即出场，娇娜的第一次亮相，小说已经过去三分之一的篇幅。作者在女主角出场以前做了很多铺垫。作者从各个方面写出公子不俗的气质，而为娇娜的出场做准备。

以公子为中介，孔生先后遇到三位女子。第一个是公子父亲的

侍女香奴,第二个是娇娜,第三个是松娘。香奴和松娘是娇娜的陪衬,又是娇娜的补充。香奴漂亮,琵琶弹得好,是第一个使孔生为之心动的女子。可是,香奴是公子父亲离不开的婢女,如《红楼梦》中鸳鸯之于贾母。公子允诺,必为孔生另觅佳偶,不次于香奴。这是为后面娇娜、松娘的出场做铺垫。香奴红袖佐酒,给孔生送去快乐;娇娜割疮治病,是救命之恩。娇娜的第一次亮相,是从孔生的眼睛去看,从孔生的感受去烘托。见到美少女,孔生肿块未去而心火已消去大半。对于娇娜为孔生手术去肿块的过程,描写极为细腻。娇娜年仅十三四,号脉诊病,竟如资深中医；手术之利落老练，兔起鹘落，令人心折。"心脉动矣"四个字，道破孔生病根，本为求偶不遂，郁闷上火所致；同时也表现出娇娜活泼风趣的性格。整个手术的过程，描写细致，如在眼前。却又用字简练，是为难得。口吐红丸，才转三周，就康复如昔，自然是超现实的想象，但手术的过程却使人觉得非常真实，只不过是夸大了康复的速度而已。美丽而兼有绝技，举止大方，可敬可爱，难怪让人心动。在手术的过程中，又穿插孔生的感受，更加衬托出娇娜的可爱。为了延长亲密接近的时间，宁可延长手术的时间，精神的快乐压倒了手术的痛苦。娇娜匆匆而来，又匆匆而去，孔生肉体上的病好了，却添了思想上的痛苦。一个女孩能够令人如此痛苦失落，则她的可爱亦可想而知。可是，娇娜太小，无法出嫁。感情的空白需要填补，不久，孔生又经公子的介绍，认识了他一生中的第三个女子，即公子姨妈的女儿阿松。阿松之美，与娇娜不相上下，于是，孔生与松娘结成百年之好。虽然与娇娜未成眷属，不免有所遗憾，但得到松娘这样的妻子，亦可以说是如愿以偿。成婚以后，孔生看着神仙一般的妻子，觉得非常幸福。

孔生的故事一波三折，皆与女子有关。中心是他的婚姻大事。但蒲氏还要让孔生与娇娜的友情经受严峻的考验。中间的过渡，作者明显地加快了叙事的步伐。不久，考验悄然而至。公子一家，将遇雷霆之劫，企求孔生施以援手。孔生毅然允诺，慷慨赴难。小说极力渲染雷劫之恐怖，以突出孔生见义勇为的侠肝义胆。公子、娇娜兄妹获救，而孔生倒地而死。娇娜再施妙手回春的绝技，救活孔生。经历了生与死的考验以后，孔生与娇娜的友情已经非同一般。看见孔生为了搭救自己而死，娇娜痛不欲生。可是，娇娜依然是忠于丈夫吴郎的。

　　这个故事给人的启发，不光是青年男女之间真诚、纯洁的友情，而且另有其人生的启发。对孔生来说，和香奴没有缘分，倒也罢了；谁知十分看好的娇娜又是失之交臂。两次机会，皆擦肩而过。作者没有借此抒发万般皆是命，半点不由人的老生常谈，而是写出男女之间还有一个纯洁美好、真诚无私的感情世界。孔生连失两次机会，感情连连受挫以后，依然能够端正自己的心态，将爱慕之情转化为友情，转化为兄妹之情，也是值得称道的。孔生没有像少年维特那样去自杀。虽然不能成为夫妻，却依然能够同舟共济、生死与共，这就更使人钦佩了。

青凤

出自 卷一 第三十九篇

太原耿家，原本是一个大户人家，宅第宽敞宏伟。后来没落了，大片的房舍，有一半都空着荒废了。于是就生出一些怪异的事情，厅堂的大门常常自开自闭，家人常常半夜里惊吓得喧哗起来。耿家烦恼这事，于是就搬到别处去住，留一个老头看门。从此，耿家的宅第就更加地荒芜冷落，有时候听到里面传出欢歌笑语。

耿家主人有个侄子叫耿去病，性格狂放，无拘无束。他叮嘱看门的老头，如果听见或看见什么，就赶快来告诉他。晚上的时候，老头看见楼上灯光一亮一亮的，就跑去告诉耿去病。耿生想进去看个究竟，老头劝他别去，他不听。耿生对院里的门户路径素来很熟悉，于是他拨开丛生的蒿草，拐来拐去就进了楼。上楼一看，也没有什么怪异的事情。穿过楼房，听得有人轻轻地说话，偷偷一看，只见一对大蜡烛燃烧着，明亮如同白天。一个老头戴着儒冠，朝南坐着。一个老妇在老头对面坐着，都有四十多岁的光景。朝东坐着一个少年，有二十多岁。右边是一个女郎，才十五岁罢了。满桌的酒菜，围坐着说笑。耿生突然闯进去，大笑着说："不请自到的客人来了！"众人大吃一惊，四散逃避。独有老头出来呵斥他："你是谁，为何闯进人家的内室？"耿生反问他："这本是我家的内室呀，是先生占着。您摆了酒席自己吃喝，也不邀请主人，是不是太吝啬了？"老头仔细打量了他一番，说："你不是耿家的主人。"耿生说："我是狂生耿去病，主人的侄子。"老头说："久仰大名，如泰山北斗！"于是作揖请耿生入席。又命家人换一下酒菜，耿生说："不用换了。"老头为耿生斟酒，请他喝。耿生说："我们是一家人，座上的人都不必回避，请他们出来一起喝吧！"老头于是就喊道："孝儿！"一会儿，从外边进来一个少年。老头介绍说："这就是我的儿子。"少年作揖坐下，大家简单地介绍了一下各自的出身门第。老头自我介绍说："我姓胡，名义君。"耿生素性豪放，谈笑风生，孝儿也风流倜傥，谈话之中，不由得互相钦佩，产生好感。耿生二十一，比孝儿大两岁，因此就称他为弟弟。老头说：

"听说耿君的祖上曾经撰写了一部《涂山外传》,你知道吗?"耿生说:"知道。"老头说:"我就是涂山氏的后代。自唐朝以后的家谱,我还能记得。五代以上的事情,就没传下来了。请耿公子为我介绍一下。"于是耿生简略地讲述了一下涂山狐女[1]辅佐大禹治水的功劳,又添油加醋说了一番,思如涌泉一般。老头大喜,对儿子说:"今天有幸听得闻所未闻的家史,耿公子也不是外人,可以请你母亲和青凤都来听听,也让她们知道一下我们祖先的功勋。"孝儿进帷幕之中。不一会儿,老妇和女郎一起出来了。耿生仔细一看,女郎体态娇弱,眼波中流露出聪慧之气,人间找不到这样的美女。老头介绍老妇说:"这是我的老伴。"又指着女郎说:"这是我的侄女。很聪明,所见所闻,牢记不忘。所以把她也叫来听听。"耿生说完就喝酒,眼睛直盯着女郎,目不转睛地看。女郎有所察觉,便低下了头。耿生偷偷地去踩女郎的脚,女郎急忙缩回她的脚,也没发怒。耿生神采飞扬,不能控制自己,拍着桌子说:"若是能够娶到这样的美女做妻子,就是让我南面称王,我也不换!"老妇见耿生渐渐地醉了,愈发地狂放,就急忙与女郎一同起身,掀开帷幕离去。耿生非常失望,于是向老头告辞。回到家里,耿生依然心绪萦绕,无法忘记青凤。

---

[1] 涂山狐女

有传禹的妻子涂山氏为九尾狐的化身。涂山氏,名女娇,禹的妻子,夏朝第二任君主启的母亲。涂山,即会稽山。传说禹三十岁时仍未娶妻,一次行至涂山,遇见了九尾白狐,其后便娶了涂山氏为妻。

第二天夜里,耿生再次前往,只觉得还能闻到兰草和麝香的芬芳,但是,他凝神等待了一个通宵,却寂静得一点儿声音都没有。回家以后,他与妻子商量,想带了全家去住,希望能够再有幸遇到青凤。妻子不同意,耿生就自己搬过去,在楼下读书。夜晚的时候,他正在桌前坐着,忽然来了一个恶鬼,脸漆黑,瞪大眼睛看着耿生。耿生一笑,用手指蘸了点墨往脸上涂抹,目光闪闪地与鬼对视。鬼自觉没趣,就走了。

第二天夜里,夜深了,耿生熄灭蜡烛,正准备睡觉,忽然听见楼后有拨开门闩的声音,又听得门打开的一声响。耿生急忙偷偷一看,只见门开了一半。不一会儿,听得一阵细碎的脚步声,有烛光从屋里出来。一看,原来是青凤。青凤突然见到耿生,吓得往后退,连忙把门关上。耿生在门外长跪不起,哀求青凤说:"小生不避险恶在这里等待,实在是因为你的缘故。幸亏现在没有别人,若是我能够握一下你的手,笑一笑,那么,我死也没有遗憾了。"青凤在屋里远远地说:"你的深情,我难道不知道?但是,我的叔父家教很严,不敢听从你的请求。"耿生哀求说:"我也不敢指望与你有肌肤之亲,只求见你一面就满足了。"青凤似乎同意了,开门出来,耿生抓住她的胳膊,把她拉进自己的怀里。耿生狂喜,搀着青凤到了楼下,抱着把青凤放在膝上。青凤说:"幸好我们前世有缘,过了今晚,再相思也没用了。"耿生问:"为什么?"青凤说:"叔父怕你太狂,所以化作恶鬼吓唬你,而你不为所动。如今叔父已经在别处找到了住所,一家老小带着家具都要搬走,我留在这里看守,明天就走。"说完,青凤就要走,说:"我怕叔父要回来了。"耿生强行留住她,想向她求欢。两人正在拉扯的时候,老头忽然进来了。青凤羞涩害怕,无地自容,低头靠着床,弄着衣带,沉默不语。老头发怒,说:"贱丫头败坏我家的名声!还不快走,看我拿鞭子抽你!"青凤低着头急忙跑了,老头也出去了。耿生尾随着听有什么动静,只听得老头百般地辱骂青凤,而青凤则"嘤嘤"地哭泣。耿生心如刀割,大声地喊:"罪过在我,与青凤有什么关系!倘若你能宽恕青凤,刀劈斧剁,我都情愿一人承担!"过了好久,屋里安静下来,耿生回去睡觉。从此宅第内再也没有什么动静了。

  耿生的叔父听说这事以后,感到侄子是个奇才,愿意把房子卖给他住,不计较价钱。耿生大喜,带着全家住了进去。住了一年,非常舒适满意,但没有一刻忘记青凤。恰逢清明节上坟回来,看见两只小狐狸,被一条狗追着。其中一只落荒而逃，另一只在路上仓皇逃窜。看见耿生，那只狐狸依依不舍地哀啼着，拉着脑袋，缩着头，好像是哀求耿生的救助。耿生可怜它，解开衣服，把它抱在怀里，带回了家。到家后，关上门，他把那只狐狸放在床上，狐狸竟然变成了青凤。耿生大喜，安慰了她一番。青凤说："刚才正与婢女在野外玩，遭此大难，若非遇到郎君，必定葬身狗肚了。希望你不要因为我是异类而厌恶我。"耿生说："我日夜地思念你，连梦里也忘不了你，见到你如获珍宝，哪里会有什么厌恶？"青凤说："这恐怕也是天命。不是因为遇到这场灾难，我怎么会跟你相逢？不过非常幸运，婢子必定以为我死了，我可以与你永远在一起了。"耿生大喜，另外找了一处房舍让青凤住下。

　　过了两年，耿生正在夜里读书，孝儿忽然进来。耿生放下书本，惊讶地问他从哪里来。孝儿跪在地上，悲伤地说："家父忽然遇到大祸，只有你能够搭救他。父亲想亲自来求你，又怕你不肯接纳他。所以派我来求你。"耿生问："什么事？"孝儿说："公子认识莫三郎吗？"耿生说："他是我同年登榜的晚辈。"孝儿说："明天莫三郎将要从这里经过，若是他带着打猎获得的狐狸，希望你能设法把那只狐狸留下来。"耿生说："当年楼下的那一顿羞辱,我至今耿耿于怀。其他的事情我也不想过问。这件事一定要我帮忙的话,非青凤出面不可。"孝儿哭泣说:"青凤妹妹已经死了有三年了!"耿生一甩衣袖,愤愤地说:"既然如此,那我就更恨他了!"说罢,拿起书本,高声地朗读起来,再也不理睬孝儿。孝儿失声痛哭,捂着脸走了。耿生到青凤的住所,告诉她这件事。青凤大惊失色,问耿生:"你真的不救?"耿生说:"救还是要救的,刚才之所以没有答应孝儿,也不过是报复一下他先前的蛮横而已。"青凤这才转悲为喜,说:"我从小失去父母,靠着叔父长大成人。以前虽然得罪过你,那也是因为家规的缘故。"耿生说:"事情确实是这样,但让我耿耿于怀。当年如果你真的死了,我一定不救他。"青凤笑着说:"你真的忍心啊!"

第二天,莫三郎果然打猎归来,经过耿生的门前,他骑的马,饰有镂金的胸带,身上挎着虎皮制的弓袋,仆人随从前呼后拥,声势显赫。耿生在门前迎接他,看他猎获的野兽很多,其中有一只黑色的狐狸,鲜血染红了皮毛,一摸,皮肉还是温热的。耿生便借口自己的裘衣破了,想讨张狐狸皮来补一补。莫三郎慷慨地答应了他。耿生立即将狐狸交给青凤,然后与客人一起喝酒。

客人走了以后，青凤把狐狸抱在怀里，三天以后，狐狸醒了过来，转了一下身，变成了老头。老头抬头见到青凤，疑心自己不在人间。青凤把经过说了一遍，老头于是向耿生下拜，惭愧地承认自己先前的不是。他高兴地望着青凤说："我本来就估摸着你没有死，今天果然如此。"青凤对耿生说："你如果心里有我，希望你依旧把那座宅第借给我们住，使我有机会报答叔叔的养育之恩。"耿生答应了她。老头羞愧地道谢，而后离去。晚上的时候，果然全家都搬来了。从此两家一如父子亲人，不再有什么猜忌。耿生住在书斋，孝儿经常与他喝酒聊天。耿生正妻生的儿子渐渐长大，就让孝儿教导他。孝儿循循善诱，很有老师的风范。

《青凤》一篇。历来被认为是《聊斋志异》中的爱情名篇。环境是典型的"聊斋"式的环境：一座大而空的房子，旷废荒落而无人居住。堂门自己就会打开，里面传出说笑的声音。狐狸精还没出现，神秘的气氛已经非常浓郁。

男主角耿生是一位狂士。因为狂，所以不听邪，不听劝，好奇心非常强。他径直闯进神秘的空宅，要一窥究竟。他不怕鬼，不怕狐，长驱直入。看到陌生人，一不惊奇，二不害怕，反而大喊大叫，吓得青凤赶快回避，独有一个老头出来应答。场面是戏剧性的：耿生闯帐，将青凤一家惊散，未免鲁莽唐突；而青凤一家不打招呼，占人住宅，亦未免理亏。

青凤的模样,是典型的"聊斋"式的美女。柔弱而美丽。与娇娜相比,青凤没有妙手回春的医术,却多了几分羞涩。更重要的是,青凤不像《聊斋志异》中许多投怀送抱的狐女,她倒是很接近人间一般的女子,她们为礼教所束缚,为家长所拘管,缺乏冲破牢笼的勇气。所以,爱情的动力只能来自那位狂生。与《娇娜》中孔生的故事相比,这里没有那个热心的公子,却多了一位阻挠好事的家长——青凤的叔叔。由此而生出许多曲折。

耿生毫不掩饰自己的感情,狂放轻薄,旁若无人。耿生是有家室的,但作者依然放手让他去追逐少女,死缠烂打,而他的妻子则听之任之,置若罔闻。一夫多妻,娇妻美妾,则蒲氏之多为

男子着想，亦不言而喻。大概在耿生那里，爱是不需要理由的。耿生性格狂放，与《娇娜》中的孔生不同。论者常常视《青凤》为反对礼教的爱情名篇，则耿生即成为冲击礼教的闯将。其实，耿生的言行很值得推敲。礼教的顾虑虽然没有，责任和后果也抛到九霄云外。这里看不到对女性的尊重，只看到外貌的吸引和性的冲动。他只考虑满足自己的欲望，一点儿也没有为女方考虑，不考虑自己的行为将给青凤造成什么后果。虽然青凤对他有好感，对他的轻薄行为也没有发怒，但耿生的狂放确实置青凤于尴尬的境地。当然，耿生确实喜欢青凤，当老翁责骂青凤的时候，耿生听得心如刀割，并挺身而出，承担一切责任。此后，青凤一家搬走，而耿生却没有忘记青凤。

故事发展到这里，也可以结束了，但蒲氏希望有情人终成眷属。如何解决这个难题呢？蒲氏采用他常用的恩报模式，轻而易举地冲破了家长的封锁线。耿生先是救了青凤，又救了她的叔叔。于是，以前的怨恨全部消失，有情人终成眷属，皆大欢喜。

小说对青凤的刻画，非常接近一个人间的女子。青凤的身上，没有多少诡异的色彩。和《聊斋志异》中的许多狐女、鬼女不同，她是羞怯的、被动的，一如生活中的大部分少女一样。如果没有耿生的死缠烂打、穷追不舍，她和耿生的爱情不会有任何结果。一面是闺训培养出来的羞怯和拘谨，一面是情窦初开的冲动和憧憬，两股互相矛盾的力量在心中交战。叔父痛斥她，青凤羞愧得无地自容，只是哭泣。后来她已经和耿生生活在一起，依然不敢让她的叔叔知道。她和耿生的相爱，虽然遭到叔叔的反对，但青凤没有忘记叔叔的养育之恩。耿生的狂放与青凤的拘谨互相映衬，使各自的性格更加鲜明。

作者无意将青凤的叔叔塑造成一个可恶的人物。叔叔的形象是青凤形象的必要补充。他具有封建家长的专制作风，但他的反对，也不无道理。正是在他的教育下，青凤是那样一种羞怯的、循规蹈矩的性格，内心向往着真挚的爱情，但缺乏反抗礼教的勇气。

婴宁

出自 卷二 第六篇

　　王子服是莒县罗店人，小时候父亲就去世了。他非常聪明，十四岁就成了秀才。母亲最喜欢他，平时不让他去郊外玩。聘了萧家的姑娘，没嫁过来就去世了，所以一直没娶。恰逢上元节，舅舅的儿子吴生邀请他一起出去玩。刚到村外，舅舅家仆人来，招呼吴生回去了。王子服独自前往，但见出游的女子非常多，他便乘兴游逛。有一个女郎带着婢女，手持一枝梅花，容貌漂亮，举世无双，笑容可掬。王生目不转睛地看着人家，竟然忘记了忌讳。女郎走过去几步，回头对她的婢女说："看那个男子目光灼灼，像贼一样！"接着，将花遗落在地上，跟婢女笑着说着就走了。

　　王生拾起落花，失魂落魄、闷闷不乐地回了家。到家以后，他把花藏在枕头下面，倒头就睡，不吃不喝，也不说话。母亲见他这样，非常担忧。请了和尚、道士来消灾去邪，结果病情反而更加严重，王生急剧消瘦。医生诊治，开方下药，王生神情恍惚，整个人迷迷糊糊。母亲问他怎么回事，他也沉默不语。恰好吴生来，母亲便托他悄悄地问儿子得病的缘由。吴生来到王生床前，王生一见他，潸然泪下。吴生靠近床前，安慰劝解，渐渐地问起他的心思。王生说出实情，并求吴生想想办法。吴生笑着说："你也太痴了！这种事有什么难办的？我去给你打听。她徒步在野外行走，必定不是豪门大族。如果她没有许配人家，事情就好办了。如果她已经许人，咱们豁出去多花点钱，估计也会同意。只要你身体康复了，这事交给我，没有问题。"王生听了，不觉就露出笑容。吴生出屋，告诉王母，打听女子住在哪里。

可是，到处探访，却是一点儿线索也没有。王母非常忧虑，一点儿办法没有。可是，自从吴生走了以后，王生不再发愁，也稍稍进些饮食。几天后，吴生又来了，王生问他，有什么消息没有。吴生哄他说："已经找到了。我以为是什么人呢，原来是我姑姑的女儿，也就是你的姨表妹，如今还在等着嫁人，虽然近亲不便说婚姻的事，但实话实说，谅来没有不成的道理。"王生听了，喜上眉梢，问吴生："她住在哪里？"吴生瞎编说："在西南的山里，离这里有三十多里。"王生又一再地嘱托他，吴生痛快地满口答应，然后离去。

　　王生因此而渐渐地恢复了饮食，身体也一天天地康复。他一看枕头底下，花虽然已经枯萎，但还没有凋落。他一边凝想，一边把玩，如同看到了那位女子一样。他嗔怪吴生不来，便写信召唤他。吴生借故推托，不肯来，王生恼怒，闷闷不乐。母亲怕他旧病复发，着急为他策划婚事，稍稍和他一商量，他就摇头不肯，只是天天盼着吴生。吴生一点儿消息都没有，王生更加怨恨他。转念一想，三十里路，也不算远，何必非得依靠别人呢！他把梅花放在袖里，赌气自己去找，家里人也不知道。

　　王生独自一人，连个问路的人也没有，只是往南山走去。走了三十多里路，只见群山重叠，翠绿的林木，寂静无人，只有一条羊肠小径。遥望山谷的尽头，丛花乱树之中，隐隐约约有一个小村落。下山进村，见房屋不多，都是茅草屋，而环境非常幽雅。北面的那一家，门前都是垂柳，院墙里桃树、杏树很多，中间夹杂着一些竹子，野鸟鸣叫着飞翔其间。王生猜测那是一户人家的院子，不敢贸然地闯进去。回看它的对面，有一块大石，他便就着大石坐下来歇歇。

一会儿，听得墙里有个女子，拖长了声音，呼喊"小荣！"那声音娇媚细小。正在那儿听着呢，忽然看见一女郎由东向西，手持一朵杏花，低头把花插在自己头上，抬头看见王生，于是不再戴花，笑着拈花进屋。王生仔细一看，正是上元节那天路上遇到的那位女郎，心中大喜，但又想着没有什么借口进去，想着以姨妈相称，却从未有过来往，怕弄错了。院内没人出来，也没法问，一会儿坐着，一会儿站着，来回走着，从早晨等到黄昏，望眼欲穿，忘记了饥渴。不时地看见那女郎露出半个脸窥看他，好像是奇怪他为何久久地不肯离开。

　　忽然，有个老婆婆从院里扶着拐杖出来，问王生说："你是何处来的郎君？听说一早就来了，一直待到现在，打算干什么呢？是不是饿了？"王生赶忙起身作揖，回答说："想要找亲戚呢。"老婆婆耳朵聋，听不见，王生又大声说了一遍，老婆婆问："你的亲戚姓什么？"王生答不上来。老婆婆笑了，说："这就怪了！姓名都不知道，探什么亲啊？我看郎君也是一个书呆子罢了。不如跟我来，吃点粗茶淡饭，我家有短榻可以躺着休息。等明天早晨回家，把姓名打听清楚了，再来探访也不晚。"王生正当饥饿思食，又可借此接近美人，心中大喜。王生跟着老婆婆进去，只见门内白石砌路，两边种着红花，那花瓣一片片落在台阶上。由小路曲里拐弯向西走，又开一门，只见满庭的豆棚花架。客人进屋，白壁光亮如镜，窗外的海棠花枝花朵，伸到屋里，再看床褥桌椅，都是洁净明亮。刚落座，就看见有人从窗外偷偷地向里窥看。老婆婆喊："小荣！快去准备饭！"外边的婢女应声答应。坐了一会儿，彼此聊起家世。老婆婆问："郎君的外祖家是不是姓吴？"王生说："是。"老婆婆惊呼道："你是我的外甥啊！你母亲就是我的妹妹。近年来，因为家穷，家里又没有男孩，这才搞得音讯全无。外甥都已经长这么大了，还不认识。"王生说："这次来就是为了找姨妈，匆忙中忘了姓氏。"老婆婆说："老身姓秦，没有生过孩子。现在有个女孩，也是庶出的，她母亲改嫁，孩子交给我抚养。资质不笨，但少些教训，嬉闹不知忧愁。一会儿让她来见你。"

不一会儿，婢女做好了饭，是一盘肥嫩的小鸡。老婆婆劝王生多吃一点儿。吃完了，婢女进来收拾餐具。老婆婆吩咐婢女："去把你宁姑叫来。"婢女应声去了。过了好久，听得门外有隐隐约约的笑声。老婆婆又说："婴宁，你姨兄在这里。"听得门外有"嗤嗤"的笑声。婢女将婴宁推进门来，婴宁还在捂着嘴，笑个不停，控制不了自己。老婆婆瞪了她一眼，说："有客人在，还哧哧地笑，像个什么样子！"女郎忍住笑，一旁站着，王生向她作揖致礼。老婆婆说："这是王郎，你姨妈的儿子，一家人还互相不认识，真是笑话。"王生问："妹妹多大了？"老婆婆没听清楚，王生又说了一遍。女郎又大笑起来，笑得头都抬不起来。老婆婆对王生说："我说她从小缺少教训，你也看到了吧？都已经十六了，还傻傻的像个小孩似的。"

王生说："比外甥小一岁。"老婆婆对王生说："外甥已经十七了，大概是庚午年生，属马的吧？"王生点头答应。老婆婆又问："外甥媳妇是谁啊？"王生回答说："还没有媳妇。"老婆婆说："像外甥这样的才貌，为何十七了还没有订婚呢？婴宁也没有婆家，你们俩非常相配，可惜是姨表亲。"王生没说话，眼睛只看着婴宁，顾不得看别的。婢女小声对婴宁说："目光灼灼的，一副贼腔没改！"

女郎又大笑，回看婢女说："去看看桃花开了没有？"便急忙起身，用袖子掩着嘴，迈着小步出去了。到门外，才放声大笑。老婆婆也起身，叫婢女收拾床铺，安置王生的起卧。说："外甥来一次不容易，理应留住三五天，慢慢送你回家。倘若屋里太静太闷，房屋后面有小园子，可以去逛逛，也有书可以读一读。"

第二天，王生去房后一转，果然看到有一个半亩大的园子，小草像地毯一样铺着，杨花一片片落在小路上，有三间草屋，为花木四面环绕。穿过花丛，信步走去，听见树上有"沙沙"的声音。抬头一看，是婴宁在树上。见王生来，大笑着，差一点儿掉下来。王生说："别这样，小心掉下来！"女郎边笑边下，笑得无法控制自己。快着地的时候，失手掉下来，这才不笑了。王生扶住她，暗中掐了一下她的手腕。女郎又笑起来，靠着树走不了了，好久才停住。王生等她不笑了，就拿出袖里的花给她看。女郎把花接过去说："花都枯了，还留着干什么？"王生说："这是上元节妹妹遗落在地上的花，我一直保留着。"女郎问："保留它干什么？"王生说："以此表示爱恋难忘。自从上元节见到你，相思成病，自己以为性命难保，将要变作鬼物，没想到还能见到你。希望你能够可怜可怜我。"婴宁说："这不算什么事。都是至亲，有什么舍不得的，等郎君走的时候，园里的花，叫老奴来，摘一大捆，给你背去。"王生说："妹妹傻呀？"婴宁说："傻什么？"王生说："我不是爱花，我是爱拈花的人。"婴宁说："亲戚之间自然有情，爱还用说吗？"王生说："我所说的爱，不是亲戚之间的爱，而是夫妻之间的那种爱。"婴宁说："这有什么不同吗？"王生解释说："夫妻之爱，夜里同床共枕。"婴宁低头寻思了很久，说："我不习惯和别人一起睡觉。"话没说完，婢女悄悄地来了，王生惶恐地躲开走了。

过了一会儿，王生与婴宁在老婆婆屋里又相遇了。老婆婆问："你上哪儿去了？"婴宁说："在园子里与哥哥一起说话。"老婆婆问："饭早就做好了，有什么话说这么久？"婴宁说："哥哥要与我一起睡觉。"话没说完，王生大为尴尬，急忙瞪眼止住婴宁，婴宁微微一笑，这才不往下说了。幸好老婆婆也没听清楚，还在絮絮叨叨地盘问，王生急忙用话打岔，掩盖过去。王生小声地责备婴宁，婴宁说："刚才的话，不能说吗？"王生说："这是背人的话。"婴宁说："背他人可以，难道连老妈也得背吗？况且睡觉也是平常的事，有什么可以避的？"王生真是恨她的痴，没有办法让她明白。

刚吃完饭，王子服家里有两个人牵着毛驴找他来了。原来，他母亲见儿子久久不归，开始怀疑，村里搜寻个遍，竟没有一点儿踪迹。因而去问吴生。吴生回忆起以前自己说过的话，就让人去西南山里去寻寻看。找了几个村子，没有找到，这才找到这里。王生出门，恰好碰上。王生便进去告诉老婆婆，并且请求带着婴宁一起回家。老婆婆高兴地说:"我早就有这个想法。不是一天两天的事了。但是我已是风烛残年,不能远走,外甥能够带着妹妹同去,认识姨妈,这是大好事!"接着就把婴宁叫来,婴宁笑着就来了。老婆婆说:"有啥喜事,笑个不停?若是把爱笑的习惯改了,就是一个完美的人。"因而瞪了她一眼,对婴宁说:"你表哥要带你回家,你去收拾一下行装。"老婆婆又安排酒食,招待王生的家人。然后送他们到门口,说:"你姨妈家田产丰裕,养得起闲人。到了那里,别急着回来。学一点儿诗书礼节,也好将来侍奉公婆。就麻烦你姨妈,帮你找个好丈夫。"于是二人出发。到了山坳回头望,还能依稀地看到老婆婆在靠着门向北眺望呢。

到家后,母亲看见儿子带回一个美女,惊讶地问是谁,王生说是姨妈家的女儿。母亲说:"从前吴郎与你说的话,那是骗你的。我没有姐姐,哪来的外甥女啊?"又问婴宁,婴宁说:"我不是这个老婆婆生的,父亲姓秦,他去世时,我还在襁褓中,还不能记事。"母亲说:"我有一个姐姐嫁给秦家,确实有这回事。但去世已久,哪能还活着呢?"于是又细细地盘问婴宁母亲的面庞、痣疣的特点,一一符合,又怀疑说:"是你说的这样。不过死了很多年了,哪能还活着呢?"正在疑虑的时候，吴生来了。婴宁躲进内室。吴生问明缘故，迷惘了好久，忽然问道："这女孩叫婴宁吗？"王生说是的。吴生连说怪事。王生问他知道什么，吴生便说："秦家姑姑去世以后，姑父一人独居，为狐狸精所迷惑，得病消瘦而死。狐狸精生了一个女孩，名叫婴宁，用席子包着放在床上，家里人都看见了。姑父死以后，狐狸精还常来。后来请天师符贴在墙壁上，狐狸精才带着婴宁走了。莫非就是她？"大家将信将疑地互相议论着。只听见内室传来婴宁"哧哧"的笑声。母亲说："这女孩也太憨了。"吴生请求见一见婴宁。王母进入内室，婴宁依然不管不顾地大笑。王母催她出来见客，婴宁这才竭力地忍住，又对着墙壁好一会儿，这才出来。她出来以后，对吴生才一拜见，转身就跑回去了，并放声大笑。满屋的妇女都被逗乐了。

吴生提出让他前往婴宁的家里，一看究竟，以便替他们做媒。吴生找到了那个山村，那里一间房屋也没有，只有散落一地的花瓣而已。吴生记得埋葬姑妈的地方，离那儿不远，但那里坟墓湮没，无法辨认，只好诧异地叹息而回。王母怀疑婴宁是鬼，进屋把吴生的话转告于她，可是婴宁一点儿没有害怕的意思。又可怜她无家可归，她也没有一点儿悲伤的意思，只是不停地傻笑而已。大家不知她是怎么回事。王母让她和小女儿一起生活起居。婴宁每天早晨就来向王母问安，她做的针线，精巧绝伦。但是特别爱笑，不让她笑也不行，但笑得很可爱，狂而不影响她的妩媚，人人都喜欢她。邻居家的少妇，都争着要和她交往。

　　王母选择了吉日，要为婴宁和儿子举行婚礼，又担心她终究是一个鬼，便偷偷地在阳光下观察她，她的身体和影子与常人也没有什么区别。到了吉日，让婴宁盛装行新娘礼，婴宁大笑，以至于无法弯腰，只好罢了。王生因为婴宁太痴，怕她泄露男女房中之事，而婴宁严守房中隐秘，一字不漏。每当王母发怒的时候，只要婴宁来了一笑，就化解了。奴婢有了小小的过失，生怕王母鞭挞处罚，便请求婴宁求求王母，说说好话，也就免去了责罚。只是婴宁爱花成癖，亲戚家里有好花，她都要物色来。金钗之类也被她偷偷地典当出去，购买优良的品种。几个月以后，院里连台阶，厕所周围，都种满了花。

　　一天晚上，婴宁对着王生哭泣，王生非常惊讶。婴宁哭着说："从前因为一起生活的日子短，说了怕你害怕惊怪，如今看婆婆和你都非常疼爱我，没有二心，所以直言相告。我本是狐狸所生，母亲临死前，将我托给鬼母，我们相依为命十多年，才有了今天。我又没有兄弟，能够依靠的也只有你了。我的母亲独自在山里，无人可怜，无人把她的尸骨与我父亲合葬，她在九泉之下遗恨不已。郎君你若不怕麻烦和花钱，使地下的亡人能够安息，消去怨恨，这样，以后生养女儿的人才不会忍心溺死和遗弃女儿。"王生答应，但只是担心坟墓埋没在荒草之中，不好寻找。婴宁说不必担心。

选好了日子，夫妻二人用车拉了棺木前往。婴宁在荒草中，指出坟墓的方位，果然找到了老婆婆的尸体，而且尸体尚且完好。婴宁抚尸痛哭，把老婆婆的尸体用车子拉回来，又找到秦家的墓地，将他们葬在一起。这天晚上，王生梦见老婆婆来向他道谢，醒来以后，他就将此事告诉了婴宁。婴宁说："我夜里也见到了，还嘱咐她不要吓着你。"王生遗憾没有请她留下来。婴宁说："她是鬼，这里生人多，阳气旺，她怎能待得住？"王生又问起小荣，婴宁说："她也是狐狸，最狡黠了。狐母留下她照顾我，她常常弄些吃的喂我，所以我一直感激她，心中难忘。昨天问过鬼母，说是已经嫁人了。"从此每遇寒食节，夫妻俩就去秦家的墓地，祭拜从来没有间断过。一年后，婴宁生了一个儿子，这孩子在母亲怀里就不怕生人，见人就笑，大有他母亲的风范。

婴

宁生长在山野，父母早亡，母亲临终前把她托给一位老婆婆。这老婆婆对婴宁十分爱惜。婴宁在这样一种特殊的环境中，没有多少礼教的束缚，天真烂漫，孜孜憨笑，嬉不知愁。作者特别抓住婴宁爱笑这一特点，反复渲染，尽情描写。婴宁一出场，便是"拈梅花一朵，容华绝代，笑容可掬"。这是王子服眼睛中的婴宁，是那个一见钟情的情人眼睛里的婴宁。这还是比较静止的描写。看到王子服目不转睛的痴状，婴宁笑着对婢女说："看那个男子目光灼灼，像贼一样。"作者抓住婴宁的天真单纯，不明男女之爱为何物，把婴宁的痴憨，写得淋漓尽致。有人说，婴宁的不知男女之事，是装的，是狡黠的表现。如果是那样，则婴宁就不是天真烂漫之人，而变成一个虚伪做作之人。一个少女的笑，写得千姿

聊聊

百态，而又无一重复，自然而又轻松。作者又写她对鬼母的深情，"由是岁值寒食，夫妻登秦墓，拜扫无缺"。

作者还有意写了婴宁爱花的癖好。这是作者以花喻人，以花衬人。作者有意为婴宁安排了一个远离凡俗尘嚣而又依然充满人情味的环境。作者极写婴宁的痴，写婴宁的爱笑，喜欢花，突出她那近乎"原生态"的单纯天真，其中寄托着作者的人生理想。

阿宝

出自　卷二　第二十八篇

广西孙子楚是当地一个有名的人物。他的手生有六个指头。性格迂阔，不善言辞，有人骗他，就信以为真。有时遇到座中有歌妓，他一定是远远地看见就躲开。有人知道他这个脾气，故意把他骗来，让妓女去逗他，他便窘迫脸红，直红到脖子，汗珠直淌。大家便以此大笑，拿他取乐。于是，人们就根据他的呆样，给他取一个绰号，叫"孙痴"。

县里有个大富翁，财富可与王侯相比，他的亲戚也都是富贵人家。富翁有个女儿，叫阿宝，特别漂亮。近来要物色一位好女婿，大家子弟争着送上聘礼，却都不合富翁的意。孙子楚当时丧偶，有人趁机捉弄他，就劝他去求亲。孙子楚一点儿也没考虑一下自己的身份，真的就去求亲。富翁素来知道孙子楚的名气，却嫌他太穷。媒婆正要离开富翁家，恰好遇到阿宝，阿宝问媒婆有什么事，媒婆就把孙子楚求亲的事告诉了她。阿宝开玩笑地说："他要是能把枝指去掉，我就嫁给他。"媒婆把阿宝的话转告孙子楚，孙子楚说："这事不难。"媒婆走了以后，孙子楚用斧子把枝指砍了，痛彻心扉，血流如注，差点儿死去。几天以后，才能起床，便去媒婆那儿，把断去枝指的手给她看。媒婆大惊，跑着去把这事告诉阿宝。阿宝也非常惊讶，开玩笑地让他再把痴病去掉。孙子楚听了媒婆传达的话以后，大声地自辩，说自己不痴，但又没有机会向阿宝辩明这件事情。转而又想，阿宝也未必美若天仙，何必把自己抬得那么高。于是，从前求亲的念头顿时就冷却了。

恰好遇到清明节，按当地的习俗，清明这一天妇女们都会出门游玩。许多轻薄少年也结队出游，跟在妇女们的后面，随意地评头论足。有几个孙子楚的同学强拉着他一起去玩。有人戏弄他说："你不想看看你的意中人吗？"孙子楚也知道他是跟自己开玩笑，但是，因为受到阿宝的揶揄，所以也想见一见阿宝，看看她到底长个什么样子，便高兴地跟着大家寻觅着。远远地看见有位女子在树下休息，一些无赖子弟围着看，密密麻麻地像是一堵墙。大家说："这一定是阿宝。"跑过去一看，

果然是阿宝。仔细一看，娟秀美丽，天下无双。不一会儿，围的人更多了，阿宝起身，快速地离开了。人们情绪激动，评头论足，乱哄哄的像是发了狂，独有孙子楚默默的一句话没说。待到大家都走散，回头一看，孙子楚还呆呆地站在那儿，叫他也不答应。大家拉着他说："你的魂被阿宝勾去了吗？"孙子楚也没应声。众人知道他平时就迂阔木讷，所以也不以为怪，有人推他，有人拉他，一起回了家。到家以后，孙子楚就一头睡倒床上，一天都没起来，昏睡如醉，叫他也不醒。家人疑心他的魂丢了，便去旷野招魂[1]，也没一点儿效果。使劲拍打他问他，他就含含糊糊地回答说："我在阿宝家。"再细问的话，他又沉默不语。家里人都迷惑不解。

　　起初，孙子楚见阿宝离开，心里不忍离开，只觉得身子也随她去了，渐渐地靠近她的衣带，也没人呵斥他。他跟着阿宝一起回家，坐着躺着都跟着，晚上就跟她一起睡觉，很是得意。但是，又觉得腹中特别饿，想回家，却又迷了路。阿宝经常在梦中与人交合，问此人的名字，他说："我是孙子楚。"阿宝很惊奇，却又无法与别人说。孙子楚昏睡三天，气息奄奄，像是要断气似的。家里人非常惊恐，托人委婉地转告富翁，想去富翁家替孙子楚招魂。富翁笑笑说："平时没什么来往，

---

1 招魂

　　古人认为人体附有精神灵气，称之为魂魄。招魂就是把离开了身体、迷途的魂魄召唤回来的仪式。招魂起源非常早，《楚辞》即有《招魂》一章。招魂时，一边拿着失魂者的衣服，一边叫着失魂者的名字，魂魄便循声归来。

怎么会把魂丢在我家？"孙家的人苦苦地哀求他，富翁这才同意。巫婆手持孙子楚穿的衣服和草席去富翁家。阿宝问明了原因，非常害怕，没让巫婆上别处去，直接把她带到自己的卧室，听凭巫婆招呼而去。巫婆回到孙家，孙子楚在床上已经开始呻吟。醒了以后，阿宝屋里的梳妆用品，什么颜色，什么名称，说得明明白白，一点儿不错。阿宝听说以后，更加地害怕，但心里也为他的深情所感动。

　　孙子楚既已起床，坐着站着，又想起阿宝来，恍惚之中，好像什么都不存在了。每天都要打听阿宝的动静，希望能够再见她一面。浴佛节那天，听说阿宝将去水月寺烧香，孙子楚一早就起来，在路旁等候着。眼睛都看花了，直到中午的时候，阿宝才来。阿宝在车里看到孙子楚，用手把帘子掀开，目不转睛地看着他。孙子楚更加地激动，便尾随着阿宝而去。阿宝忽然让侍女来问孙子楚的姓名，孙子楚急忙通报自己的姓名，他的魂更加地飘荡起来。阿宝的车走了，孙子楚才回家。到家后，孙子楚旧病复发，昏昏沉沉的，不吃不喝，梦中便叫唤阿宝的名字，每每地自恨灵魂不能再像上次那样。家里原来养着一只鹦鹉，忽然死了，小孩在床边摆弄着。孙子楚心想，如果能够变成鹦鹉，振翅便可到达阿宝的身边。心里才这么一想，身子便翩翩然地变成一只鹦鹉，突然飞起来，到了阿宝的住所。阿宝见到鹦鹉，高兴地抓住它，拴上它的脚腕，用麻子喂它。鹦鹉大叫："姐姐不要锁我，我是孙子楚！"阿宝吓了一跳，解开绳子，但鹦鹉也不飞走。阿宝对鹦鹉说："你的深情，我已牢记心中，如今你变成了禽类，禽和人怎么结成美好的婚姻？"鹦鹉说："能够在姐姐的身边，我已经很知足了。"别人喂它，它不吃；只有阿宝亲自喂它，它才吃。阿宝坐着，它就飞到她的膝上；阿宝躺着，它就靠在她的床边。就这样过了三天。阿宝很可怜他，暗中让人去孙家看望孙子楚，这才知道孙子楚在家里僵硬地躺着，已经三天了，只是心头还有一点儿热气。阿宝发誓说："郎君如果能够重新变作人，我誓死嫁给你！"鹦鹉说："你骗我。"阿宝说："我一定遵守我的誓言。"不一会儿，阿宝裹脚，她脱下鞋，放在床下，鹦鹉立即飞下来，衔起鞋子飞去。阿宝叫它，可鹦鹉已经飞远了。

　　阿宝派一个老妇去孙家打探，看到孙子楚已经苏醒。家里人看见鹦鹉衔了一双绣鞋飞来，鹦鹉落地死去，这才感到非常惊异。孙子楚一醒，就索要那双绣鞋，大家不明白其中的缘故。恰好老妇来到，看望孙子楚的情形，问起绣鞋的下落。孙子楚说："这是阿宝起誓的信物，请你转告阿宝，我不会忘记她的金口诺言。"老妇回去，向阿宝汇报情况。阿宝更加地惊异，故意让婢女把情况透露给母亲。母亲问明了情况，说："这年轻人名气也不错，只是他穷得像司马相如[1]一样。选女婿选了好几年，选得这样的女婿，恐怕会被有权有势的人耻笑。"阿宝借口绣鞋落在孙子楚手里，非孙子楚不嫁，她的父母只好依她。有人把这个消息飞快地传递给了孙子楚。孙子楚大喜，病顿时就好了。阿宝的父亲打算让孙子楚入赘，阿宝说："女婿不能久住岳父家，况且女婿家里贫穷，住久了会更加让人看不起。我既然已经答应人家，即便是住草屋，吃野菜也心甘情愿。"于是孙子楚亲自迎亲，以成婚礼，彼此相逢，就像隔世夫妻团圆一样的欢乐。

　　孙子楚家自从得了阿宝家的嫁妆以后，稍稍富裕，增加了不少财产。而孙子楚沉迷于读书，不知管理家务；妻子阿宝却善于治家理财，也不以杂事打扰丈夫。过了三年，家里更富裕了。孙子楚忽然得消渴病死了。阿宝痛哭，泪流不止，不吃不睡。劝也不听，乘着夜晚自缢。婢女发现以后，急救醒来，却依旧不吃不喝。三天后，召集亲戚朋友，准备安葬孙子楚，忽然听见棺

---

1 司马相如

司马相如（约前179—前117），原名司马长卿，因仰慕战国时代蔺相如而更名。西汉大辞赋家。代表作品为《子虚赋》《上林赋》。他在一次宴会上与卓文君相遇，二人当即连夜私奔，当时司马相如虽享负盛名，生活却穷困。

材里有呻吟的声音。打开一看，孙子楚居然复活了。他说："死以后见到阎王，因为我一生朴实诚恳，让我做部曹。忽然有人报告说：'孙部曹的妻子就要到了。'阎王一查鬼名录，说：'她这个人还没到死的时候。'下人说：'她不吃不喝已经三天了。'阎王对我说：'你妻子的节义使人感动，姑且赐你复活吧！'于是就派人给我牵着马送回来了。"从此以后，孙子楚逐渐地康复。

　　赶上那年是乡试，入考以前，一帮少年想捉弄他，便一起拟了七个生僻的题目，把孙子楚引到一个偏僻的地方，骗他说："这是打通关节搞到的试题，送给你，不要泄密。"孙子楚信了，日夜揣摩，写成七篇文章。那帮少年得知后，暗中发笑。当时主考官担心熟悉的题目容易产生抄袭的弊病，所以就力反常规。题纸一发下来，孙子楚一看，正好是自己准备的七篇文章。孙子楚因此而考了乡试的第一名。第二年，他又中了进士，官授翰林。皇上对这件奇事也有所耳闻，召他询问，孙子楚如实具奏，皇上大喜，嘉奖了他。后来又召见阿宝，大加赏赐。

蒲松龄欣赏性情中人,《聊斋志异》中有书痴、石痴、艺痴、酒痴,更多的当然是情痴、情种。《阿宝》这篇作品,就是写了一个情痴、情种。这篇作品虽以"阿宝"为名,其实描写的中心是男主角孙子楚,阿宝的文字极少,她只是一个陪衬。而且作者也不去强调她的容貌之美。写才子和佳人终成眷属不难,但要写孙子楚与阿宝成为眷属却非常困难。一个大富,一个贫穷,门不当,户不对。即便孙子楚有相如之才,阿宝亦并非遇到才子就一见钟情的卓文君。他们成为配偶的机会几乎就是零。所以,要写成二人团圆的结局,而又要显得水到渠成、非常自然,当然是不容易的。故事也就极尽曲折。

一个"痴"字,成为贯穿全篇的要点,也是推动爱情向前发展的动力。无论从社会舆论来看,还是从阿宝家的态度来看,阿宝嫁给孙子楚都是不可能的。

孙子楚痴,所以他常常成为众人取笑、捉弄的对象,谁知这种取笑和捉弄两次促成了孙子楚向阿宝的追求,反

而成全了他。孙子楚的断指给了阿宝一次感动。之所以提出去痴的要求，自然也包含着阿宝的疑惑，孙子楚是不是缺心眼？孙子楚差点放弃他的追求。他怀疑阿宝是不是像众人所说的那么美。求婚未遂的孙痴，颇有一点儿狐狸没吃着葡萄的心态。清明节，又是在众人的怂恿下，孙子楚欣然前往，真的见到了阿宝，灵魂竟随阿宝而去。不是倩女离魂，不是杜丽娘离魂，而是孙子楚离魂随美人而去了。接下来，便是孙子楚魂随阿宝的大段描写。

最后的一道障碍来自阿宝的家长，他们承认孙子楚有才、有名，但顾虑孙子楚太穷，富翁家招这么一个穷女婿招人笑话。但是，阿宝为孙子楚的痴情所感动，铁心要嫁他。于是，有情人终成眷属。

这篇小说将爱的力量形容到极致，得之则生，失之则死，生生死死的痴情终于打动了女子的心。但结尾处孙子楚歪打正着，举进士，授翰林，平步青云。这种富贵结局表现出蒲松龄思想的庸俗，也是这位乡村老秀才一厢情愿的幻想。

公案诉讼篇

鬼狱渺茫，恶人每以自解；而不知昭昭之祸，即冥冥之罚也。

胭 脂

出自　卷十　第十五篇

　　东昌府有个姓卞的牛医，他有一个女儿，小名胭脂，有才有貌，聪明美丽。父亲非常钟爱她，想把她嫁给名门，而那些世家名门又鄙视卞家的微贱，不屑与其联姻，因此胭脂到了结婚的年龄却还没有成家。卞家的对门住着龚家，妻子王氏性格轻佻而喜欢开玩笑，是胭脂聊天的闺蜜。有一天，胭脂送王氏到门口，看见一个少年从门前走过。少年穿着白色的衣服，头上戴着白色的帽子，风采动人。胭脂似乎有点动心，眼光跟随着那位少年。少年低头，匆匆走过。他已经走远了，胭脂还在凝望着。王氏看出胭脂的意思，跟她开玩笑说："以娘子你的才貌，若是能够配上这样的人，或许也就不遗憾了。"胭脂红了脸，羞涩得无话可说。王氏问："你认识这位美少年吗？"胭脂说："不认识。"王氏介绍说："他是南巷的鄂秋隼，一位秀才，是已故的鄂举人的儿子。我以前与他家是邻居，所以认识。世上的男子没有比他更温柔的了。他如今穿着白衣服，是因为他丧偶而丧期尚未结束。娘子如果有这份心意，我可以从中说合，叫他请人来说媒。"胭脂没说什么，王氏笑着离去。

好几天没有什么消息，胭脂疑心王氏没空立即就去，又怀疑鄂家是官宦人家的后代，不肯俯就平民人家。胭脂郁郁寡欢，徘徊惆怅，苦苦思念，渐渐地不思饮食，卧床不起。王氏来探望她，问她怎么得的病。胭脂回答说："我自己也不知道。只是那天分别以后，就闷闷不乐，现在是苟延残喘，恐怕不久于人世。"王氏小声对胭脂说："我家丈夫，出门做生意还没回来，现在还没有人去给鄂秀才传递消息。姑娘身体不适，是不是因为这件事情？"胭脂红着脸，半天没说话。王氏开玩笑说："若是真的为此，病已经到了这个地步，还有什么顾虑？先让他今晚来一趟，他难道就不肯来？"胭脂说："事已至此，我也不怕害羞了。若是他不弃我家寒门贫贱，就立即派媒人来，我的病也就好了。若是私下约会，那绝对不行！"王氏点点头，就走了。

王氏年轻时就与邻居的书生宿介私通，嫁人以后，宿介只要打听到王氏的丈夫外出，便来找王氏。这天晚上，恰好宿介来王氏家，王氏就把胭脂的话当作笑话说给宿介听，并且开玩笑地让宿介转告鄂生。宿介早就知道胭脂长得漂亮，听说此事后，私心窃喜，觉得有机可乘。他想与王氏商量，又怕她嫉妒，就假装无意地说着，把胭脂家的房屋、路径，打听得一清二楚。第二天夜晚，宿介翻墙进了卞家，直接到了胭脂的卧室，用手指敲击窗户。胭脂在里面问："谁？"宿介回答说："我是鄂生。"胭脂说："我之所以思念你，是为了百年好合，不是为了这一晚上。郎君如果真心爱我，那就赶快请媒人来说媒。若说私下相会，我不敢从命。"宿介假装答应，苦苦哀求握一握胭脂的手以为信誓。胭脂不忍过分地拒绝他，勉强地起身，把门打开。宿介急忙进屋，抱住胭脂就要求欢。胭脂无力抵挡，倒在地上，累得气都喘不过来，宿介赶忙把她拉起来。胭脂说："哪里来的恶少，一定不是鄂郎！如果真是鄂郎，他人温柔，知道我为他而得病，哪能如此狂暴！要是再这样，我就喊起来了，坏了品行，对我们两人都没有好处！"宿介怕事情败露，不敢再勉强，只好请求下次再见面。胭脂约定在迎亲时再见。宿介认为太久了，再次提出请求。胭脂讨厌他的纠缠，约定在身体康复以后再见面。

宿介又要胭脂给他一件信物。胭脂不肯。宿介抓住胭脂的脚，脱下她的绣鞋而去。胭脂叫他回来，对他说："我已经将身相许，还有什么舍不得？只怕画虎类狗，招致诽谤污名。如今我的绣鞋已经落在你的手中，料想也回不来，你若是负心，我只有一死！"宿介从胭脂家出来，就去了王氏那儿，及至躺下，心里仍放不下那只绣鞋，偷偷摸了一下衣服，绣鞋没了。他急忙起来点灯，抖抖衣服，四处寻找。王氏问他找什么，他不说，又怀疑是王氏把鞋藏了起来。王氏故意笑笑，使得宿介更加的疑心。宿介眼看隐瞒不了，就把实情告诉王氏。说完，他又手持蜡烛，到门外到处寻找，竟没有找到，只得懊丧地回到屋里睡下，暗自庆幸深夜无人，绣鞋应该是遗失在路上了。早晨他又去寻找，还是没有。

早先的时候，街巷里有个叫毛大的人，游手好闲，没有固定的职业。他曾经挑逗王氏而没有成功，知道宿介与王氏私通，想捉奸来要挟王氏。那天夜里，毛大经过王氏家的门前，一推门，发现门没关，就偷偷摸了进去。刚到窗外，就觉得踩着一件东西，软软的像是棉布，捡起来一看，却是一条汗巾，裹着一只绣鞋。他伏在窗前听了一会儿，将宿介说的情况听了个一清二楚，心中大喜，就抽身出来。几天后，他翻墙进了胭脂家，因为不熟悉路，错摸到卞牛医的卧室门前。老头听得有动静，向窗外一看，只见一个男子，看他那诡秘的样子，知道他是为胭脂而来，心中愤怒，就持刀冲了出来。毛大吃了一惊，赶紧逃跑。正要爬墙出去，卞老汉已经追到跟前，毛大无处可逃，回过身来夺下卞老汉的刀。这时，卞老汉的老伴大叫起来，毛大见脱不了身，就把卞老汉杀了。胭脂的病刚刚有所好转，听得喧闹声，也起了床。母女一起，点起蜡烛一看，卞老汉脑壳被砍裂，已经说不出话，一会儿就气绝身亡了。母女二人在墙下找到一只绣鞋，卞氏一看，是胭脂的鞋，逼问胭脂。胭脂哭着说出实情，但又不忍连累王氏，便说是鄂生自己前来。

天亮以后，母女告到县里，县令将鄂生拘捕。鄂生的为人，谨慎而木讷，才十九岁，见了生人就像小孩一样羞涩。被捕时，鄂生非常害怕，上了大堂不知如何回答，只是发抖。县令见他害怕，就更加信以为真，对他横加重刑。鄂生一个书生，受不了刑罚，便自诬杀人。接着他被押送到郡里，又经受像县里一样严刑拷打。鄂生满腔冤气，常想与胭脂当面对质，待到相遇的时候，胭脂痛骂鄂生，鄂生张口结舌，无法自辩，于是，鄂生便被判处死刑。几个官员反复地审讯，供词都一样。后来,这个案子交给济南府复审。

当时吴南岱任济南的太守,他一见鄂生,怀疑他不像是一个杀人的人,便暗中派人慢慢地盘问他,让他把实情都说出来。吴公于是更加地相信鄂生是冤枉的。他思考筹划了好几天,这才开始审理此案。他先问胭脂:"你和鄂生订约以后,有别人知道这事吗?"胭脂说:"没有。""遇到鄂生时,有旁人在场吗?""没有。"吴公又把鄂生叫上来,先说好话安慰他,让他好好讲。鄂生说:"有一天我经过胭脂家的门口,只见我以前的邻居王氏和一少女出来,我就快步回避,并没有说一句话。"吴公一听,便训斥胭脂:"你刚才说旁边没有人,怎么又出来一个邻居的女人?"吴公要对胭脂用刑。胭脂惧怕,忙说:"虽然王氏在身边,这事实在跟她没关系。"吴公不再审问二人,命人把王氏抓来。几天后,王氏被抓来,吴公不让她和胭脂见面,防止她们串供。吴公立即提审王氏,问王氏谁是杀人凶手。吴公骗她说:"胭脂已经招供,是谁杀卞牛医,你都知道,为什么还要隐瞒?"王氏说:"冤枉啊!那女人自己想男人,我虽然说要给她做媒,不过是开玩笑罢了。她自己招引奸夫进家,我怎么知道啊!"吴公详细地审问她,王氏这才说出前后开玩笑的那些话。吴公便把胭脂又提上

来，大怒道："你说她不知情，如今她为什么说曾经给你做媒？"胭脂哭着说："我自己不争气，致使父亲惨死，这场官司又不知打到何年，再要连累他人，实在是于心不忍。"吴公又问王氏："你开玩笑以后，曾经和谁说起过这件事？"王氏说："没有和谁说过。"吴公发怒："夫妻同床，无话不说，怎么说没有？"王氏说："我丈夫长年在外，没有回来。"吴公说："虽然是这么说，但大凡戏弄他人的人，无不嘲笑他人的愚蠢，炫耀自己的聪明，说没有给别人说过，你骗谁啊？"命人给她上刑，把王氏的十个手指夹起来。王氏没办法，只好如实招供："曾经和宿介说过。"吴公放了鄂生，派人逮捕宿介。宿介到案，自己供称，不知道杀人的事。吴公说："晚上与人通奸的人，必定不是好人！"命人施以重刑。宿介自供："曾经去卞家欺骗胭脂是真事。但是，绣鞋丢了以后，就没敢再去。杀人的事情确实不知情。"吴公大怒："翻墙的人，什么事干不出来！"命令再施重刑。宿介受不了酷刑，自诬杀人。招供已成，报告上级，没人不说吴公判案如神。铁案如山，宿介只有伸着脖子等待秋后处决了。

可宿介虽然行为放纵，品行不好，却是山东有名的才子。他听说学使施愚山[1]德才兼美，又爱才，所以

---

[1] 施愚山

施闰章（1618—1683），号愚山。清初政治家、文学家，以爱才、护才而闻名，蒲松龄便曾得其赏识。

就写了一份状纸，申述冤情，语言沉痛凄苦。施公要来宿介的供词，反复细读思考，一拍桌子叫起来："这个书生是冤枉的！"施公请求巡抚、按察使把案子交给他重审，获得批准。施公问宿介："鞋遗落在哪里？"宿介说："忘了。但记得敲王氏家门的时候鞋还在袖里。"施公转而问王氏："宿介以外，还有几个奸夫？"王氏说："没了。"施公说："淫乱的人，哪能只与一人私通？"王氏说："我与宿介，自小就认识，所以一直没有中断来往。后来不是没有人来勾引，只是我从未同意。"施公就让她说出那些勾引者的姓名。王氏说："街坊里有个毛大，屡次地勾引我，我都拒绝了。"施公说："你怎么忽然变得这么贞洁？"便叫人抽打她。王氏磕头，鲜血直流，竭力辩说，确实没有他人。施公这才放过她，又追问她："你丈夫出远门，难道没人找个借口来找你？"王氏说："有的。某甲某乙，都说要借钱送礼之类的，曾经来过我家一两次。"原来某甲、某乙，都是街巷中的二流子，有意于王氏却没有表现出来。施公将这些人的名字都记了下来，把他们都拘捕到案。

人犯都到齐以后，施公带上人犯，前往城隍庙，命令他们都跪在案前，说："前几天我梦见城隍神对我说,杀人的凶手就在你们几个人中间,如今面对神明,不能说假话。如果肯自首,还可以原谅;若是说假话,一经查出,绝不宽恕!"众人异口同声地说没有杀人。施公将加于颈、手、足的木制刑具放在地上,准备统统用上,将人犯的头发都扎起来,扒光衣服,裸着身子,众人齐声喊冤。施公说:"既然你们都不肯招供,那就让神明来指认凶手。"施公派人用毡子、褥子把大殿的窗户全部遮住,一点儿光都不透,又让这些人犯光着脊背,将他们赶到黑暗之中,先给他们一盆水,命他们一一把手洗了,用绳子拴住,排在墙下,警告他们:"面对墙壁,不要动。杀人者,神明会在他的脊背上写字。"不一会儿,把他们叫过来,一个个地检查。施公指着毛大说:"这人就是杀人的真凶!"原来施公事前让人把石灰涂在墙上,又用烟煤水让他们洗手。杀人者害怕神明在背上写字,所以将脊背靠着墙,沾上了白灰。临出来时又用手遮住脊背,又染上了烟煤色。施公本来就怀疑毛大是凶手,至此就更加地确信。于是,施公对毛大施以重刑,毛大说出了实情。施公发下判书,判毛大死刑,并请该县县令做胭脂、鄂秀才的媒人。

　　此案完结后,远近争相传诵。自吴公审问后,胭脂知道鄂秀才被冤枉,偶尔堂下相遇,胭脂自觉羞愧,

含着泪水，心中的委屈却说不出来。鄂生感念她眷恋之情，但想到她出身寒微，每日在公堂上被众人指点，怕娶她后成为笑柄，日思夜想也拿不定主意，直至判书发下，鄂生才立定心意。县令准备了彩礼，替他们办了喜事。

蒲松龄善于写狐魅花妖，可是，《胭脂》一篇从头至尾，没有出现超现实的人物和情节。《胭脂》写的是爱情加公案。

《胭脂》写了四组人物，都是案件的相关之人。胭脂和鄂生是一组，是恋爱的两位主角。其中胭脂是全案的根，全部故事和线索都围绕着她的命运来展开。鄂生是胭脂意中之人，差一点儿成为冤案的牺牲品。宿介和王氏是第二组，是此案重要的知情人。其中王氏这一辅助人物的配置在这篇小说的结构中起着不可忽视的作用。作者借王氏将故事的相关之人连到一起。王氏是胭脂的邻居，也是胭脂的闺蜜。王氏给胭脂介绍了鄂生的情况，又是王氏将胭脂看上鄂生的情况告诉了情夫宿介。而宿介又去讨便宜，遭到拒绝。他无意中将捡到的胭脂的绣鞋丢失，鞋子又被无赖毛大拾去。而毛大又曾挑逗王氏而遭到拒绝。条条线索都通向王氏，弄清王氏的情况实在是破案的关键。牛医卞氏夫妇是第三组人物，是这件凶杀案的

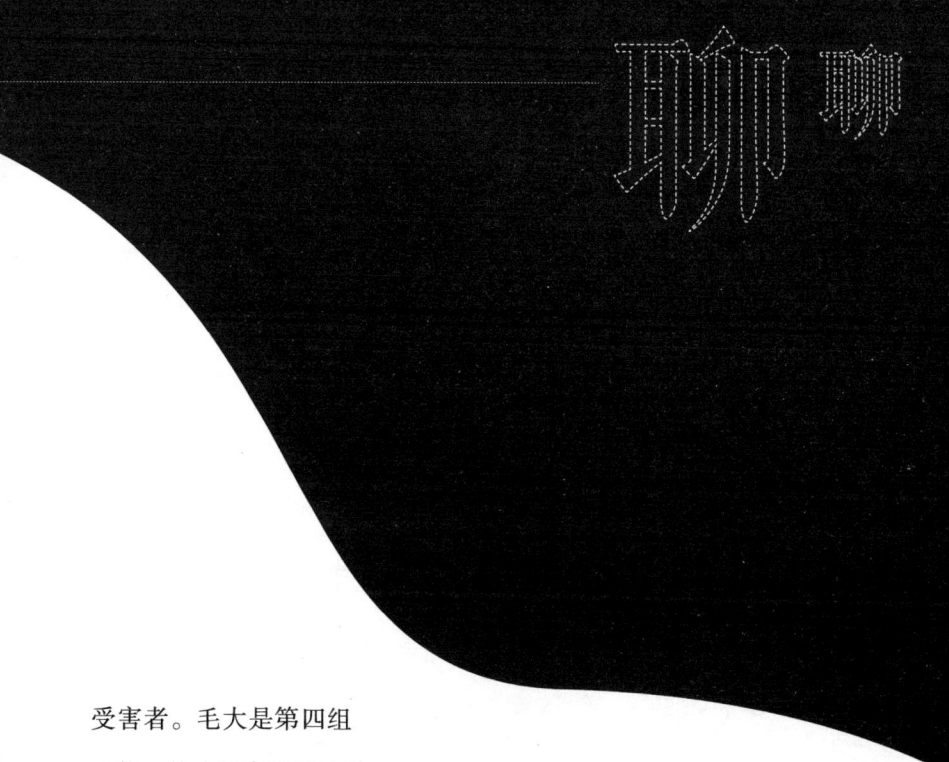

受害者。毛大是第四组人物,他才是真正的凶手。

作为一篇公案小说,《胭脂》极尽曲折。古代的公案小说,不同于现代的侦探小说。它通常并不以破案作为悬念。罪犯放在明处,读者知道谁是凶手,不必费心去猜。悬念在人物的命运。封建社会司法制度的弊病是,刑讯逼供,重口供,轻证据,主观武断,犯罪嫌疑人之缺乏民主权利,任人宰割。这些均暴露无遗。这桩案件,差一点儿成为冤案错案,原因不在贪官,而在官员的草菅人命,渎职敷衍。其实,根源还在封建社会司法制度的弊病。蒲松龄对当时司法制度的弊病有很细的观察、很深的体验,所以能够在小说中有那么深刻而生动的反映。

促织

出自　卷四　第十篇

　　明朝宣德年间,宫里盛行斗蟋蟀的游戏,每年都向民间征收蟋蟀。这东西本来不是陕西的特产,只是有一位华阴县的县令想奉承上司,献了一只蟋蟀,上司试了一下,真的非常厉害,所以朝廷就责令下面年年进贡。县令又把这件差事交给里正。街市的游手好闲之徒捉到一只好的蟋蟀,就用笼子养起来,抬高价格,以为奇货可居。乡里的差役非常狡猾,借此按人头加派费用,每次责令上贡一只蟋蟀,就有几户人家倾家荡产。

　　县里有个叫成名的人,是个童生,为人迂阔木讷,于是被狡猾的差役看中,上报让他充当里正这个差事。他想尽办法,都未能辞去这个职务,不到一年,就把一份小小的家产赔光。恰好又到了征收蟋蟀的日子,成名不敢按户摊派,而自己又无法赔偿,愁闷万分,简直

想死。妻子说："死有什么用？不如自己去找找看，或许有一线希望。"成名觉得妻子说得有道理。他早出晚归，提着竹筒和铜丝笼，在残壁断墙、野草丛生的地方，翻开石头，挖开洞穴，无计不施，却一无所获。即便是捉得两三只，也是懦弱无力，不合规格。县令按照期限严令追迫，十多天里，成名被杖责一百，两腿间脓血淋漓，这下连蟋蟀也捉不成了。成名在床上辗转反侧，只想自杀。

当时村里来了一个驼背的巫婆，能够通过神明预卜吉凶。成名的妻子拿了钱财前去询问，只见红装的少女和白发的老妇，挤满了老巫的房屋。进了屋里，只看到密室里窗帘垂挂，窗帘前摆设香案。问者在香炉里点上香，拜了两拜。巫婆在一边朝天祷告，嘴一张一合的，也不知说了些什么，问者恭敬地站着，听着。不一会儿，帘内飞出一张纸，说出求卜者的心事，一丝不差。成名妻子把钱放在香案上，如同前面的人一样焚香下拜。过了一顿饭的时间，帘子一动，一张纸飞落在地上。捡起来一看，不是字，而是一幅画。中间画着一座殿阁，有点像是寺庙。后面小山下，怪石乱躺着，丛生的荆棘尖尖的，一头青麻头的蟋蟀在那儿趴着，旁边一只蛤蟆，像是要跳起来似的。她琢磨了一会儿，不明白其中的意思，但看见画着蟋蟀，暗暗地道破心事，就把纸折叠了收起来，带回家中给成名看。

　　成名获图，反复琢磨，难道这张图是在暗示捕捉蟋蟀的地点？仔细看图上所描绘的景物，与村东的大佛阁非常相似。于是，他勉强起身，拄着拐杖，拿着那张图来到寺庙的后面。那儿古墓隆起，沿着陵墓走去，只见怪石伏卧，活像画中所描绘的样子。成名在野草中侧耳倾听，慢慢地向前走，好像是要寻一根针一样的仔细，他的精神、目力、听力都要用尽了，却没有见到一点儿蟋蟀的踪影。成名继续地搜寻，忽然，一只蛤蟆跳了过去，成名更加地惊愕，急忙追过去。蛤蟆跳进草里，成名拨开野草，跟踪追寻，只见一只蟋蟀蹲伏在荆棘的根那儿。成名急忙扑上去，蟋蟀躲进了石洞。成名用尖尖的草棍去撩拨，蟋蟀不出来。他再用竹筒往里灌水，蟋蟀这才跳了出来。蟋蟀长得很壮伟。成名追上去，捉住它，仔细一看，这头蟋蟀很大，长尾，青色的颈项，金色的翅膀。成名大喜，把它装在笼子里，带回家中。全家庆贺，好像得了价值连城的玉璧一样。成名把它放在盆里养着，用白色的蟹肉、黄色的粟实来喂它，爱护备至，准备期限一到，就用它去交差。

　　成名有一个九岁的儿子，看父亲不在的时候，偷偷把盆盖揭开，谁知那蟋蟀一下就跳了出来，快得都来不及去捉。待到捉到手里，蟋蟀的腿掉了，肚子也破了，一会儿就死了。儿子害怕，哭着去告诉母亲。母亲一听，面如死灰，大骂儿子："孽种！你的死期到了！你父亲回来，自会跟你算账！"儿子哭着出去了。没多久，成名到家，听妻子一说，如同冰雪披身，愤怒地要找儿子，谁知儿子竟不知去了哪里。接着，在井里找到了儿子的尸体，满腔的愤怒又变成了悲伤，呼天抢地，悲痛欲绝。夫妻俩对着墙，无心做饭，默默地相对坐着，再没有一点儿可以指望。天色将晚，他们准备将儿子草草地埋葬，近身一摸，儿子气息微弱，他们心中欣喜，把儿子放在床上，半夜儿子苏醒过来，夫妻心里稍稍得些安慰。但蟋蟀笼子空了，回头一看就气上不来，话也说不出来，也不敢再去追究儿子的过错，从黄昏到天亮，始终没有合眼。

　　太阳已经从东方升起，成名还在床上呆呆地躺着发愁。忽然，听得门外有蟋蟀在叫，他吃惊地起身去看，蟋蟀还在。成名一喜，便去捉它。蟋蟀一叫就跳了出去，跳得很快。成名用手掌罩住它，掌中空空的，像是没有东西。手刚抬起来，它就跳了出去。成名急忙去追，蟋蟀转过墙角，失去行踪。成名徘徊，四处张望，

只见蟋蟀蹲伏在墙壁之上。成名仔细一看，这只蟋蟀长得短小，黑红色，根本不像原来的那只蟋蟀。成名因为它身材短小，看不上它，只是彷徨张望，要寻找原先的那只蟋蟀。墙壁上的那只小蟋蟀，忽然落在成名的衣襟和袖口之间。成名一看，形状像是土狗，梅花翅膀，方头长腿，觉得还不错，便欣喜地收了起来。他想要将它上贡给官府，又心里忐忑，恐怕上面不满意，于是想用它与别的蟋蟀斗一下，试试它的本事。

村里有一个好事的少年，驯养着一只蟋蟀，名作"蟹壳青"，天天与别的子弟的蟋蟀斗，从来没败过。他想养着卖个好价钱，因为要价太高，也没人买。他径直造访成名的家，看到成名养的那只蟋蟀，掩口哑然失笑。接着，他拿出自己的那只蟋蟀，放进平盆里。成名一看对方的蟋蟀形体长大，更加惭愧，不敢与他较量。少年硬要与他比试。成名心想，养着一只懦弱无力的东西，终究没什么用，不如比拼一下，博得一笑，因而将自己的那只蟋蟀放进斗蟋蟀的盆里。小蟋蟀卧伏不动，呆若木鸡，少年哈哈大笑，试着用猪鬃毛撩拨它的胡须，它依然不动。少年又笑，屡屡地撩拨，小蟋蟀终于被激怒，直奔对手而去，于是双方搏斗起来，振翅长鸣。一会儿，只见小蟋蟀跳起来，张尾伸须，径直咬住了对手的颈项。少年大惊，急忙把双方分开，让它们停止战斗。小蟋蟀张开双翅，骄傲地鸣叫，好像是向主人报喜。成名大喜。两人正在一起看着玩，忽然来了一只公鸡，上来就啄。成名吓得站起来大叫。幸好公鸡没有啄中，蟋蟀跃出去有尺把远，公鸡健步向前，追逐逼近，蟋蟀被它压在爪子下面。成名仓促之间，不知如何去救，着急顿足，脸色大变。不一会儿，只见公鸡伸长了脖子，像要摆脱什么东西，成名近前一看，小蟋蟀落在鸡冠上，用力咬住不松口。成名更加欣喜，拾起小蟋蟀放进笼中。

第二天，成名将蟋蟀上交县令，县令见小蟋蟀那么弱小，怒斥成名。成名叙述它的神异，县令不信。便让它与别的蟋蟀斗，别的蟋蟀全部败北。又抓个鸡来试，果然与成名说的一样。于是，县令赏赐成名，将蟋蟀献给巡抚。巡抚大喜，把蟋蟀放在金丝笼里献给皇上，详细地描绘它的能耐。小蟋蟀进宫以后，将全天下进贡的蟋蟀，如"蝴蝶""螳螂""油利挞""青丝额"，统统打败。每当听到琴瑟的声音，小蟋蟀就按着节拍跳起舞来，所以它越发地惹人喜爱。皇上非常高兴，大加赞许，下诏赏赐巡抚名马、绸缎。巡抚没有忘本，不久，县令就得到了政绩卓异的考评。县令高兴，免去成名的差役，又叮嘱学使，让成名进了县学。一年后，成名的儿子康复如前，自己说变化成了蟋蟀，轻捷善斗，如今方才苏醒。巡抚也重赏成名。没几年，成名家良田百顷，楼阁万间，牛羊各二百。外出的时候，穿着轻裘，骑着肥马，比世家大族还要气派。

蒲松龄对社会的黑暗，吏治的腐败，感同身受。生当太平盛世，可是，享受繁荣之果的并非民众，并非蒲松龄这样的平民知识分子。蒲松龄的心里充满了愤懑抑郁之情。《促织》就是《聊斋志异》中揭示社会黑暗的名篇。

这篇小说以促织命名，促织是全篇的线索，故事随着促织的求而不得、得而忽失、失而复得向前发展，人物的喜怒哀乐和成名的命运也随之沉浮起落。

作品首先简要地交代了征缴促织的背景，揭示出从上至下的腐败：这里有献媚上司的县令，有狡黠的差役，有游手好闲的少年，他们构成了一个围绕促织的利益链。受害的是贫苦无告的百姓。像成名那样的老实人，摊派百姓，则于心不忍；自己贴补，则无所赔偿。作品极写成名的老实善良，窝囊倒霉，走投无路。这是为下一步的意外之喜蓄势。果不其然，皇天不负有心人，在一个驼背巫婆的启示下，成名得到了一只俊健的促织。由图索虫，绝处逢生，真可谓柳暗花明又一村。不料乐极生悲，这样一只来之不易、关系着身家性命的促织，却被好奇的儿子失手弄死。夫妻伤心绝望，陷入绝境。成名由喜极到怒极，由怒极到绝望心死。促织已死，大不了是交不了差。儿子投井，却让夫妻痛不欲生。家破人亡，成名化怒为悲,情节从高潮一下子跌入第二次低谷。忽然"门外虫鸣",事情似乎有了转机。可惜这只促织长得很是短小,谁知人不可貌相,虫子也是不可貌相的!小虫与"蟹壳青"的战斗是蒲氏的神来之笔,成名的愧怍和担忧,少年的轻蔑和漫不经心,均生动如画。成名的心情随着小虫的表现而高低起伏,读者也随着这场战斗的进行而屏息凝神。在这一个小小的插曲里,作者也极尽波澜起伏之能事。小虫献上去以后,居然所向披靡,战无不胜。一系列的奖赏,巡抚、县令获得的嘉奖,这显然是在讽刺整个国家的腐败。就因为满足了皇帝一点儿声色犬马的需要,下面的官就可以得到皇帝的奖赏。

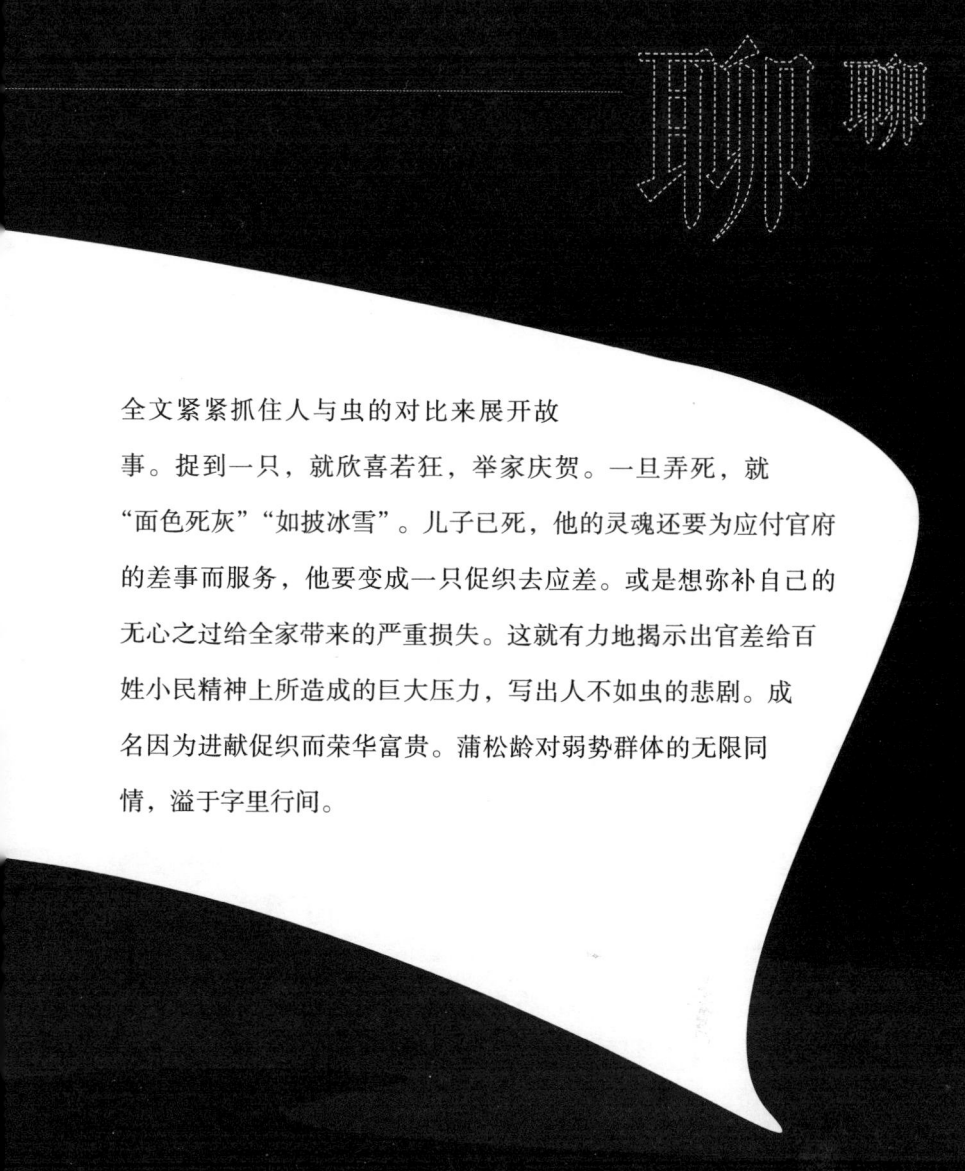

全文紧紧抓住人与虫的对比来展开故事。捉到一只，就欣喜若狂，举家庆贺。一旦弄死，就"面色死灰""如披冰雪"。儿子已死，他的灵魂还要为应付官府的差事而服务，他要变成一只促织去应差。或是想弥补自己的无心之过给全家带来的严重损失。这就有力地揭示出官差给百姓小民精神上所造成的巨大压力，写出人不如虫的悲剧。成名因为进献促织而荣华富贵。蒲松龄对弱势群体的无限同情，溢于字里行间。

冤狱
出自 卷七 第二十七篇

朱生是阳谷县人,年少轻浮,爱开玩笑。因为妻子死了,所以去找媒婆。遇到媒婆邻居的妻子,看她很漂亮,就对媒婆开玩笑说:"刚才看到你的邻居,真是年轻漂亮,你如果替我做媒,这个人蛮可以的。"媒婆也和他开玩笑说:"请你杀掉她的丈夫,我就替你想办法。"朱生笑着说:"好的。"

一个月以后,媒婆的邻居出门讨债,在野外被杀。县令把被害人的邻居以及同一保甲[1]的人都抓了起来,打得血肉淋漓,逼问口供,一点儿头绪都没有。唯有媒婆说出她与朱生前不久开玩笑的话,县令因此而怀疑朱生是凶手。于是,将朱生抓了起来。但朱生矢口否认。县令又怀疑被害人的妻子与朱生私通,便对她施以刑罚,各种刑具都用遍了,邻妇不堪毒刑,自诬杀人。

---

1 保甲

保甲制度是户籍管理制度,基本十户为"甲",十甲为"保"。

又审讯朱生,朱生说:"女人细嫩,经不起酷刑,她的招供都是胡说。既然是冤枉而死,又加上不贞的罪名,纵然鬼神不知道,我又于心何忍?我来招供算了,我想杀了她的丈夫再娶她,这都是我干的,她实在并不知情。"县令问:"有什么证据?"朱生说:"有血衣可作证据。"县令派人去搜朱生的家,却没有找到血衣。又严刑拷打,死去活来好几次。朱生于是说:"这是因为我母亲不忍心拿出血衣而使我被判处死刑,让我自己去取。"于是,押着朱生回家,朱生对母亲说:"给我血衣,我是死;不给我血衣,我也是死。同样都是死,这样拖着,还不如早点死。"母亲悲伤哭泣,进屋好一会儿,取出血衣,交给来人。县令审查,确是血衣,判决死刑,处以斩首。再三复审,朱生坚持原供。

一年后,朱生行刑的日子定下来了。县令准备最后再审一次,忽然有个人径直走上公堂,眼睛瞪着县令大骂:"你这样的昏聩,怎么能治理百姓!"衙役数十人,想把这个人抓起来,那人振臂一挥,衙役们都跌倒在地。县令害怕,想要逃跑。那人大声说:"我是关老爷跟前的周将军!昏官若是敢动一动,我就把你杀了!"县令战战兢兢地听着。那人说:"杀人的凶手是宫标,和朱某有什么关系?"说完,倒在地上,像是断气了。

过了一会儿，那人醒了，仍面无人色。问他是谁，原来就是宫标，一拷打，竟悉数招供。

原来宫标素来是个不法之徒，知道被害人讨债而回，猜测他身上必定有许多钱，等到杀死以后，才发现被害人身上一点儿钱也没有。听说朱生自诬杀人，心中暗自庆幸。当天身子进了衙门，自己也不知怎么一回事。县令又问朱生，血衣是怎么来的。朱生也不知道。把朱母找来一问，才知道是朱母割了自己的手臂染上的血。县令命人检查她的左胳膊，那刀痕还没有长好。县令也感到非常惊讶。后来，县令因此而被参奏罢官，罚款赎罪，却在羁留时死在狱中。

一年后，媒婆邻居的母亲想让儿媳妇改嫁，儿媳妇感激朱生的义气，就嫁给了朱生。

封建社会里，冤假错案非常多。原因有很多。刑讯逼供是一个重要的原因。酷刑之下，有什么口供得不到呢？朱生自诬杀人，就是因为受不住酷刑的折磨。即便他咬牙不认，他也得被酷刑折磨死。与其活活受罪，不如违心自诬。此时此刻，朱生已经是生不如死。但是，在酷刑面前，朱生表现出人性的光辉。他为了保护无辜者，坚持说媒婆邻居的妻子并不知情。在死亡的考验面前，朱生依然在替他人着想。这是非常令人感动的。

官员的昏聩，草菅人命，也是造成冤假错案的重要原因。人死不能复生，对于死刑，一定要慎重再慎重，可是，昏官敷衍，人命关天的事情，竟然也草率了事，不做深入的调查，不做仔细的推敲。将希望全部寄托于严刑拷打。蒲松龄生活在下层民众之中，对法律的弊病，官员的昏聩无能，刑讯逼供的恶果，百姓的无辜，非常了解。对弱势群体的同情，使他能写出《冤狱》这样的小说。朱生的平反，靠的是神明，这也从反面说明了蒲松龄对法律的失望。

折狱

出自 卷九 第三十七篇

县城西崖庄，有一个商人在路上被人杀死。隔了一晚，他的妻子也自缢而死。商人的弟弟向县里报案。当时，浙江人费祎祉在淄川当县令，亲自前往验尸。只见包袱里裹着五钱银子，还在腰里，知道凶手不是为财而来。费公将两村的地保和邻居传来，审问一遍，没有什么头绪。他并没有用刑，而是将这些人都放回去，照常务农，只是命令地保仔细侦查，十天报告一次而已。过了半年，事情慢慢地松懈下来。商人的弟弟埋怨费公心慈手软，屡次地到公堂来吵闹。费公发怒说："你既然不能指出凶手的姓名，难道让我用枷锁去伤害良民吗？"将商人的弟弟训斥一顿，驱逐出去。商人的弟弟冤情无处发泄，愤懑地将哥哥、嫂子埋葬。

一天，官府因为拖欠赋税而抓来几个人，其中有一

个人叫周成,害怕受到刑罚,上前说自己的钱粮已经筹备足了,立即从腰中取出钱袋,请费公检验。费公检验完毕,问他:"你家在哪里?"回答说某村。又问:"离西崖村几里?"回答说:"五六里。"再问:"去年被杀的商人,是你的什么人?"回答说:"不认识。"费公勃然大怒,说:"你杀的人,还说不认识吗?"周成竭力地辩白,费公不听,对他严刑拷打,果然招认了杀人的罪行。

原来商人的妻子王氏准备去亲戚家,因为没有首饰,觉得没有面子,就唠唠叨叨地让丈夫去邻居家借。丈夫不肯,妻子就自己去借了来,很是珍惜。回家路上,她把首饰卸下来,装在钱袋里,放进袖子。到家以后,发现钱袋丢了。她不敢告诉丈夫,又赔偿不起,懊恼得想死。这一天,钱袋恰好被周成捡到,知道是商人的妻子所遗失的,他偷偷看到商人外出,就半夜翻墙进去,想拿着首饰逼迫商人的妻子与其通奸。那天夜晚,天气湿热,王氏睡在院子里,周成悄悄地过去奸污了她。王氏醒来大叫,周成急忙止住她,留下钱袋,把首饰还给了她。事完以后,妇人叮嘱他:"以后不要来了,我家男人厉害,被他发现了,只怕我们都活不成!"周成发怒说:"我拿着够在妓院玩几天的钱,怎么能玩一次就完了！"女人安慰他说："我不是不愿意与你相好，我丈夫常生病，不如慢慢地等他死了。"周成这才去了。于是，他把商人杀了。当天晚上，他就去找王氏，说："如今你丈夫已被杀，请你履行你的承诺。"王氏听罢大哭，周成惧怕而逃跑。天亮时，王氏也死了。

费公查得实情，就以周成来抵罪。大家都佩服费公的神明，而不明白他是怎么查出来的。费公说："事情不难办。关键是要随时随地地留心。当初验尸的时候，看见钱袋绣着万字纹，周成的钱袋也一样，是出于一人之手。等到我审问周成时，他竟说不认识受害者，说话和表情都诡异多变，因此就断定他是真凶。"

县里有个人叫胡成，与冯安是同乡，两家世代不和。胡家父子强横，冯安曲意逢迎讨好，但胡成始终不信任他。一天，两人一起喝酒，略微有点醉，说了些心里话。胡成说大话："不用怕穷，百两银子的财产不难搞到。"冯安因为胡家不富裕，就嘲笑他。胡成一本正经地说："跟你说实话吧。昨天在路上遇到一个富商，带了很多财物，我把他推落在南山的枯井里了。"冯安又耻笑他。当时胡成的妹夫郑伦，托他说合田产的事情，将几百两银子寄存在胡家，于是，胡成就拿出来，以此向冯安炫耀。冯安信了胡成的话。

酒席散了以后,冯安就暗中写了状纸告到官府。费公拘捕了胡成,来与冯安对质。胡成说出实情,问郑伦和卖田的人,都这么说。于是,一起到南山的枯井去勘查。放一名衙役下去,果然有一具无头尸体在井里。胡成大惊,无法自辩,直说冤枉。费公发怒,让人打了他几十个嘴巴,说:"证据确凿,还要喊冤吗?"命令用死囚的刑具把他铐起来,又吩咐不要把尸体取出来,只是告示各村,让死者家属来认领。

过了一天,有一个妇人递上状纸,说:"丈夫白甲外出做生意,被胡成杀死。"费公说:"井里的死人,未必就是你的丈夫。"但妇人坚持说就是她的丈夫。费公这才命人从井里取出尸体,一看,果然是她的丈夫。妇人不敢靠近,只是站在那里哭泣。费公对妇人说:"真凶已经找到,但尸首不完整。你暂时先回去,等我找到尸体的头,就立刻告诉你,让胡成抵命。"于是费公从监狱里提出胡成,呵斥他说:"明天不把头拿来,就打断你的腿!"派人押着胡成去找,找了一天回来,一问,只是哭泣。于是费公把刑具放在他面前,做出要用刑的样子,说:"想来你那天夜晚扛着尸体非常匆忙,不知尸体坠落何处,为什么不仔细寻找?"胡成哀求宽限几天，容他赶快寻找。费公问妇人："你有几个子女？"妇人回答说："我没有子女。"又问："白甲有什么亲戚？"妇人说："只有一个堂叔。"费公感叹说："年轻丧夫，孤苦伶仃如此，怎么生活啊！"妇人又哭，叩头请求怜悯。费公说："杀人案已经确定，只要获得全尸，就可以结案。结案以后，你就可以再嫁。你一个少妇人家，不要再出入公门。"妇人感动哭泣，叩头道谢而离去。

　　费公立即传票乡里，让人代为寻觅尸体的头。一天后，就有死者同村的王五，报告说找到了。费公询问、验看以后，赏赐王五，给了一千吊钱。费公把白甲的堂叔叫来，告诉他："这个大案已经查明，但人命大事，没有一年的时间是不能结案的。你侄子既然没有子女，侄媳妇一个少妇也难以生活，可以早早让她再嫁。以后也没别的事，如果有上级来复查，只要你来应答就可以了。"白甲的堂叔不肯答应，费公扔下两支动刑的竹签。白甲的堂叔还要争辩，费公又扔下一支竹签。白甲的堂叔害怕了，答应着出去了。

　　妇人听说以后，便来向费公表示感谢。费公极力地安慰她，又宣布："谁要娶这个妇人，可以当堂说明。"这话传下去以后，立即就有人来投状求婚。原来就是那个找到人头的王五。费公把妇人叫上来,对她说:"杀人的真凶,你知道吗?"妇人说:"是胡成。"费公说:"不对。你和王五才是杀人的真凶。"两人惊骇,竭力称冤。费公说:"我早就知道案件的真相,之所以迟迟地没有揭发出来,只是怕万一冤枉了好人。尸体还没有出井,你怎么就确信是你的丈夫?原因在于,你事先已经知道他死了。而且白甲死的时候,身上还穿得破破烂烂,哪来的几百两银子?"又对王五说:"人头在哪里,你多么熟悉啊!之所以急着找出来,只是为了你们可以早早地在一起。"两人吓得面如土色,不能狡辩一句。于是,对两人一起用刑,果然说出实情。原来妇人和王五私通已久,两人谋杀了妇人的丈夫,恰好胡成开了那样的玩笑。于是,费公将胡成当庭释放,冯安因为诬告他人,被重重地打了一顿,判刑三年。案子了结,没有对一个人乱用刑罚。

费公破案，只在心细。今人所谓"细节决定成败"。他注意到钱袋上的万字纹，以此为突破口，查获真凶。他注意到尸体没有出井，妇人就认定死的是她丈夫这一可疑之处。当时没有高科技的手段可以利用，很大程度上要靠智慧。但是，难能可贵的是费公的仁义。他不去对地保和邻居刑讯逼供，不迷信棍棒，也不把这些相关的人拘留起来。而在封建社会，刑讯逼供是非常常见的事情。

聊聊

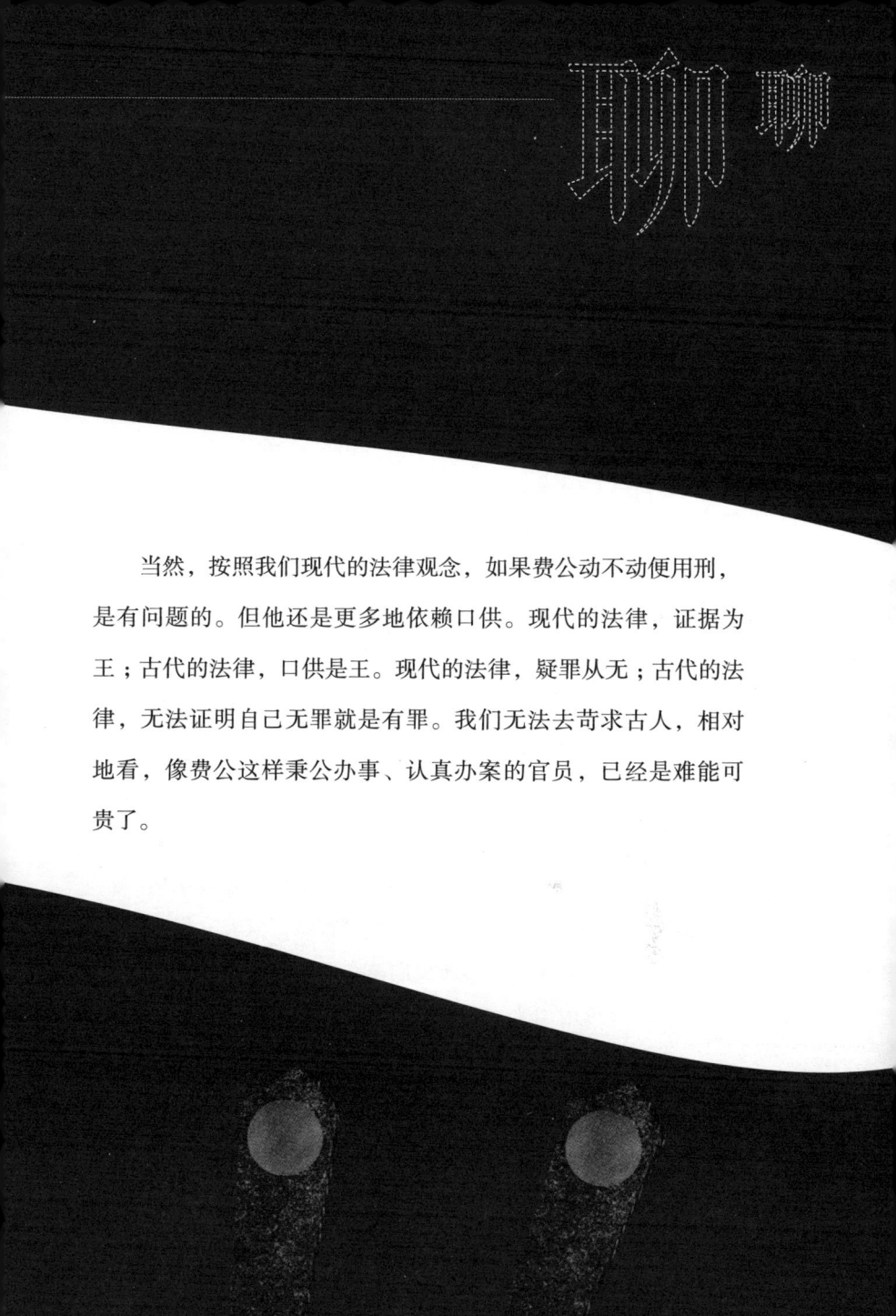

当然，按照我们现代的法律观念，如果费公动不动便用刑，是有问题的。但他还是更多地依赖口供。现代的法律，证据为王；古代的法律，口供是王。现代的法律，疑罪从无；古代的法律，无法证明自己无罪就是有罪。我们无法去苛求古人，相对地看，像费公这样秉公办事、认真办案的官员，已经是难能可贵了。

梦 狼

出自 卷八 第十一篇

　　白翁是河北人。大儿子白甲，初次到南方去做官，三年没有消息。恰好有一个与他家有点儿亲戚关系的丁某来拜访，白翁热情地款待他。丁某常担任走无常[1]。谈话中，白翁便问他一些阴间的事情。丁某的回答非常虚幻，白翁不太信，一笑了之。

　　分别以后数天，白翁正躺着，见丁某又来了，邀请他一起去玩。白翁随他而去，进了一座城池。过了一会儿，丁某指着一扇门说："这里是你外甥家。"当时白翁的姐姐有儿子在山西当县官，就惊讶地问："怎么会在这里？"丁某说："你若是不信，进去看看就知道了。"白翁进去，果然看见了外甥，穿着官服，戴着官帽，坐在大堂上。执戟打旗的衙役们站在两边，没有人上前通报。丁某拉他出来，对他说："你公子的衙署离这里不

---

[1] 走无常

无常，是阴间派来阳间的阴差，负责接引人死后的鬼魂到阴间，听候审判。走无常是指活人被冥府委任为无常，在当阴差时死去，完成工作后便复活回到阳间。

远,想去看看吗?"白翁表示同意。不一会儿,来到一座府第,丁某说:"进去吧!"往门里一看,只见一只大狼挡在路上,白翁非常惧怕,不敢进去。丁某又说:"进去吧!"又进一门,只见堂上、堂下,坐着的、躺着的,全是狼。再看台阶上,白骨堆积如山,白翁更加恐惧。丁某就用身体保护着白翁往里走。这时候,白翁的儿子白甲正好从里面出来,看见父亲和丁某,非常高兴。坐了一会儿,喊下人去备办酒席。忽然见一只大狼,叼了一个死人进来,白翁颤抖着起身,问:"这是干什么?"白甲说:"暂且用来做点儿菜。"白翁急忙阻止他,心里惶恐不安,想告辞出来,但一群狼挡住了去路。白翁进退不得,不知如何是好。

忽然看见群狼纷纷地嚎叫着四散逃避,有的窜到床下,有的卧伏在桌下。白翁惊愕,不明白其中的缘故。一会儿,有两个穿金甲的猛士瞪眼闯了进来,拿出一条黑绳把白甲绑了起来。白甲扑在地上,变成一只老虎,牙齿尖尖的。一个猛士拿出利剑,要砍白甲的头,另一个猛士说:"不要,不要,杀它是明年四月间的事情,不如先把它的牙敲掉。"于是拿出一把大锤敲老虎的牙齿。牙齿一个个地落在地上。老虎大吼,吼声震荡山谷。白翁大惊,忽然惊醒,这才知道自己是在梦里。心

里感到非常奇怪,就派人去招丁某,而丁某推辞不来。

　　白翁把这个梦记录下来,写在信里,让二儿子去送给白甲,信中对他劝诫,很是悲哀恳切。二儿子到了白甲那儿,看见白甲门牙都掉了,害怕地问他怎么回事,白甲说是喝醉以后从马上掉下来磕的。推算时间,正是父亲做梦的那一天。二儿子更加害怕,就拿出父亲的信给白甲,白甲读了脸色大变,解释说:"这是梦中所见恰好与事实符合,不必惊怪。"当时白甲正在贿赂当权的人物,以求得保荐,所以没把父亲信中所说的怪梦放在心上。弟弟住了几天,只见满堂尽是害民的衙役,行贿说情的,到半夜还来往不绝。弟弟哭泣着劝谏哥哥,不要这么做。白甲对弟弟说:"弟弟每天住在草屋里,不了解官场的诀窍。决定升降的权力,在上司不在百姓。上司喜欢,就是好官。只是爱百姓,有什么办法让上司喜欢你呢?"弟弟知道劝说不了他,就回家了,把情况告诉了父亲。白翁听了,大哭,没有办法,只有拿出家产救济穷人,每天祷告神明,只求逆子受到的报应,不要牵连到老婆孩子。

　　第二年,有人告知说,白甲因为有人荐举,当上了吏部尚书,来庆贺的人非常之多,白翁只是叹息,躺在床上,推托有病,谢客不见。不久,听说白甲在回家的路上遇到强盗，与仆人一起丧命。白翁这才起床，对人说："鬼神发怒，只报应他一个人，保佑我家的恩德不可说不厚。"因此烧香表示感谢。前来安慰白翁的人，都说消息是误传，只有白翁深信不疑。而白甲确实没死。

原来四月间，白甲解任赴京，刚离开县境，就遇到了强盗，白甲把随身的财物都给了他们。强盗们说："我们来，是为一县的百姓申冤泄愤，岂是为了这点财物？"于是砍下了白甲的头。强盗又问白甲的家人："谁叫司大成？"司大成是白甲的心腹，是一个助纣为虐的人。家人指认出来，强盗把司大成也杀了。还有四个平时残害百姓的衙役，是为白甲聚敛财富的人，白甲准备带他们一起进京，也被搜出来一起杀了。这才把白甲的财物分开，装在几个口袋里，飞驰而去。白甲的灵魂伏在路旁，看见一个县官模样的人过去，问："被杀的是什么人？"前面开路的人说："是某县的白知县。"那官说："这是白某的儿子，不应让老人看见如此凶残的模样，应该把他的头接上。"这时候，就有一个人将白甲的头放在脖子上，说："这种邪恶之人不要让他的脑袋放正了，让他的肩膀接着就行了。"接完头就走了。

过了一会儿，白甲苏醒过来。妻子去收尸，见白

甲还有一口气,用车拉了回去。慢慢地灌了点水,也能喝下去,只是寄住在旅店,穷得回不了家。过了半年左右,白翁才获得确切的消息,派二儿子把他带回来。白甲虽然复活了,但因为头接歪了,眼睛能看到自己的后背,人们已经不把他当人看。白翁姐姐的儿子为官清廉,这一年被任命为御史,完全与白翁梦中所见符合。

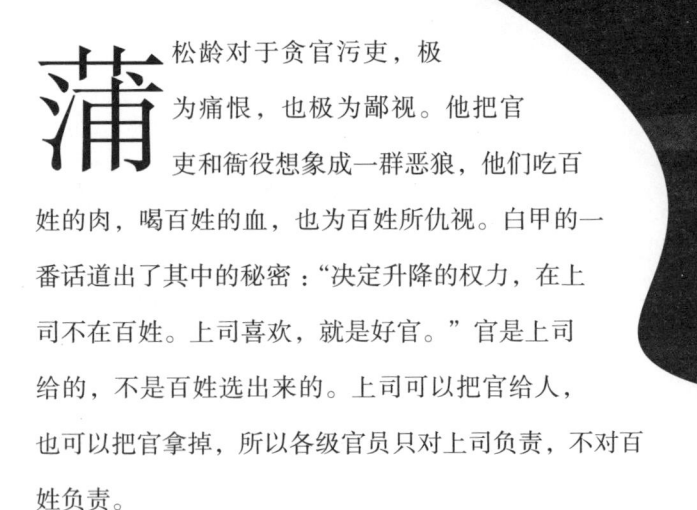

蒲松龄对于贪官污吏，极为痛恨，也极为鄙视。他把官吏和衙役想象成一群恶狼，他们吃百姓的肉，喝百姓的血，也为百姓所仇视。白甲的一番话道出了其中的秘密："决定升降的权力，在上司不在百姓。上司喜欢，就是好官。"官是上司给的，不是百姓选出来的。上司可以把官给人，也可以把官拿掉，所以各级官员只对上司负责，不对百姓负责。

聊聊

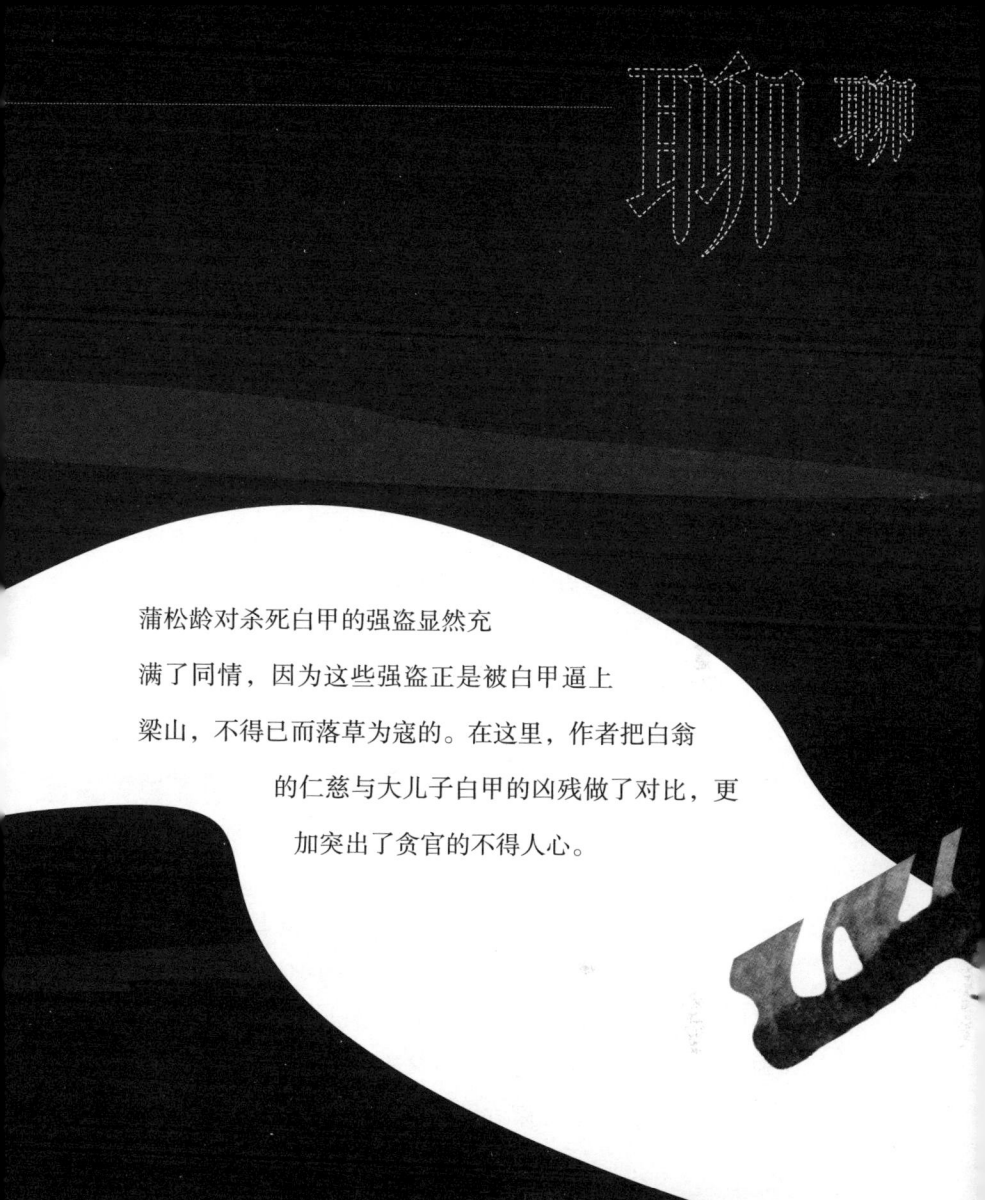

蒲松龄对杀死白甲的强盗显然充满了同情，因为这些强盗正是被白甲逼上梁山，不得已而落草为寇的。在这里，作者把白翁的仁慈与大儿子白甲的凶残做了对比，更加突出了贪官的不得人心。

席方平

出自 卷十 第十二篇

席方平是湖南东安人,他的父亲名廉,性格憨直迂阔。因故而与街坊中姓羊的富人有仇。姓羊的先死,几年后,席廉病危,对人说:"羊某如今贿赂了阴间的差役,正打我呢!"不一会儿,身体红肿,惨叫而死。席方平悲痛得吃不下饭,说:"我父亲朴实木讷,如今被强横的恶鬼欺凌,我要赴阴间替他申冤。"席方平从此不再说话,一会儿坐,一会儿站,像是傻了一样,因为他的灵魂已经离开了身体。

席方平觉得自己刚出家门时,不知道上哪儿能够找到父亲,只要在路上见到什么人,就向他打听城池在哪里。没多久,他进了城。他的父亲已经被关进监狱。到了监狱门口,他远远地看见父亲躺在屋檐下,样子很狼狈。席廉抬头看见席方平,眼泪直流,他对儿子说:

"狱吏都受了贿赂，日夜拷打我，两腿已经打得很厉害了！"席方平大怒，大骂狱吏："我的父亲如果有罪，自有王法，岂是你们这些死鬼所能随便操纵的！"于是，他出来，抽出笔来写好状词。恰好城隍神早上升衙，席方平喊冤，投上状纸。羊氏惧怕，把衙门内外都买通了，才出来与席方平对质。城隍说席方平的上诉没有根据，不向着席方平。席方平一口冤气无处发泄，连夜走了一百多里，到了郡府，将城隍官吏营私舞弊的情况上告郡司。郡司拖了半个月，方才受理此案。郡司将他打了一顿，将案子发回城隍复审。席方平被押回城隍那里，受遍酷刑，悲惨的冤情得不到申诉。城隍怕他继续上告，就派差役押送他回家。

差役将席方平送到门口就离去了，席方平不肯进门，又偷偷赶赴冥府，控诉郡司和城隍的贪婪残酷。阎王将郡司和城隍都拘来，与席方平对质。两个官秘密地派遣心腹，来和席方平说和，答应给他一千两银子，席方平不理。几天后，旅店的店主对席方平说："你赌气赌得太过分了，官府与你求和，你固执不听，如今听说郡司和城隍都给阎王送了礼，恐怕你的事有点不妙。"席方平认为是道听途说，不太相信。不多会儿，穿黑衣的衙役来叫他过堂。一上堂，只见阎王面有怒色，还没听席方平说话，就命人把他拉下去打了二十板子。席方平厉声问："小人犯了什么罪？"阎王面无表情，像没听见一样。席方平挨着板子，大喊："挨板子是应该的，谁让我没钱呢！"阎王更加恼怒，命人摆下火床。两个鬼把席方平拉下去，只见东边台阶下有铁床，下面烈火熊熊，床面烧得通红。鬼脱下席方平的衣服，将他扔在床上，反复地按揉。席方平疼痛至极，骨肉焦烂烧黑，痛得恨不得马上死去。大约有一个时辰，小鬼说："可以了。"于是，把席方平扶起来，催促他从火床上下来，穿上衣服，幸好还能一颠一颠地行走。重又到了大堂，阎王问他："你还敢再告状吗？"席方平回答说："大冤未得申雪，我的心就不会死，若是说不再告状，那是骗你。一定会继续上告！"阎王问："你想告什么？"席方平说："我亲身经历的事情，都要上告。"阎王发怒，命人将他锯解。两个鬼将席方平拉出去，只见有一根立柱，有八九尺高。下边有两块木板，向上竖立着，上下凝血模糊。正在捆绑的时候，堂上忽然又大喊席方平的名字。两个小鬼又将席方平押回。

阎王问："你还敢告状吗？"席方平回答说："我一定要告！"阎王命赶快押去锯开。下去以后，小鬼用两块木板把席方平夹住，再绑在立柱上。锯子刚锯下去，

席方平只觉得脑壳渐渐地被分开，痛不可忍，但强忍着不叫喊。只听得小鬼说："这汉子真了不起！"锯子"呼隆呼隆"的，不一会儿就锯到了胸口。又听见另一个小鬼说："这个人非常孝顺，又没罪，我们把锯子偏一点，不要伤他的心脏。"席方平因此而觉得锯子歪斜着往下走，疼痛无比。不一会儿，身子被锯成了两半。绳子一解开，两个半边的身子都倒在地上。小鬼上堂，大声地报告。堂上传话下来，让把席方平的身体合上再押上大堂。两个小鬼便将两边身子推在一起，拉着他走。席方平觉得那一道锯缝疼得像要重新裂开，刚走了半步就摔倒了。一个小鬼从腰里取出一条丝带递给他，说："送你一条丝带，算是表彰你的孝心。"席方平接过来系在腰上，顿时觉得身子矫健，没有一点儿痛苦，于是上堂跪下。阎王再次问他是否还要再告，席方平怕再次遭受酷刑残害，便回答说："不告了。"阎王立即命令，将他送回阳间。

　　差役们押着席方平出了北门，给他指点了回家的路，转身就回去了。席方平想着阴间的黑暗更是超过了阳间，无奈没有办法使玉皇知道这些情况。世人传说灌口二郎[1]是玉皇[2]的亲戚,此神聪明正直,上他那里告状,应该会灵验。席方平心中庆幸两个鬼卒已经离去,就转身向南。正在奔跑时,有两人追来,说:"阎王怀疑你不回家,如今果不其然。"于是,把他抓住,拉回去再见阎王。席方平心想,阎王必定会更加恼怒,受罪必定会更加惨烈。没想到,阎王没有一点儿怒容,对席方平说:"你确实非常孝顺,但是,你父亲的冤屈,我已经替他昭雪。如今他已经投胎到富贵人家,哪里还需要你大声喊冤呢?现在送你回家,给你千金财产、百年的寿命,你的愿望可以满足了吧?"说完,就在生死簿上写上,盖上大印,让席方平亲自看过。席方平道谢下堂。小鬼跟他一起出门,在路上一边驱赶着他,一边骂他:"你这奸猾的贼!频频地反复,让人奔波累死!若是再要这样,我们就把你放进大磨,细细地磨死你!"席方平瞪眼斥责小鬼:"你们这帮小鬼想干什么!我天生不怕刀锯,就是受不了辱骂。请你们带我回去,再见阎王。阎王如果下令,让我自己回家,又何必麻烦你们送我?"于是就转身向阴间跑。两个小鬼害怕,又好说歹说,劝席方平回家。席方平故意磨蹭,走几步,就在

---

1 灌口二郎

灌口二郎,也称二郎神。二郎神是何许人,向来说法不一,有说二郎神是秦时李冰,蜀中灌口(在四川灌县)有二郎庙,因李冰开发水利有功,蜀人立庙祭祀,后来逐渐被神化,演变成川主(二郎神)。另一说是二郎神就是杨二郎杨戬,玉皇大帝的外甥。

2 玉皇

玉皇大帝,即天庭的皇帝,是地位最高的神之一。又称玉帝、玉皇、玉皇大天尊玄穹高上帝等,名称繁复,其传说在道教与民间俗信两者之间也不尽相同。

路边歇一会儿。两个小鬼敢怒而不敢言。

大约走了半天，到了一个村子。有一个人家，门半开着。小鬼拉席方平一起坐下。席方平便坐在门槛上。小鬼乘他不备，就把他推进门去。席方平惊魂稍定，才发现自己已经变成一个婴儿。他愤怒啼哭，不吃奶，三天就夭折了。他的灵魂飘荡着，念念不忘要去灌口。大约跑了几十里路，忽然看见来了一辆彩色装饰的车子，旗帜和门枪横行路上。他穿过道路，想躲避车队，因为冲撞了仪仗被前面的士兵抓住，押送到车前。抬头看见车里有一位年轻人，仪表堂堂，非常魁伟。那人问他："你是什么人？"席方平正好一腔怨愤无所发泄，又料想此人一定是个大官，或许能够有点权力，因此就详细地诉说了自己惨痛蒙冤的经历。车里的那人下令给他松绑，让他跟着车队随行。不一会儿，到了一个地方，只见十几个官员，在路边迎接，车里的那人一一地打了招呼。接着，他指着一位官员说："这是一个下方的人，正要到你那里去告状，应该马上给他判明是非。"席方平询问了一下侍从，这才知道车里的年轻人是玉皇的皇子九王爷，他嘱咐的官员就是二郎神。席方平看二郎神，身材修长，胡须很多，和世间传说的不太一样。

九王爷走了以后，席方平跟着二郎神到了一个官府，就看到他父亲和衙役都在。不一会儿，囚车里又出来几个囚犯，正是阎王、郡司和城隍。当堂对质，证明席方平所说的俱是事实。三个冥官吓得战战兢兢，就像伏在地上的老鼠。二郎神提起笔来，立即判决。没多久，传下判词，命令案中相关之人都来观看。判词如下：

查得阎王，担任地府的王爵，身受玉帝的恩赐。本应廉洁奉公，成为臣僚的榜样，不应当贪赃枉法，招来非议。却耀武扬威，徒然炫耀自己官爵的尊贵；狠毒贪婪，竟然玷污人臣的名节；斧砍刀削一般层层盘剥，妇幼被敲骨吸髓；像鲸吞鱼、鱼吃虾，百姓的生命像蝼蚁一样的可怜。应该舀起西江的水来为你洗洗肠子；烧红东墙的铁床，请你自己尝尝酷刑的滋味。

城隍、郡司，身为百姓的父母官，奉天帝之命来管理百姓。虽然官职低微，也应尽心尽力，不辞辛苦；即便遇到上司的威逼，有志气者，也应该坚持原则。而你们却上下勾结，像是凶恶的猛禽，不念想百姓的贫困，而是飞扬跋扈，像是狡猾的猴子，连瘦弱的饿鬼也不肯放过。只知道贪赃枉法，真是人面兽心的东西！真应该将你们剔骨髓，刮毛发，先处以阴间的极刑；应该剥去人皮，换上兽皮，转世投胎，变成畜生。

差役，既然在阴间承差，就不是人类。只应该在衙门里做些好事，或许还能够转世为人。为什么要在苦海中兴风作浪，更造下弥天大罪？飞扬跋扈，一张狗脸，像是蒙上了六月的冰霜；横冲直撞，大喊大叫，像猛虎一样，拦住了交通大道。在阴间大发淫威，使人们都知道狱吏的尊贵；替昏官助纣为虐，使人们像害怕屠夫一样地害怕昏官。应该在法场内，剁去你们的四肢，再扔到汤锅里，捞出你们的筋骨。

羊某，为富不仁，狡猾奸诈。用金钱的光芒笼罩地府，使阎王殿上，全是阴霾；铜臭熏天，使得枉死城里，看不到日月的光芒。残余的腥气犹能役使鬼神，力量大得简直可以通神。应该抄没羊某的家产，以奖赏席某的孝顺。这些人犯立即押往泰山处决。

二郎神又对席廉说："念你儿子孝顺，你本性善良懦弱，可以再赐你三十六年阳寿。"于是派人把父子二人送回家里。席方平将判词抄下来，父子二人在途中拜读。到家后，席方平先苏醒，让家人开棺看他的父亲，发现尸体还是冰冷的。等了一天，逐渐地温暖而活过来。待到想要找那份判词来看，却再也找不到了。从此，家境一天比一天富裕，三年间，良田遍地。而羊家子孙衰败，他家的楼阁田产，都变为席家所有。有乡人要买羊家的田，夜里就梦见神人斥责："这是席家的东西，你怎么能够拥有！"这人起初还不太相信，等到耕作以后，一年下来，颗粒无收。于是又卖给席家。席方平的父亲九十多岁才去世。

几千年的封建社会,不知发生了多少冤假错案;官吏的刑讯逼供、草菅人命,不知造成多少冤魂。蒲氏一生生活在草民之中,对百姓的冤苦,体会甚深,对弱势群体的悲惨遭遇,充满同情。他通过席方平为父申冤,魂赴冥府,与城隍,与郡司,与阎王抗争的故事,替无告的百姓一抒其愤懑不平之情。作者借鬼神世界,揭露了封建官吏与豪绅恶霸狼狈为奸,上下勾结,官官相护,凌辱百姓的残酷现实,赞扬了席方平万劫不移的反抗精神。

席方平报仇申冤,共告状四次。第一次告状,告到城隍那里。"自有王章"的幻想支持着席方平。他对法律的腐败,估计不足,不知这潭浑水的深浅,以为法律岂

能被人操纵。谁知
道，城隍上下受了贿赂，金钱击败
了法律，法律成为摆设。法律需要证据，这本来
没有错，但是，需要证据也可以成为贪官污吏对付弱势群体的
挡箭牌。城隍、郡司只知道要钱，他们不去搜集证据，不去调
查情况，用一句缺乏证据就把席方平拒之门外。

　　第二次，告到郡司。郡司高了一级，将状纸退回下级处理，
城隍自然是加倍地报复他。阴间这种官官相护的黑暗，自然很容
易使人联想到人间的黑暗。古代的百姓，喜欢把阴间，美化为伸
张正义的道德法庭，似乎那里比人间公平。但蒲松龄的《席方平》
告诉我们，阴间的黑暗与人间毫无二致。那里也是一样的墨吏贪
官，一样的贿赂横行。同样是"衙门口儿八字开，有理无钱
莫进来"。城隍看到郡司的批复以后，"法外施刑"，
以打击席方平进一步上诉的勇气。并且强行将
席方平押回阳间。

席方平并不甘心，又告到阎王那里。这是阴间最高一级的职官。前两次告状，描写都比较简单。这第三次告状，描写极为详细。对席方平来说，这是最后的一点儿希望。先是城隍和郡司的求和，他们许席方平以千金，希望私了。但席方平坚持不从。接着是店主人的好意劝说。但席方平对最高一级官府仍抱有很大的幻想，所以不听。谁知，进了阎王殿，那阎王面有怒色，根本不容他置辩。一次次的失败，不断的受挫，逐渐地加深了席方平对官府和法律的认识。他讽刺阎王说："受笞允当，谁教我无钱也！"接下来，酷刑逼供一段，蒲氏利用佛教有关地狱的种种描写，将酷刑的残酷恐怖描写得淋漓尽致，从而把席方平的顽强不屈和钢铁意志写到极致。地狱的种种酷刑，在佛教的典籍里多有渲染描写，但蒲氏又加以生发，在细节的描写中渗入生活的经验，加强了超现实描写的"真实性"。火床的"上下血肉模糊"，是细节的描写，"席觉锯缝一道，痛欲复裂"，是利用了人们对伤口的生活体验。

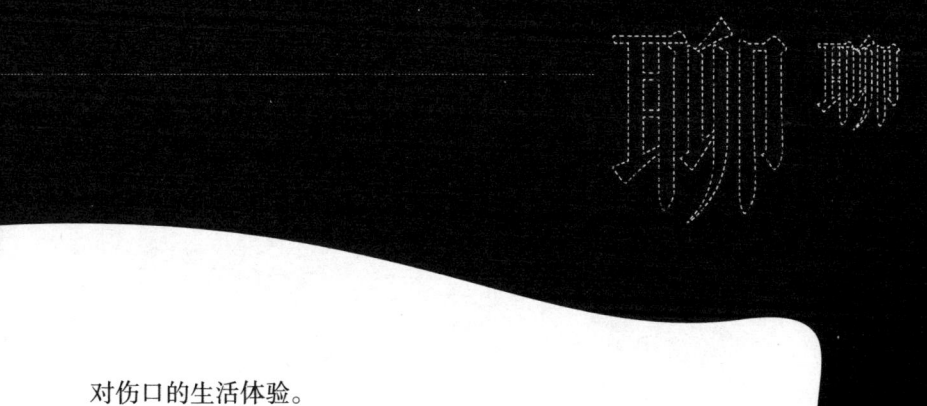

三次告状的失败，使席方平对阴间的幻想完全破灭；所以他改变策略，欺骗阎王，表示自己放弃了上诉的想法，其实他准备到二郎神那里去告状。第四次告状的过程更为曲折。他的冤魂终于找到灌口的二郎神，申冤报仇。阎王、郡司、城隍，"三官战栗，状如伏鼠"。作者并不在高潮之处一味地追求紧张，而是根据生活矛盾变化的复杂性、丰富性，设置曲折的情节，以造成跌宕起伏的艺术效果。情节的发展成为性格发展的历史。情节的螺旋式的美决定于席方平的性格。席方平不屈不挠、刚烈顽强，这种万劫不回的反抗性格，推动了情节的螺旋式前进。

世间百态篇

天下事，
仰而跂之则难，
俯而就之甚易。

崂山道士

出自 卷一 第十五篇

县里有个王生，排行第七，是大户人家的子弟。从小羡慕道士的方术，听说崂山上多仙人，背上行李就去了。登上崂山的山顶，看见一座观宇[1]，非常幽静。一个道士坐在蒲团上，白发下垂到衣领边上，神情清爽高远。王生上前讨教，只觉得道士的言谈非常玄妙，便请求道士收他为徒。道士说："我怕你娇生惯养，吃不了苦。"王生回答说："我能吃苦。"道士的门人很多，黄昏的时候全都来了。王生与他们一一地行礼，于是就留了下来。第二天凌晨，道士把王生叫去，给他一把斧子，让他跟大家一起去砍柴。王生恭敬地接受道士的教诲。过了一个多月，王生的手脚都长出了厚厚的老茧，难以忍受，心里暗暗地产生了回家的念头。

一天晚上，王生打柴归来，看见有两个人与师父一

---

1 观宇

观宇，道士修行的地方。

起饮酒。天色已晚,还没有点上灯烛。师父便剪了一张月形的纸片,贴在墙壁上。一会儿,纸月的光辉把全屋照亮,连一根毫毛都可以看得非常清楚。各位门人环绕四周,听候使唤。一位客人说:"这么美好的夜晚,不能不在一起快乐。"于是就在桌上举起酒壶,请各位徒弟喝酒,嘱咐他们要喝得尽兴。王生心想:"七八个人,一壶酒,怎么能够尽兴?"于是大家各自去找杯碗,争着倒酒喝酒,唯恐酒壶空了。可是,众人不断地往外倒酒,酒壶里的酒却不见减少。王生心里非常奇怪。一会儿,一位客人对道士说:"承蒙你赐予明月之光,但我们何必这么默默地喝闷酒,为什么不把嫦娥请来助兴?"于是,他把筷子向月亮里扔过去,立即就看到一位美人,从月光里出来,开始时不到一尺高,落地时就与常人一般高了。她有着纤细的腰身和脖颈,姿势翩翩,跳起了霓裳羽衣舞。跳完舞,又唱起了歌:"仙人啊,你归来吧!你为什么把我关在广寒宫[1]里呀!"歌声清亮高亢,与箫管一样。唱完歌,嫦娥旋转而起,一下子跳上桌子,大家惊讶之际,她又变成筷子。道士和两位客人哈哈大笑。一位客人说:"今夜最为快乐,但再也喝不下酒了,可以在月宫里招待我们吗?"于是,三人随着酒席,一起慢慢地飞进月宫。众人仰视三人,

1 广寒宫

神话传说中嫦娥奔月后所居住的宫殿,也称月宫、蟾宫。

看见他们在月宫里饮酒,胡须眉毛都看得一清二楚,就好像看他们在镜子里的形象一样。过了一会儿,月亮慢慢地暗下来。门人们点起蜡烛,只见道士独自坐在那里,那两位客人则已不见踪影。桌上的菜肴水果还在,再看墙上的月亮,不过是圆圆的一个纸片而已。道士问众人:"酒都喝够了吗?"众人异口同声地回答:"够了。""喝够了就早点休息吧,不要耽误明天的砍柴。"众人答应着退了出去。王生心中暗暗地欣喜羡慕,回家的念头也打消了。

又过了一个月,王生实在受不了那份辛苦,而道士却一点儿法术也不传授与他。他觉得不能再等待了,便向道士告辞:"弟子不远数百里来拜仙师,即便不能学得长生之术,也得学一点儿小的法术,对我的求教之心也是一个安慰。如今三个月过去了,不过是整日出去砍柴。弟子在家从来没有吃过这种苦。"道士笑着说:"我本来就说你吃不了这苦,如今看来,果然如此。明天早晨就送你回去。"王生说:"弟子在这里劳作多日,请师父稍微教我一点儿小法术,弟子也算是不虚此行。"道士问:"你想学什么法术呢?"王生说:"常见师父行走起来,墙壁也挡不住,我只学这点本事就够了。"道士笑着答应了他。于是便把口诀传授给他。让他自己念着口诀，喊着："进去！"王生对着墙，不敢进去。道士对他说："你试着往里走。"王生从容地向前走去，到了墙前却止步不前。道士说："你低头快进，不要犹豫！"王生离墙几步，跑着过去，过了墙壁，像是什么也没碰着一样。回头一看，果然已经在墙外了。王生大喜，进去谢过师父。道士告诫他："要洁身自持，不然就不灵了。"然后送他路费，让他回家。

到了家里，王生自吹遇到神仙，说是再坚硬的墙壁也挡不住他。妻子不信，王生照先前的做法，离墙数尺，跑着过去，脑袋碰上坚硬的墙壁，猛地摔倒在地。妻子把他扶起来一看，额上鼓起一个大包，像一个大鸡蛋。妻子挖苦他，王生羞愧恼怒，大骂道士不是个东西。

历朝历代,名山古刹,前往学道的人,千千万万,真正学成,真正得道的,又有几人?像《崂山道士》里王生那样的人,还不能算在里面。首先他的动机就不纯;其次,气质不好,心态不好,所谓朽木不可雕也。他根本没有培养的前途,所以道士一直分配他干点粗活。人的外貌,固然有好看、不好看之分,但首要的是气质。眼睛、鼻子、嘴巴都长得很好,气质不好,总是不美。王生的气质、心态,均一无是处,所以道士不爱理他。

题目虽是"崂山道士",但小说主要写的是王生。作者对王生的心理活动,没有多少直接的描写,但是,王生学道的心路历程却表现得一清二楚。王生是故家子弟,祖上阔气过。故家子弟有各种各样的情况,当然不能一概而论,但其中不乏自小娇生惯养、不学无术而又不甘贫困的纨绔子弟。王生是什么样的人，作者没有急于下结论。他不愿意给读者一个先入为主的印象。王生的思想性格，是剥笋一样一层一层展现出来的。王生去崂山学道的动机是什么呢？作者用"少慕道"三字，一带而过。这个"慕"字用得非常好，很含蓄。

到了崂山，请求拜师学道，谁知道道士一看王生的气质，就直言不讳地指出："恐娇惰不能作苦。"第一次见面，就没有留下好印象，对他有没有培养前途表示怀疑。"娇惰"二字，更是点破王生病根。王生的回答是："能之。"表示自己有信心，有决心。

既然王生有此表态，道士也就把他收下来，留待察看，以观后效吧。王生每天的事情，就是砍柴。结果被道士不幸而言中，才过了一个多月，王生已经失望动摇，知难而退，没有经得住考验。这是王生学道的第一阶段。

眼看就要乘兴而来、扫兴而去，道士与两位朋友的聚会却使王生打消了回家的念头。一壶酒，师友三人，外加诸徒。醇酒、明月、美人、仙乐，一会儿登月，一会儿下凡，看得王生心动神摇。他那纨绔子弟的人生追求，逐渐地展露出来。作者的高明在于，并不直接去写王生的所思所想，而只是借王生的视角，借王生的感受，描写道士请客的情景，真所谓不写之写。直接写的是道士请客，目的却是为了写王生，而且写到了他的灵魂深处。

又是一个月过去了，"苦不可忍""道士并不传教一术"，真是令人非常失望。王生决心告辞，并向道士一发久蓄心中的牢骚："如今三个月过去了，不过是整日出去砍柴。弟子在家从来没有吃过这种苦。"这些话憋了几个月，今天总算一吐为快。有趣的是，道士听了这番话，并不生气，而是笑着说："我固谓不能作苦，今果然。明早当遣汝行。"因为道士早就把他看透了，知道王生不是那块料，所以不和他啰唆。道士的笑，是一种不屑解释的笑。王生知道自己不在道士眼里，所以他也没有提出太高的要求，只想学一点儿"小技"。而王生想学的"小技"，竟是穿墙之术。至此，我们才知道，王生不但是娇惰不能作苦，而且心术不正。学什么不好，他偏要学穿墙之术。真是可气又可笑。有意思的是道士的态度：没有拒绝王生，也没有责问王生学习穿墙之术的可疑动机。道士的"笑"，是深知其人以后的轻蔑的笑。王生学穿墙术，道士告诉他，动作要快，不能犹豫。王生鼓起勇气，果然学会了。"大喜"，觉得不虚此行，几个月的辛苦终于有了收获。天地自有公道，付出总有回报。但是，道士给他打了预防针：穿墙之术可以学，但是，你若是居心不良，法术可就不灵了。这是为后来王生的碰壁做铺垫，埋下伏笔。这可以说是王生学道的第三阶段。道士传授穿墙之术的过程写得很细致。王生先是不敢入，这很符合一般人的心理。接着的"及墙而阻"，畏惧心理难以去除。最后才"去墙数步，奔而入"。在道士的鼓励下，王生终于豁了出去。穿墙本身是超现实的，但王生的心理反应非常真实。

学成回家，王生向妻子吹嘘，崂山之行，学到绝技，"坚壁所不能阻"。这是欲抑先扬，为下面的碰壁蓄势，兼写王生喜欢炫耀的浅薄。终于额上添一大包完事，王生大骂道士没安好心。至此，作者以可笑的一幕，完成了人物刻画最后的一笔。王生之浅陋可笑、可鄙可哂，刻画得淋漓尽致。全部故事就在读者的大笑中结束。

司文郎

出自 卷八 第二十七篇

山西平阳人王平子，去京城参加科考，租住在报国寺。寺中先有一位杭州的余杭生住在那里，王平子因为是邻居，就递了名帖去拜访他。余杭生不搭理他，早晚遇到，也不讲礼貌。王平子对他的狂妄无理非常生气，就不再与他来往。

一天，有位年轻人来寺里游览，穿着白衣白帽，看上去身材魁梧。上前与其接洽谈话，言语诙谐风趣，王生很敬重他。问他的姓氏籍贯，他说："家在登州，姓宋。"王平子命仆人设座，两人相对谈笑。余杭生恰好经过，两人一起为他让座。余杭生居然坐在上座，毫不客气。他突然问宋生："你也是来应考的吗？"宋生说："不是。我这种平庸的人，早就不想飞黄腾达了。"又问："你是哪个省的？"宋生告诉了他。余杭生说："你不打算进取,足以见出你有自知之明。山东、山西没有通晓文墨的人。"宋生说:"北方通晓文墨的人固然很少,而不通的,未必就是我;南方人固然有很多通晓文墨的人,但通的人未必就是你。"说完,鼓掌,王平子也一起鼓掌,二人哄堂大笑。余杭生羞愧愤怒,怒目而视,挽起袖子,伸出胳膊,大声说:"你敢当面出题,和我比比八股文吗?"宋生眼睛看着别处,笑着说:"有什么不敢的?"说完,就跑回住所,取来经书[1],交给王平子。王生随手一翻,指着书说:"就这句'阙党童子将命'(意思是说,孔子居所的童子奉命奔走)作题目吧。"余杭生起身,要寻纸笔。宋生拉住他说:"口述就行,我的破题已经作好了,'于宾客往来之地,而见一无所知之人。'"王平子为宋生对余杭生的讽刺捧腹大笑。余杭生恼怒地说:"你一点儿都不会写文章,只会谩骂,是什么人哪!"王生竭力地从中劝解,请再选一个好一点儿的题目。又翻了一下书,选上一句"殷有三仁焉(意思是说殷朝有三位仁义之士)"。宋生应声说:"三位贤士走的路不同,但目标是一样的。这个目标会是什么呢?就是仁。君子做到仁就可以了,何必要走的路都一样呢?"余杭生听罢就不作了,起身说:"你这个人还有点才。"说完就走了。

---

1 经书

指四书、五经等儒家经传。

王平子因此而更加地敬重宋生，请他到自己的住所，拿出自己所有的文章向宋生请教。宋生浏览的速度非常快，不一会儿就看完一百篇文章，说："你对文章还是下过功夫的，但是，你在下笔的时候，不要有志在必得的想法；如果还有侥幸考取的心理，那文章就已经落在下等了。"于是就拿着刚才看过的文章，一一为王平子讲解。王平子大喜，把宋生当作自己的老师。他让厨子做了糖馅的饺子招待宋生。宋生觉得很好吃，说："平生没有吃过这样的美食，改日再做给我吃。"

从此两人的相处更加融洽快乐。宋生三五天就来一次，王平子每次都用糖水饺子招待他。余杭生有时遇到，虽然不能倾心相谈，但他的傲气也减了不少。一天，余杭生拿出自己的文章给宋生看，宋生见文章已被他的很多朋友圈点称赞，眼睛一扫，就放置桌边，一言不发。余杭生疑心他还没看，再次请他一阅。宋生回答说已经看完了。余杭生又疑心他没看明白，宋生说："有什么难懂的？只是写得不好罢了。"余杭生说："草草一过圈点，怎么就知道写得不好？"宋生便背诵他的文章，好像早就读过似的，一边读一边批评。余杭生尴尬窘迫，浑身冒汗，没有说话就走了。不一会儿，宋生走了，余杭生又来了，非要看王生的文章不可，王平子不给。余杭生硬给搜了出来，看见文章上有很多圈点，笑着说："这圈圈点点真像糖馅饺子！"王平子朴实木讷，只觉得尴尬羞愧而已。第二天，宋生来了，王平子把余杭生的讥笑转告他。宋生发怒说："我以为他服了呢，没想到这南蛮子居然敢这样！我一定要报复他！"王平子竭力地劝说宋生，为人要厚道，宋生对王平子的劝告非常感激和钦佩。

　　科考以后，王平子把自己在考场写的文章给宋生看，宋生很是称赞。偶然在寺内的殿阁走过，看见一位盲僧坐在廊檐下，卖药看病。宋生惊讶地说："这是一位奇人啊！最懂文章，不能不向他请教。"让王平子回去取他应试的文章来。中间遇到余杭生，就一起来了。王平子喊禅师，行了参见礼。盲僧以为他是求医的，便问他是什么症状。王平子说明来意。盲僧笑着说："是谁多嘴？我眼睛看不见，怎么评论文章的好坏？"王平子请他以耳朵代替眼睛，盲僧说："三篇文章两千多字，谁有耐心来听？不如把文章烧了，我用鼻子嗅一下就行了。"王平子同意。每烧一篇，盲僧嗅一下，点点头说："你初学大家笔法，虽然还不够逼真，但也接近了。我正好受用。"王平子问："能考中吗？"盲僧说："也能中。"余杭生不太信，先烧古代大家的文章试试，盲僧嗅了又嗅，说："奇妙啊！这样的文章，我很钦佩。不是归有光、胡友信这样的大手笔，谁能写得出来！"余杭生大吃一惊，于是开始烧自己的文章，盲僧说："刚才领教了一篇文章，还没欣赏到他全部的文章，为什么突然换了一个人的文章？"余杭生骗他说："朋友的文章，就那一篇，这是我做的文章。"盲僧嗅了嗅余杭生文章的灰，咳嗽了几声，说："不要再烧了！呛得我嗅不下去，勉强地去嗅，再要烧下去，我就要恶心呕吐了。"余杭生惭愧退下。

几天以后，放榜了。余杭生居然考中，而王平子却落榜了。宋生和王平子跑去见盲僧，告诉他结果。盲僧叹息道："我虽然眼睛瞎了，但鼻子没有瞎，那些考官连眼睛带鼻子都瞎了啊！"不一会，余杭生来了，意气风发，讥笑盲僧说："瞎和尚，你也吃人家的水饺了？现在你看怎么样？"盲僧说："我评论的是文章，不是与你来讨论命运。你可以试着找来考官的文章，各取一篇焚烧一下，我一嗅便知，哪篇是你老师的文章。"余杭生与王生一起找了一下，找到八九篇。余杭生说："如果找错了，如何处罚？"盲僧气愤地说："把我的瞎眼珠给剜去！"余杭生开始烧文章，烧了几篇，都说不是。到第六篇，盲僧忽然对着墙壁大吐，放屁如雷。众

人大笑。盲僧擦擦眼睛对余杭生说："这真是你的恩师啊！开始不知道，突然一嗅，先是刺鼻，接着是刺激肠胃，膀胱也接受不了，直接从下面冲出来了！"余杭生大怒而去，说："明天自然见分晓，不要后悔！不要后悔！"过了两三天，竟没有来，人们去一看，余杭生已经搬走，这才知道，那篇呛人的文章，就是他的老师写的。

宋生安慰王平子说："大凡我们读书人，不应该去埋怨别人，而应该多反省自己。不抱怨别人，道德会更加高尚；反省自己，学问会更加进步。眼前虽然落榜，固然是命运不济，平心而论，文章也并非登峰造极。如果从此以后能够更加刻苦钻研，天下自有不瞎的人。"王平子听了，肃然起敬。又听说明年还要举行乡试，于是就不回家了，准备留在这里，跟宋生学习。宋生说："京城物价昂贵，你不必发愁费用短缺。你的住所后面有一窖藏银，可以挖出来用。"随即就指出地窖的地点。王平子道谢说："从前窦仪、范仲淹贫穷而能廉洁自持，我现在还能自给，怎敢玷污自己的品行？"

一天，王平子喝酒喝醉，他的仆人和厨子偷偷把地窖掘开。王平子听得房后有响声，悄悄出来一看，只见地上一堆银子。事情败露，众人害怕，都招认了。王平子训斥他们的时候，看到金杯上似乎刻着落款，仔细一看，都是他祖父的名字。原来他的祖父曾经在南京做过六部的部郎，进京时住在报国寺，得暴病而死。这些金银就是他留下的。王平子大喜，称了一下，有八百多两。第二天告诉了宋生，并把金杯给宋生看，要和他平分，宋生坚决不要，这才罢了。王平子又想赠送盲僧一百两银子，但盲僧已经走了。此后的几个月里，王平子学习更加地刻苦。去考试时，宋生说："这次再考不上，那真是命中注定了。"

不久，王平子因犯规而落榜。王平子没有说什么，宋生却大哭不止，王平子反而安慰他。宋生说："我被造物主所弃，困顿一生，如今又连累到我的好朋友。这难道就是命，这难道就是命？"王平子说："万事都有一个定数。像先生这样，是你自己无意进取，不是因为命。"宋生擦着眼泪说："我很久就想和你说，担心说了让你惊骇见怪，我不是活人，而是一个漂泊的游魂。年轻时有一点才名，在科场上很不得志。放荡不羁，来到京城，希望遇到能够理解我的人，把我的著作传播于世。不料甲申之年（明朝灭亡之年），竟死于战乱，于是，我的游魂年年在外飘荡。幸亏得到你的帮助和理解，所以竭力地帮助你提高学业，想把自己一生未能实

现的愿望，在朋友身上得以实现，以一快我的心情。如今没想到文运如此不好，怎能无动于衷啊？"王平听了，也感动得哭泣，问道："那你为什么还留在这里不走呢？"宋生说："去年天帝有命，委托孔圣人和阎王核查劫难中的死鬼，在其中选出上等的，为各衙门备用，剩下的让他们转世投胎。我的名字已经被录取，之所以没有去报到，只是想看到你金榜题名！如今我们只好告别。"王生问："任命你做什么职务？"宋生说："梓潼府[1]缺一名司文郎，暂时让一位耳聋的仆役代理，所以搞得文运颠倒。万一我有幸获得这个职务，一定能使圣人的教诲发扬光大。"

第二天，宋生兴冲冲地来了，说："我如愿了！孔圣人让我做一篇《性道论》，看完以后面有喜色，说可以掌管文运。阎王查了名簿，想以我说话不注意而放弃，孔圣人为我力争，这才使我获得这一职务。我跪伏道谢完毕，孔圣人又将我叫到桌前，嘱咐说：'如今因为爱惜你的才干，才选拔你担任这一清贵的职务，你应当改过自新，恪尽职守，不要重犯以前的过错。'由此可知，阴间把德行看得比文才更重要。你一定是品德的修养还有欠缺，要努力行善，不要松懈才行啊！"王平子说："果真像你说的那样，那余杭生的德行又怎么

---

1 梓潼府

梓潼府即文昌帝君府。

样？"宋生说："这个我也不知道。但阴间的赏罚，没有一点儿差错。就说前面那位盲僧，也是一个鬼，是前朝的文章名家。只因他生前抛弃的字纸太多，所以罚他做个瞎子。他想行医解除人们的痛苦，以救赎以前的罪孽，所以才在街市游逛。"王平子摆酒款待宋生，宋生说："不必了。一年来打扰你，现在就剩这点时间，请你再为我做一次水饺就行了。"王平子悲伤，吃不下，坐着让宋生自便。不一会儿，宋生就吃了三碗，捧着肚子说："这一顿可以三天不饿，我借此来记住你的恩德。过去我所吃的那些，都在屋子后面，已经变成蘑菇了。收藏起来做药用，可以增加小孩的智慧。"王平子问以后什么时候能够再次见面，宋生说："既然我已经有官职在身，就要避嫌了。"王平子又问："我到梓潼祠中祭祀祷告，你能听到吗？"宋生说："这些都没有用。九天[1]离你很远，只要洁身自好，身体力行，阴司自有通报，那我就一定能知道。"说罢告别，然后就消失了。

  王平子看屋子后面，果然生出紫色的蘑菇，他将蘑菇采集收藏起来。旁边又有新的土堆，挖开一看，水饺都在那里。王平子回家后，愈加地刻苦修德学习。一天夜晚，梦见宋生坐着官轿来到，他对王生说："你过去因为一点小小的愤怒，误杀了一个婢女，所以削去了你

---

[1] 九天

  九天，即是九重天，古代传说认为天有九层，极高极远。

的官籍，如今因为你一心修德，已经折抵了你的罪愆。但命薄不足以在仕途上前进。"这一年，王平子乡试告捷。第二年春天，又考中进士。他听从宋生的指点，没有去当官。王平子生有两个儿子，其中一个特笨，因为吃了宋生留下的蘑菇，变得非常聪明。后来在金陵旅店遇到余杭生，余杭生热情地问候他，十分谦虚，但是，他已经两鬓斑白了。

蒲松龄有绝

世之才,却坎坷不遇,以秀才而终身,所以他在《聊斋志异》中把最恶毒的诅咒送给那些考官。《司文郎》是蒲松龄抨击科举的力作。作者在故事中设置了王平子、余杭生、宋生、盲僧四个人物,着力写科场考试的前前后后。不是传记式的写法,而是截取生活的一个横断面,加以剖析。四人之中,王平子和余杭生是现实的人物,宋生是鬼魂,盲僧是半仙似的神秘人物。

王平子和余杭生同时登场,一平阳人,一余杭人,一北一南。一开始,作者就点出余杭生的狂悖无礼。接着,插进第三个人物宋生。王平子虽然对余杭生的无礼非常愤怒,但只是置之不理而已,但宋生才华横溢,锋芒毕露,一出场,就压住余杭生的气焰,使余杭生的肤浅平庸暴露无遗。这一次交锋,夹枪带棒,宋生才思敏捷,出口成章,将狂妄的余杭生完全压倒。余杭生盛气而来,丧气而去。不得不承认宋生有才。

盲僧有一种特殊的衡文方式,他能用鼻子去嗅文章烧成的灰,从灰的气味去判断文章的优劣高下。盲僧状似疯癫,其实是痛骂考官。"帘中人并鼻盲矣"一句,实为点睛之笔。

《司文郎》一篇,其中的宋生和盲僧,自然是虚构的超现实的人物,但是那种对考官的蔑视,却是出自蒲松龄切身的体会。

小翠

出自 卷七 第三十三篇

　　王太常是浙江人。小时候，有一天白天，他正躺在卧榻上，忽然天色暗下来，雷霆大作，一个略大于猫的东西，跑来躲在他的身下，转来转去，不离开他。过了一会儿，天晴了，那东西径自出来。一看，不是猫，他开始有点害怕，隔着墙叫他的哥哥。他哥哥听说以后，高兴地对他说："弟弟今后必定能当大官，这是狐狸来躲避雷霆的劫难。"后来，他果然年轻时就考中了进士，当了县令，又升为御史。

　　王御史生了一个儿子名叫元丰，特别傻，十六岁了不分男女，因而乡里没人愿意嫁给他。王御史十分忧虑这件事。恰好有个妇人带着一少女来到王家，请求把女儿嫁给王御史的儿子。王御史看了少女一眼，少女嫣然一笑，真像仙女一样。王御史很高兴，问这妇人姓什么。妇人自说姓虞,女儿小翠,年龄十六了。王御史与妇人商量,要多少聘金,妇人说:"这孩子跟着我,吃糠都吃不饱。她能住在这大房子里,役使奴仆,细粮、肥肉都给她吃,她满意了,我也就放心了。岂能像卖菜一样讲价钱呢?"王夫人听了非常高兴,热情地款待她们。妇人随即就让小翠拜谢王御史和夫人,嘱咐说:"这是你的公公婆婆,你要恭敬地侍奉他们。我非常忙,先得回去,过两三天再来。"王御史让仆人备马送她,她却说:"家离这儿不远,不麻烦你们了。"说着就走了。小翠见妈妈走了,一点儿也不悲伤留恋,随即就从梳妆匣中取出绣花样子来。夫人很喜欢她。

几天过去了,那妇人也没来。问小翠家住哪里,小翠也傻傻的说不清楚。于是就另外收拾了一间屋子,为小两口儿举办婚礼。王家的亲戚们听说拣了个穷人家的女孩做媳妇,都笑话他们。及至见到小翠,都吃了一惊,众人的闲话才停息下来。小翠很聪明,能够看出公公婆婆的喜怒。王公夫妇,宠爱儿媳妇过于常情,然而也非常担心儿媳妇憎厌傻儿子,小翠却每天快快乐乐的,一点儿也不嫌弃丈夫。只是小翠喜欢逗元丰玩,她用布缝了一个球,踢球作乐。小翠穿着小皮靴,一踢几十步远,让元丰跑去捡球,公子和婢女们常常累得大汗淋漓。一天，王御史偶尔路过，恰好球飞过来，正好击中王御史的脸。小翠和婢女们都吓得躲一边去了，只有元丰还奔跑着去追球。王御史发怒，捡起石头向儿子扔过去，元丰这才趴在地上哭起来。王御史把这件事告诉了夫人，夫人前去责备小翠，小翠低头微笑，用手指抠着床。夫人一走，小翠依然那么憨态可掬，又蹦又跳，与以前一样。她给公子脸上涂上脂粉，扮作鬼的样子。夫人见了，愤怒至极，把小翠叫来，大骂一顿。小翠靠着桌子，摆弄衣带，并不害怕，也不说话。夫人没办法，就杖打她的儿子。元丰大叫，小翠吓得变了脸色，跪地求饶。夫人怒气顿时消解，扔下棍子走了。

小翠笑着拉公子进屋，给他拍去衣服上的尘土，擦拭眼泪，按揉打伤的地方，拿来栗子和枣给他吃，公子这才收起眼泪，又高兴起来。小翠关上院门，又把公子装扮成霸王，像是蒙古人的模样，自己则穿上艳丽的服装，束起细腰，在帐下翩翩起舞，或是发髻上插上野鸡尾，拨弄着琵琶，"叮叮当当"地响，满屋的欢声笑语，天天如此。王公因为儿子痴呆，不忍心过分地责怪儿媳妇，即便听说一些胡闹的事情，也不去过问。

有一位同街的王给谏，相隔有十多户人家，但是素来不太和睦。正当朝廷三年一次考核官员的时候，王给谏妒忌王御史掌管河南道的监察大权，想着如何中伤他。王公知道他的阴谋，忧虑而想不出对付的办法。一天晚上，王御史早早地睡了，小翠穿上官服，打扮成宰相的模样，剪了一缕白丝粘在下巴上做胡须，又让两个丫鬟扮作虞候[1]，偷偷地骑上马出了门，开玩笑说："我要拜访王大人。"骑马到了王给谏门前，小翠立即就用鞭子抽打随从，大声说："我要拜访王御史，哪里是拜访王给谏呀！"拨转马头就回来了。到了家门口，看门的真以为是宰相来了，跑进去通报王公。王公赶忙上前迎接，这才知道是儿媳妇闹着玩的。王御史大怒，对夫人说："人家正在找我的碴儿呢，儿媳妇反而把家中的丑事登门去告诉人家，恐将大祸临头了！"夫人发怒，跑到儿媳妇屋里，痛骂小翠。小翠只是傻笑，没有说一句话。夫人想打她，又于心不忍，想休了她，可她又没有家。夫妻懊恼埋怨，一夜无眠。

当时宰相正当显赫之时，他的仪容、服饰和随从，与小翠伪装的模样，没有多少差别。王给谏也误以为真，屡次地派人到王御史家门前探听，到半夜时分，也没见客人出来，疑心宰相与王御史在密谋什么阴谋。第二天早朝，王给谏问王御史："昨天晚上宰相去你家了？"王御史疑心他是有意讥讽，不好意思地支吾了两

---

1 虞候

虞候为古代官名，各朝职掌不尽相同，本篇是指官僚的侍从。

句，声音也不大。王给谏心里便更加怀疑，也就打消了陷害王御史的图谋，并从此更加地讨好王御史。王御史探听到实情以后，心中暗喜，但私下里告诉夫人，劝小翠改一改以前的行为，小翠笑着答应了。

　　过了一年，宰相被罢官，恰好他有一封私信给王公，却误投到王给谏那里，给谏大喜，先托一位与王御史关系不错的人去王御史家借一万两银子，遭到王公的拒绝。给谏亲自去御史家，王公急忙寻找官服，以便见客，可一下子没找到。给谏等了很久，愤怒王公的怠慢，气冲冲地要走，忽然看见王御史的公子元丰穿着龙袍，戴着皇冠，有一个女子从门里将公子推出来，吓了一跳。接着，给谏笑着安抚了元丰一下，脱下他的龙袍和皇冠，拿走了。王御史急忙出来，而给谏已经走远。御史问明了情况，吓得面如土色，大哭道："这是祸水啊！用不了几天，我们全家都要被杀头了！"他和夫人一起拿了棍子到儿子这里来。儿媳妇已经知道他们要来，关起门来，任凭他们去骂。王公大怒，拿起斧子要砍门。小翠在屋里笑着对公公婆婆说："公公不要发怒！有儿媳妇在，刀锯斧钺，自有儿媳妇去承担，一定不会连累双亲。公公若是这样，这是要杀了儿媳妇灭口吗？"王公这才甘休。

王给谏回家以后果然上疏,告发王御史图谋不轨,有龙袍和皇冠为证。皇帝闻报吃惊,一验看,发现所谓皇冠,原来是高粱秆所制,所谓龙袍,只是一个破旧的黄色包袱皮。皇帝对王给谏的诬告非常愤怒,又把元丰召来,只见他憨憨傻傻,皇帝笑着说:"这样的人可以当天子吗?"于是把王给谏交给法司去审问。给谏又举报王御史家有妖人。法司严厉地审问王御史家的仆人,都说没有妖人,只有一个疯癫的儿媳妇,天天嬉笑恶作剧,问邻居,也都这么说。于是案子就这么定了下来,王给谏被充军云南。王御史由此而觉得小翠不是一般的女孩。又因为她的母亲好久不来,怀疑她不是人类,便让夫人去盘问她。小翠只是笑,什么也不说。再一问,小翠就捂着嘴说:"孩儿是玉皇大帝的女儿,婆婆不知道吗?"

　　不久,王公升为太常寺卿。五十岁时,他常常担忧没有孙子。小翠来家三年了,夜夜与元丰分开睡。夫人让人抬走一张床,嘱咐公子与媳妇一起睡。过了几天,公子告诉母亲:"有人把床借走了,竟一直不还!小翠把腿放在我的肚子上,压得我喘不过气来,又常常掐我的大腿!"婢女仆妇们听了,无不大笑。夫人呵斥他一番,让他走了。

一天，小翠在屋里洗澡，公子见了，要一起洗。小翠笑着制止他，让他先等一会儿。她洗完以后，在浴盆里又添了一些热水，替公子脱了衣服裤子，同丫鬟一起把公子扶入浴瓮。公子觉得非常闷热，大喊要出来。小翠不听，用被子将瓮蒙上。不一会儿，没声了，揭开被子一看，公子没气了。小翠坦然地笑着，一点儿也不惊慌，把公子拖到床上，擦干净身上的水，盖上被子。夫人听说此事，哭着进屋，大骂小翠："狂婢为什么杀我的儿子？"小翠笑着说："这样的傻儿子，不如没有。"夫人更加愤怒，以头去撞小翠，婢女们纷纷上去劝阻。正在吵闹不可开交的时候，一个婢女来禀告："公子哼哼了！"夫人收住眼泪，抚摸儿子，只见他气喘吁吁，大汗淋漓，沾湿了被褥。一顿饭的工夫，汗止了，公子忽然睁开眼睛，张望四周，把家人都看了一遍，像是不认识似的，说："我如今回忆过去的事，好像做梦一样，这是怎么回事？"夫人见他说话不痴，大为惊异，带了元丰去见他的父亲。王御史多次试探他，果然不傻了，大喜，如获至宝。到晚上，夫人又命人把床放回去，还放了被褥、枕头来观察他。公子进屋，把婢女们都打发走。早晨一看，那张床空在那里，如同虚设。从此儿子、儿媳妇的痴傻疯癫都没了，而小两口感情笃好，如影随形。

过了一年多，王公被王给谏的同党弹劾而免官，受了一点儿处分。家里有一只广西中丞赠送的玉瓶，价值千金，王公准备把它送给当权的大官。小翠非常喜欢这只玉瓶，捧在手里玩耍，没想到失手摔了，非常惭愧，自己去告诉了公公婆婆。王公夫妇本来就因为免官心里不痛快，听说玉瓶摔了，大怒，交口大骂。小翠气愤，跑了出去，对元丰说："我在你家，所保全的不止一个玉瓶，为什么不给我一点儿面子？跟你说实话吧，我不是人类，只为我母亲遭到雷霆的劫难，受到你父亲的庇护，又因为你我有五年的缘分，所以我来报恩，了却一点儿心愿。我受的责骂，数不胜数，之所以没有马上就走，只是因为五年的恩爱还没有满，如今可以停止了！"小翠气冲冲地出了门，元丰去追，已经没了踪影。公子回到屋里，看到小翠用过的脂粉、穿过的鞋，哭得死去活来，夜不能寐，饮食无味，一天比一天憔悴。王公非常忧愁，急忙要为他娶一位继室来安慰他，但元丰不愿意。王公只得请一个好画师，绘了小翠的像，日夜地在像前祷告，这样地过了两年。

一天，元丰偶然从别处回来，此时明月皎洁，村外有一处王公家的庭园，元丰骑马从墙外经过，听得里面有欢笑说话的声音。他勒住马,让仆人拉住缰绳,站在马鞍上向墙里张望,看到园里有两个女子在嬉闹。因为云朵遮住了月亮,看得不甚清楚。但听得一个绿衣的女子说:"应该把你这丫头赶出门去!"一个红衣的女子说:"你在我家的庭园,反而要撵我?"绿衣的女子说:"你这丫头不害羞!没有当好儿媳妇,被人家赶出来,还要冒认是自家的产业吗?"红衣女子说:"那也比你老大不小,没人要强!"元丰听声音,很像小翠,就急忙叫她。绿衣女子说:"暂且不和你争了,你丈夫来了。"不一会儿,红衣女子来了,果然是小翠,元丰大喜。小翠让他登上墙头,然后把他接下来,说:"两年不见,你瘦得只剩一把骨头了!"元丰握着小翠的手,不由得流下泪来,叙说了他的相思之情。小翠说:"我也知道,但没脸见你的家人,今天和我大姐游戏,又遇到了你,足以说明我们的缘分是逃避不了的。"元丰请小翠一起回家,小翠拒绝了,又请求在园中住下,小翠同意。公子派仆人跑回去告诉夫人,夫人听说,吃惊地站了起来,坐上轿子就去了,开锁进了园子,小翠赶忙上前迎接,下跪行礼。夫人抓住她的胳膊,流着泪,竭力地自责,几乎无地自容,说:"若是你不记旧怨,就和我一起回家,对我的晚年也是一个安慰。"小翠坚决地拒绝。夫人担心野外的庭园荒凉冷清，想多派几个人来侍候。小翠说："别人我都不想见，只有以前我身边的两个丫鬟，早晚侍候我，我不能不想念她们，外面有一个老仆看门就可以，其他都不需要。"夫人按小翠的意思办了。对别人只说公子在园中养病，每天供给一些吃用的东西而已。

  小翠常常劝公子另娶一个媳妇，公子不肯。过了一年多，小翠的声音容貌，渐渐地与以前不同，拿出原先的画像一对比，简直是判若两人。元丰非常奇怪。小翠说："你看今天的我，与以前比漂亮吗？"元丰说："今天是美，但比起以前来，不如以前美。"小翠说："我想我是老了。"公子说："你才二十岁，怎么就老得这么快？"小翠笑着把画像烧了，元丰来抢，已经烧尽。一天，小翠对公子说："以前在家时，公公说我至死也不能生育。如今你父母已老，就你这一个儿子，我实在不能生育，恐怕耽误你家传宗接代。请你再娶一房媳妇，早晚侍候公公婆婆，你可以两边来往，也没什么不方便。"公子觉得她说的有道理，就与钟太史的女儿定了亲。婚期将近，小翠替新妇做了新衣新鞋，送到夫人那里。待到新人进门，她的说话容貌，竟与小翠没有一点儿差别。元丰非常惊奇，待到前往庭园，小翠已经不知去向。问婢女，婢女拿出一块红手帕，说："娘子暂时回娘家去了。留下这块手帕，给公子做个纪念。"打开手帕一看，里面是一块玉玦，公子心知小翠不会回来了，于是带着婢女一起回家，却是一时一刻也忘不了小翠。幸好新媳妇长得与小翠一模一样，这才明白，与钟太史家的婚姻，小翠预先就知道了，所以先变成钟家姑娘的模样，借以安慰元丰的思念。

《小翠》的中心是塑造一个女孩的形象。蒲松龄把她放在一个特殊的家庭里面来描写，怎么个特殊呢？一个官僚家庭，偏偏有一个痴呆的儿子。说得委婉一点儿，这个小孩的智商不高。而小翠就嫁给了这么一个傻孩子。借这么一个特殊的家庭，特殊的婚姻，写出波澜曲折的故事，写出人生的悲欢离合，写出丰富的社会内容，写出形形色色的世态人情。

这个傻孩子名字叫元丰，十六岁了，还不明白男女的事。这样一个傻子，乡里没有人愿意把女儿嫁给他。故事奇就奇在这里了。小翠的出现，解决了王家的难题。显然，小翠是穷人家的一个孩子，挺可怜的，听母亲之命，心甘情愿嫁给这么一个傻子。奇怪的是，小翠见母亲走了，也不悲伤，也不纠缠。这也不是很正常。但蒲松龄并不急于为我们来解释这些疑点。带着这些悬念，读者继续往下看。

聊聊

　　下面写小翠和傻子丈夫的日常生活。作者这才开始展开对女主人公的深入的描写。女孩非常聪明，能够揣摩公公婆婆的喜怒。除此以外，她还很善良。从小翠把公子拉到屋里，替他拍掉身上的尘土，擦掉眼泪，抚摩伤口，给他枣啊栗子的，哄他，足以看见小翠温柔的一面。一个女孩，能够对一个傻子丈夫如此温柔，也是难能可贵的了。

　　小翠还爱玩，因为她爱玩，玩出不少矛盾，故事也就出现许多的曲折波澜。光是在家里闹也就罢了，谁知闹到墙外去了，恰好隔不远有位王给谏，他和王公有矛盾，时常地想找个理由整整王公。小翠的恶作剧给他提供了一个机会。这里，故事开始又多了一层含义，把官场上的钩心斗角掺杂进来了，不再是单纯的家庭矛盾了。当然，作品又多了一层意义。

　　但是，写家庭也罢，写官场也罢，归根到底，还是为了写小翠这个人物，写围绕着小翠的世态人情。以后的故事发展说明，官场的矛盾一掺进来，将小翠和家长的矛盾激化了。小翠的性格也在矛盾的激化中得到了更深的刻画。嬉笑打闹，不牵涉王家的根本利益，家长还可以忍耐，而官场险恶，它涉及王家的根本利益，甚至身家性命，家长就不能容忍了。

后来元丰扮作皇帝，又惹出事来。关键时刻，我们看到小翠这么一个弱女子，敢作敢当、柔中有刚的性格。这么紧张的时刻，头脑还非常清醒。一件风波，弥天大祸，就被小翠平息了。王公从此觉得这小翠还真是不能小看。小小年纪，竟是临危不乱，有如此胆识，以前真是低估她了。

后来，作者借一个玉瓶做导火线，引发小翠的出走。同时点明真相。玉瓶引发的矛盾，也暴露了王太常夫妇内心深处对小翠的看法：他们心里还是看不起小翠，认为她

聊

只是一个穷人家的小孩。如果自己的儿子是个正常的孩子,怎么可能娶她!故事讲到这里,好像可以收场了,悬念也没有了,但蒲松龄还不想就此束手,他还要给我们意想不到的情节,使小翠的形象又增添了新的意义。王公非常的后悔,但已经来不及了。公子看着那些小翠剩下的脂粉之类,哭得要死要活。夫人更多的还是为她的宝贝儿子着想,因为那儿子离了小翠真不行。当然也是借夫人的认错让小翠扬眉吐气。

  整个故事是一个报恩的故事。一波三折,小翠的形象,令人掩卷难忘。虽然写的是狐,其实也是人间女子,她的那种纯真、善良、活泼、敢作敢当,给人留下深刻的印象。无心之善,涌泉相报,蒲松龄把一个穷人的孩子写得这么可爱,可见他对弱势群体的那种发自内心的同情。

石清虚

出自　卷十一　第三十八篇

　　顺天人邢云飞，喜欢石头，见到好石头，不惜重金购买。他偶然地在河边捕鱼，有东西挂住了渔网，便潜入水里取了出来，原来是一块一尺多长的石头，四面玲珑剔透，山峦重叠秀美。他非常欣喜，如获至宝。回家以后，用紫檀木雕了一个底座，供在桌上。每当天要下雨的时候，石头的孔洞里就生出云朵，远远望去，好像塞进了朵朵新的棉花。

　　有一个豪强，上门请求观看，见了奇石以后，就交给他手下健壮的仆人，然后骑着马，飞奔而去。邢云飞无可奈何，只能跺脚悲愤。豪强的仆人背着奇石到了河边，在桥上把奇石放下来，想歇一会儿，忽然失手，奇石坠落河中。豪强大怒，鞭打仆人，拿出银子，雇请善于游泳的人，千方百计地四处搜寻，可就是找不到。于是，他贴出悬赏的告示而离去。从此，寻找奇石的人每天挤满了河道，但谁也没有找到。后来邢云飞来到石头坠落的地方，望着河流伤心哭泣，只见河水清澈，那奇石就在河底。邢云飞十分高兴，脱衣下水，把奇石抱了出来，将奇石带回家中以后，他不敢把奇石再放在客厅里，而是将内室打扫干净，专门供奉这块奇石。

一天，有个老头敲门来访，请求看一看那块奇石。邢云飞说奇石遗失已久。老头笑着说："不就在你的客厅里吗？"邢云飞就请他进屋，以证明奇石确实已经遗失。谁知到了客厅，那奇石果然陈列在客厅的桌子上，邢云飞惊愕得说不出话来。老头抚摸着奇石说："这原是我家的东西，遗失很久了，原来在这里啊！既然见到了，希望你能还给我。"邢云飞十分尴尬，便与老头争论谁是奇石的主人。老头笑着说："既然说是你家的东西，你有什么证据？"邢云飞答不上来。老头说："我早就知道它。它的前后有九十二个孔，其中一个大孔中镌刻有五个字：'清虚天石供'。"邢云飞仔细一看，孔中果然有小字，细小如米粒，用尽目力，方能勉强辨认。又数了数石头上的孔，果然是九十二个。邢云飞无话可说，可就是坚决不肯把石头交给老头。老头笑着说："是谁家的东西，就凭你一人做主吗？"说完，与

邢云飞拱手作别。邢云飞将老头送出门外，回到屋里，石头已经不见了。邢云飞急忙去追赶老头，老头走得慢，尚未走远，邢云飞便苦苦地哀求他。老头说："真奇怪啊！一尺大的石头，难道可以握在我的手里，藏在我的衣服里吗？"邢云飞知道他是一个神仙，强行地把他拉回家里，直挺挺地跪着哀求他。老头说："石头到底是你家的，还是我家的？"邢云飞说："确实是你家的东西，只是请求你割爱与我。"老头说："既然如此，石头还在这里。"进了内室，石头已在原来的地方。老头说："天下的宝物，应该属于爱惜它的人。这块宝石能够自择其主，我也很高兴。然而它急于自我表现，它的出现有点太早，所以它的劫难没有结束。我要把它带走，等三年以后，才能赠予你。既然你想留下它，也可以，但会减你三年的寿命，石头才能一直陪伴你。你愿意吗？"邢云飞说："我愿意。"老头于是用两个手指捏住一个孔，那孔柔软如泥，随着他的手指一捏就闭上了。等他闭上了三个孔，老头说："石头上孔的数目就是你的寿数。"说完，作别而去。邢云飞苦苦留他，老头去意坚决，问他姓名，也不说，就走了。

过了一年多，邢云飞有事外出，夜晚家里进了贼，什么都没丢，就是偷了那块石头。邢云飞回家后，不由得悲痛欲绝。四处访寻，拿钱购买，却一点儿踪迹都没有发现。过了几年，偶然到报国寺，看见有个卖石头的人，卖的正是自己家的那块石头，便要上前认领。卖者不服，就背了石头到了官府。官问："有什么凭据？"卖者能够说出石头上有多少孔。邢云飞问其他方面的事，卖者就说不上来了。邢云飞就说出孔中有五个字，以及三个指痕，于是才打赢了官司。官员要打卖者的板子，卖者自说是二十两银子从市场上买来的，这才把他放了。邢云飞拿了石头回家，用锦缎把它裹起来，藏在匣子里，时不时地拿出来欣赏一下。

有一个尚书，想用一百两银子买下这块石头。邢云飞说："即便是一万两银子也不卖。"尚书发怒，暗中借他事中伤邢云飞。邢云飞被捕，家里的田产被抵押。尚书托人透风给邢的儿子，要邢家用石头换人。儿子告诉了邢云飞。邢云飞宁死也不肯交出石头。妻子与儿子商量，把石头献给了尚书。邢云飞出狱以后，才得知此事，大骂妻子，殴打儿子，屡次地要自杀，被家人发觉获救。一天夜里，他梦见一男子，自说叫"石清虚"，他叮嘱邢云飞不要悲伤，说："我特地来与你告别。明年八月二十日天刚亮的时候，你可以到海岱门，用两贯钱把我买回来。"邢云飞得了梦的启示，十分高兴，认真记住了这个日子。那块石头在尚书家,再没有吐出云朵的奇异景象,时间一长,尚书也就不怎么珍惜。第二年,尚书获罪被免职,不久就死了。邢云飞如期到了海岱门,原来是尚书的家人偷出了那块石头来出售。邢云飞花了两贯钱把它买了回来。

  后来,邢云飞活到八十九岁时,自己准备好棺材,又嘱咐儿子,一定要用那块石头殉葬。待到他去世,儿子遵从他的遗嘱,把石头埋入坟墓。半年后,有贼盗墓,把石头偷走。儿子得知后,也无法追究。过了两三天,儿子和仆人在路上,忽然看见两个人,一边跑,一边摔跟头,大汗淋漓,望空跪拜,说:"邢先生,不要逼我们!我两人偷了石头去,不过是要卖四两银子而已。"于是,邢云飞的儿子和仆人就将两人送去官府,一审就招供了。问他们石头卖到哪里去了,说是卖给了姓宫的人家。长官命人将石头取来,长官很喜欢这块石头,就想占为己有,让人存放在库里。吏人刚举起这块石头,石头忽然就坠落在地上,碎成几十片,大家相顾失色。长官将两名盗贼重刑拷打,判以死刑。邢云飞的儿子收拾起碎片,仍然把它埋在父亲的坟墓里。

小说中常常看到的是人与人的悲欢离合，但是，蒲松龄在《石清虚》里却写出一个人与石头悲欢离合的故事。爱石如命的邢云飞，与充满灵气的石，写二者之间的知己之情、生死之情。不但士为知己者死，而且"石"也为知己者死。这里面自然寄托着蒲松龄深刻的人生感慨。《聊斋志异》里有情痴、书痴、酒痴、花痴，《石清虚》一篇，又添上一位石痴。

作品可以分成三段。一是邢云飞喜获灵石。二是邢与灵石的悲欢离合，得而复失，失而复得，经历了三次劫难。三是邢死后，以石殉葬。石又为贼所劫，为官所得。最后，灵石粉碎，碎石归于邢墓。第一段是开场，第二段是核心，第三段是余波荡漾。

一个偶然的机会，邢云飞获得一块奇石，第一次考验很快就来临了。豪强看中了奇石，竟强行抢夺，扬长而去。但是，豪强和灵石显然没有缘分，灵石坠河。可是，邢云飞却是得来全不费工夫。他到了灵石落水的地方，看到灵石就在水里。这第一次失而复得，使我们更加隐隐地感觉到灵石的非同一般。

蒲松龄非常善于创作曲折的情节，他并没有急于安排第二次劫难，而是插进灵石"主人"的来访，使气氛又骤然地紧张起来。

灵石主人老叟的出现，有四方面的作用：一是介绍了灵石的来历；二是特意点明，灵石能够自择其主，灵石所选择的主人，当然是能够真正爱它的人；三是考验了邢云飞对灵石的感情；四是暗示了情节未来的发展，为即将到来的劫难做了铺垫。

第二次劫难很快就降临了。窃贼将灵石偷走了。邢云飞四处寻觅，历经数年。结果，在报国寺销赃的窃贼，被邢云飞撞个正着。第二次失而复得以后，邢云飞对灵石更加地爱惜："裹以锦，藏椟中，时出一赏，先焚异香而后出之。"

第三次劫难接踵而至。尚书某要出百金收购灵石，邢云飞坚决不卖。尚书收购不成，便以事中伤，将其逮捕入狱。妻子和儿子为了营救丈夫，无奈之下，将灵石献给尚书。邢出狱，得知灵石已

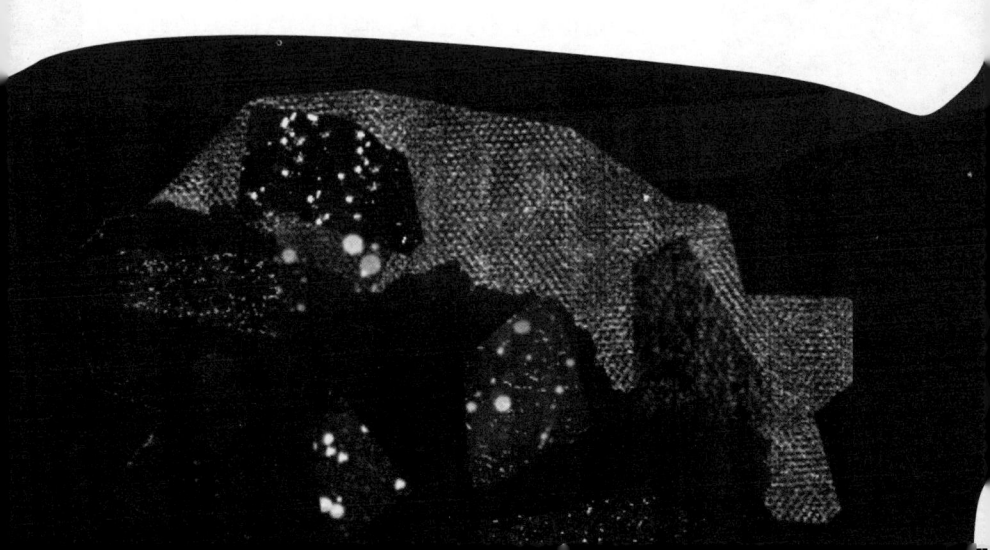

经献给尚书,正在绝望之时,灵石托梦给他,让他不要悲伤,说明年八月二十日,到海岱门,用两贯钱就可以买到。第二年尚书贬官,家人窃石出卖。邢云飞果然在海岱门买到了灵石。

故事到这里似乎已经可以结束了,但蒲松龄不甘心这样平淡的结尾。他还要利用荡漾的余波,给读者想象不到的尾声。灵石的九十二个孔,被老叟塞去三个,所以邢云飞活到八十九岁。他的儿子遵守父嘱,将灵石殉葬。盗墓贼将灵石盗去,邢云飞显灵,盗墓贼被押送官府。谁知那官看了,很是喜欢,想把灵石留下。结果,石忽然坠地,碎为数十片。邢的儿子收拾碎石,仍葬在父亲的墓里。邢云飞舍命也要救石,而灵石则粉身碎骨也要归于邢云飞。这就是人和石之间的一种知己之情、生死之情。蒲松龄是借此来讴歌一种生死不渝的真情。